23.12.

대만 독자 여러분께
평화와 행복이 함께하시기를.

（致台灣的讀者，願安寧與幸福長伴相隨。）

Trans+

Trans+

Trans+

Trans+

Strange & Mesmerizing

物種源始：韓國科幻先驅金寶英短篇小說選
TALES OF ORIGIN OF SPECIES AND OTHER STORIES

作者：金寶英（김보영）
譯者：胡椒筒
責任編輯：林立文
封面設計：簡廷昇
電腦排版：張靜怡
法律顧問：董安丹律師、顧慕堯律師
出版：小異出版
台北市 105022 南京東路四段 25 號 11 樓
TEL：(02) 87123898　FAX：(02) 87123897
www.locuspublishing.com
發行：大塊文化出版股份有限公司
台北市 105022 南京東路四段 25 號 11 樓
讀者服務專線：0800-006689
TEL：(02) 87123898　FAX：(02) 87123897
郵撥帳號：18955675　戶名：大塊文化出版股份有限公司

總經銷：大和書報圖書股份有限公司
地址：新北市新莊區五工五路 2 號
TEL：(02) 89902588　FAX：(02) 22901658
初版一刷：2024 年 1 月
定價：新台幣 599 元

TALES OF ORIGIN OF SPECIES *and* OTHER STORIES

物種源始

金寶英 김보영

著

胡椒筒 譯

目次 Contents

關於乳房的淺見

這是一個關於乳房的故事。

沒錯，我說的就是乳房，女人豐滿柔軟的乳房。

乳房有多重要呢？

如果你這樣問我，我會回答不知道。因為我是女人，不僅生來就長著乳房，而且還滿肉嘟嘟的。但這並不重要。

這裡是一個僅有男人的部落，沒有人見過女人，大家就只聽聞過女人而已。

當然，我無從而知這些男人真實的想法。正如前面所言，因為我生來就是女人。總之，他們第一次見到了女人，而且注意到了女人的胸部。哇，你們快看那又凸出又軟呼呼的東西。

男人聚在一起，思考起了一個問題——這種生物究竟是什麼？是人類嗎？最初很多人認為女人不是人類。漸漸的，思想進步且寬容的男人改變想法，認為女人也是人類。

但女人是不是人類，並不是獲得男人認可的問題。總之，這件事告一段落了。之後男人們又針對乳房展開了討論——乳房的用途是什麼呢？為什麼長出乳房呢？難道是為了誘惑男人？因為動機不純，所以必須遮掩起來的觀點主導了輿論。

隨著時間流逝，關於乳房的討論朝著不同的方向發展了下去。隨即出現了一群讚揚乳房的人。這些人稱讚乳房是美好的、是神祕的，且蘊含了神的祝福。他們認為對女人而言，乳房是最重要的，是女性的一切。

在科幻小說中，科學有多重要？

對女人而言，乳房有多重要？

我們可以根據胸部來判斷遠處走來的那個人是不是女人。在科幻小說中，科學似乎正處在這樣的位置。但令人驚訝的是，這世上存在很多沒有胸部的女人。胸部並不是定義女人的必要條件。

心理學研究表明，我們容易高估看到的影響力。例如，很多人會高估自己的社會影響力。這是因為我們眼裡只有自己。

很少與女人接觸的男人會認為「因為是女人」所以這樣做事，這是因為性別先入為主的關係。在一個聚集了首爾人的團體中，若有一個地方人加入，那麼，無論他做什麼，首爾人都會覺得「因為是地方人」所以這樣做事。這是因為他們只在意那個人的出身。

我常常看到一些藝術作品為了展示女性之美，在沒有四肢的軀體上只突出強調乳房。如果是透過這種作品第一次接觸女人的男人，一定會嚇得跑開，大喊自己不喜歡女人。哇，與其這樣，還不如沒有乳房，保留下完整的四肢，至少看起來還能有個人樣。

也許胸部很有魅力。

但如果你問我，女人的魅力是什麼，我會說女人的魅力和男人、以及其他生物一樣。就只是一個人的、生命的魅力。它代表了生機與活力，以及被愛的理由。

但這並不表示男人和女人一樣，這只是另一種形式的錯覺。我們在很多方面都是不同的，光看胸部就知道了。

當然，乳房是美好的，就像女性身體的其他部分一樣。

這是關於乳房的故事。

P.S.

若附加說明，乳房是我與生俱來的一部分。

並不是後來故意添加的。

在我的作品中，有很多故事並不是故意寫成科幻小說的。我就只是自然而然地寫出了心中構想的故事，然後讀者把它們分類成了科幻小說。

如果你不相信我說的話，那可以想一想，在你自己的作品中，是否刻意加入了愛情故事呢？當然，有時我們會帶有意圖地去寫愛情故事，但很多時候並非如此。試想一下，愛情在人類歷史上是多麼普遍、自然的一件事。就像最初存在愛情，科學也是如此。歷史上無數的作品與作家的創作意圖無關，最後都成為了科幻小說。我的作品也是如此。

據我所知，無須刻意安排，你的孩子裡也會有女孩。

只要你不跳腳堅持自己不生女孩。

無須驚慌，她也是人類。

虛擬腳本

- 二〇〇八年發表於網路雜誌《文章》
- 二〇一〇年收錄於短篇小說集《進化神話》（幸福的閱讀）
- 二〇二一年收錄於英文版短篇小說集 *On the Origin of Species and Other Stories*, KayaPress

Script：腳本。在遊戲製作中，指為了能在遊戲中呈現而改成程式語言的腳本。

Scripter：編劇。

1

輸入「你好。」

輸出「你好。」

「距離我上次遇到外地人，已經有二十三年了。」男人說。

男人的皮膚黝黑，體格健壯，身高足足高出別人一個頭。眼眶四周塗有黑色的顏料，雙頰也各畫了兩道黑條紋。男人的長髮緊綁在腦後，還紮了一條黑頭巾，他一身的手工鞣製皮衣，不僅針線活兒一絲不苟，圖案也精妙絕倫。他揹著弓箭，腰間兩側各配戴了匕首與長劍。
「你看起來沒那麼老啊。」
旅行者說。
「外貌隨時可以調整。我知道你很有可能與我所見不同。如果不是這樣，我早就丟幾個硬幣一走了之了。」
旅行者身材瘦小，有張鵝蛋臉，滿臉淨是黑灰。一頭亂蓬蓬的頭髮，活像頂著一個鳥窩。他赤著腳，身上只套了一個能從三個洞伸出脖子和雙手的粗麻袋。
旅行者抓了抓頭髮。
「因為是等級一，職業『乞丐』，所以只有行乞技能。老闆要趕我出去，可我費了半天力才進來。我也想穿得西裝筆挺，但光是一套像樣的衣服就要升到二十級。」
「什麼意思？」
「喔，抱歉。大家都說不能對你使用遊戲術語。聽說你是一個非常頑固的**遊戲玩家**，拒絕與那些使用不符合世界觀用語的人講話。我真是苦惱了半天該怎麼跟你溝通。」
兩人坐在一間破舊的木頭小酒館裡。天花板上的吊燈晃來晃去，把昏暗的室內染成朱紅。每當吊燈晃動，光線便會依次打在演奏玄琴的樂師、不停碰杯的三個酒鬼、擦盤子的老闆，以及站在角落身穿紅衣的女人身上。如果仔細觀察，就會發現樂師一直在反覆演奏同一首曲子，三個酒鬼每隔一段時間就會碰一下酒杯，老闆也孜孜不倦擦著盤子，不停地重複吐哈氣和抬眼鏡的動作。大家就像事先約好了一樣，為了不撞色，各自穿著不同色彩、符合情境的衣服。空氣中也像摻雜了顏料，給大家又蓋上一層相同的色調。

老闆粗魯地把啤酒杯放在旅行者面前。

「喝完這杯就趕快滾蛋，別毀了店裡的氣氛。」

旅行者咧嘴一笑。

「行乞成功了耶。嘗試十次至少一次能成功。就因為等級太低，所以遇到的人都不親切。」

男人一聲沒吭。旅行者咕嚕咕嚕喝了兩口啤酒，但眉頭一緊，做出了乾嘔的表情。

「一股苦咖啡味。這裡的食物都很苦，味覺模擬實在糟糕透了。不過也是啦，這是很久以前的遊戲了，當時的技術還不發達。當時……」

旅行者閉上雙眼，用手摸了摸酒杯。

「觸覺也模擬得不夠細膩，根本摸不出是木頭、鐵還是紙。最近的遊戲做得可逼真了……仔細看酒杯的紋路，就跟一幅畫似的。這個——摔也摔不碎吧？」

三個酒鬼碰杯，哈哈大笑了半天。其中一個酒鬼朝站在角落處的紅衣女人招了招手。

「小姐（小姐），過來（過來）陪我們（陪我們）喝一杯吧（喝一杯吧）。」

旅行者模仿酒鬼的嘴形說著相同的話。

「接下來他會說，『聽說幾天前一群狼下山叼走了家畜』。」

「聽說幾天前……」

酒鬼就像唱歌一樣模仿起了旅行者的話。

「這裡的人都好無聊，一直待在原地，重複相同的話和動作。和他們搭話也不理人。」

「因為他們不是人。」

聽到男人的話，旅行者乾咳了一聲。

「沒想到你會是這種反應，我已經很努力在配合你了。」

「所有人離開後，鍊金術師為了讓寂靜的街道重新熱鬧起來，創造了霍爾蒙克斯。」

「還有這樣的設定？我沒細看遊戲說明。」

「這間酒館裡，只有你和我是人。」

「而且，玩這個遊戲的人，就只有你一個人。這期間你遇到的外地人全部都是為了說服你而來的公司員工。」

「……」

「提供這個遊戲服務的公司有一套自己堅持的經營哲學，他們秉持遊戲數據是玩家寶貴資產的原則，只要是提供過服務的遊戲，無論如何虧損，都不會終止服務。但這間公司在三年前破產，現在被我們公司合併了。然而，我們公司的經營理念大不相同，我們認為沒有理由繼續做這種早已過時的遊戲，所以決定只保留一部分，至於毫無盈利的全部報廢……但問題是，你玩的這個遊戲附帶了一個很特別的簽約條款。」

「……」

「只要還有一名玩家在玩遊戲，就不能終止服務。未經同意擅自下架遊戲，就要向該玩家支付巨額的賠償金。我們不理解他們是怎麼想出這種營銷策略的。再說了，你是當年促銷活動的中獎者，擁有終身免費的使用權。這等於表示你玩這個遊戲不花一分錢……當然，這不是現在要討論的問題。總之，這是簽約條款，所以我們只能說服你主動退出遊戲。我們將提供比這款遊戲更好的遊戲的使用權，而且終身免費，同時還會賠償一筆數目不小的補償金。」

「……」

「我知道你不想聊遊戲之外的事，但我講的這些話，你都能聽懂吧？」

「Mazalalika。」

男人指著旅行者的酒杯喃喃說道。他的手指周圍出現了文字，酒杯突然起火，旅行者嚇得放開了手。

「就算不會摔碎，但能燒掉。」

一身獵人裝扮的男人揹起箭袋，健步如飛朝山坡走去。旅行者緊隨其後，但因為赤著腳，每當小石子刺痛腳底，他都不得不在原地打轉。每每這時，旅行者就會落後男人一大截。他一邊慌慌張張地追趕，一邊揮手趕走不時迎面撲來的蒼蠅，嘴裡喃喃抱怨。

「模擬這種東西幹麼！」

「那不如這樣，你就當我是神派來的使者。我知道這種外貌一點也不像天使，但你不是也說過外貌不等於本質嗎？大家都離開這個世界了，就只剩下你一個人。神判斷這個世界已經沒有存在的價值，所以決定宣告末日即將到來。在此之前，神希望拯救你。你就跟我說一句話吧。我可以把你送往神創造的另一個更美好的世界。」

男人沒有回答。

「我知道這個世界對你有多珍貴，也知道它給你留下了多少回憶，更知道你不想這個世界消失。雖然不知道這個遊戲有什麼魅力，但玩了這麼久，就算是棋子也培養出感情了。我可以幫你複製一個在家自己玩的軟體，和朋友一起玩也可以……唉，我又使用現實世界的用語了。」

獵人站在山頂，眺望遠方。旅行者也朝相同的方向望去。只見遠處的天空劈成了兩半，就像有人在用力拉扯天幕一樣。

「看來是圖形出了問題，一個多邊形座標壞了。這是老遊戲了，沒有人編程，也沒有人分析代碼，這種問題只會越來越頻繁。嗯……我的意思是，連次元也受到破壞了，混亂只會越來越嚴重，最終吞噬掉這個世界。」

這時，獵人一把壓住旅行者的頭。旅行者的臉埋進粗布袋衣服裡掙扎了半天。獵人舉起弓箭瞄準樹林的方向，動作持續了兩分多鐘。就在旅行者以為獵人死了、正要戳他一下的時候，箭劃破空氣，射向了樹林。一陣騷動過後，獵人大步走進樹林，抓起一隻金毛狼。

「這傢伙一年只出沒一次。」

獵人說著說著，把狼丟給了旅行者。下意識接住狼的旅行者被意想不到的重量壓倒，一屁股坐到了地上。

「拿去賣掉，買件像樣的衣服穿吧。」

2

條件 1029 // 重複相同內容時
輸入「你好。」
輸出「我們已經打過招呼了。」

清晨，獵人從山上撿回一塊扁平的石頭，坐在院子裡直到把石頭磨尖。待石頭磨得大小適中，獵人用線緊緊地把石頭綁在箭袋上，還裝飾了一根事先選好的光滑羽毛。獵人時不時的拿起箭頭在陽光下端詳。旅行者呆呆地坐在一旁觀察獵人，直到傍晚，才起身走到獵人身邊。獵人看到旅行者，噗嗤笑了。

「笑什麼。我現在的鞣皮和縫紉技能等級都是零，費了好大力氣才做出上衣，但褲子就沒辦法了。」

旅行者拽了拽像裙子一樣圍在身上的毛毯。

「你可以學啊。」

「當然可以學了。鄰村的老奶奶說，只要抓二十隻兔子給她，就教我針線活兒。我可是個大忙人……哪有時間在這個愚蠢的世界抓兔子。」

旅行者抬頭瞥了一眼太陽，金黃色的太陽就像有人用沾了金漆的畫筆直接畫上去的。如果非要描述一下宇宙的話，那就是：它是由一個寬大、扁平的圓盤組成，四周環繞著旋轉的內壁，上面畫有星星、月亮和太陽形狀的球體。

「我有查看過你的遊戲紀錄。現實世界的一小時等於這裡的一天，所以以這裡的時間計算，你少說也有一千零五十歲。你的前世多到無法計算，而且什麼職業都做過。你現在是獵人，但之前做過魔法師、詩人、僧侶和戰士。做戰士的時候還榮獲了聖劍的封號。不僅如此，你還是盜賊、戲子和騙子。甚至擊退過數次威脅王國的大魔王。如果不是基因認證的用戶……如果不是允許一個玩家有兩個化身的世界，我簡直不敢相信這都是你一個人所為。嗯，當然也不排除使用ＡＩ的可能性……當年業餘的設計師還設計了狩獵。但這是違法的……不過有時，他們的設計比專業的設計師還要出色。」

獵人吹了一下箭頭，藉助陽光仔細檢查了一番，然後放進木桶，又磨起了另一塊石頭。箭剛放入木桶，立刻融入了周圍的顏色。

「你的業績深深觸動了神，所以神決定授予你最高榮譽——坐在祂的右手旁，協助祂統治世界……算是一種商業合作夥伴關係。日後，你可以直接參與創造世界，隨心所欲做你想做的事情。你可以賦予人們能力，也可以奪走他們的能力，甚至還可以掌控他們的生死。當然，前提是必須維持世界均衡。神相信你具備這種均衡感。這件事可比你在這裡磨石頭、造箭頭更有趣、更有意義。」

男人瞪著眼睛愣了半天，「噗」的一聲笑了出來，跟著笑聲便不受控制了。

「我講話的方式很奇怪嗎？」

「你這身打扮，說什麼恐怕都沒有說服力吧。」

「看來我得想辦法加一個衣服的圖案才行。」

旅行者扭了扭身子。

「你為什麼對這個世界如此著迷呢？你完全可以搬到另一個世界繼續生活啊。」

男人放下手中的石頭看向旅行者，一張年輕的臉龐籠罩著衰老的影子。男人看上去就像個退位的國王，瞬間又變成了不肯放棄權利的衰老野獸。

「只有我自己知道能在哪裡生活下去。」

這時，有人從屋裡走了出來。旅行者朝門口瞥了一眼，目光再次轉移到男人身上，但很快又忍不住看向了門口。

也許創造她的人與創造這個世界的人不同，她獨自綻放著光芒，就像出自一流畫家之筆。她有著濃眉大眼，長長的睫毛和黑珍珠般的眼睛，好似波浪的黑髮沿著曲線優美的身段一直垂到了腳跟。她穿著與男人相同材質的皮衣，上面同樣點綴著用動物骨頭精工細作的飾品。這身穿搭更加增添了原始的美感。

女人把水瓶遞給男人後俯身親吻了他。旅行者的雙眉挑動了一下。女人抬頭看向旅行者，嘴角微微上揚，露出了微笑。

「你好。」

「你好。」

旅行者下意識地回答道。

「妳，是人嗎？」

女人反問：

「你問我是不是人？」

「嗯。」

「……當然是了。」

「很久沒有見過真的人了。」

旅行者的雙眼充滿了疑問。

「大家都離開這裡了。人們說，世界末日就要來臨。清晨山坡另一頭的世界也幾乎坍塌，混亂將吞噬一切……先生，你打算在這裡待多久呢？」

「妳是什麼人？」

旅行者的聲調突然變得十分冷淡。男人抬起頭，女人眨了眨眼睛。

「妳是怎麼登入遊戲的？妳知道我們最近正在嚴懲駭客行為嗎？妳會收到巨額罰單，恐怕這輩子都還不清。妳登入遊戲多久了？」

女人一臉困惑地看向男人。男人摟著女人的肩膀說：

「他來自其他次元，算是為創造這個世界的人跑腿的，所以講話有些奇怪。」

「真的？」

「他自己這麼說的。」

男人輕輕吻了一下女人的臉頰。旅行者張開嘴，但沒有發出任何聲音。只見他的雙手動來動去，似乎想要追問什麼，但最後強忍住罵人的衝動說道：

「你們玩得還真開心啊。我說小姐，不管妳是小姐還是大姐，哪怕是大叔，也得付費玩遊戲吧。世上可沒有免費的午餐，知道嗎？既然被我撞到了，那就趕快付費，把至今為止沒繳的也都算上。妳要是不付費，我現在就把連結斷掉，趕快給我退出遊戲！」

女人沉默了。就在旅行者又要說些什麼的時候，女人挺直腰背，一字一句溫柔地說道：

「自稱為創世者跑腿的人啊。我的存在不需要你——更不需要任何人的認可。請回去告訴你的主人，就算你們相信這個世界屬於你們，但事實並非如此，這是我們的世界。即使你們可以毀滅、重新創造這個世界，我們也絕不會做出違背自己意志的事情。死亡和滅亡也許會把我趕出這個世界，但在此之前我絕不會主動離開。」

3

條件 1040 // 重複相同句子時　模式 4
輸入「你好。」
輸出「你是在測試我是不是人嗎？」

獵人騎在馬背上眺望山腳。當他看到樹下的那個人，不禁笑得差點從馬鞍上摔下來。

「我也是不得已而為之。一開始，我就應該穿成這樣登場，結果現在適得其反了。」

旅行者背後的翅膀連同肩膀一起垂了下來，黃色的光環懸掛在頭頂，身上披著一件好似睡衣的白色長袍。亂蓬蓬的頭髮梳得乾淨俐落，甚至還用小黑夾固定住了髮型。旅行者像鳥一樣展開翅膀，搧了幾下，又用翅膀擦了擦臉。

「最近遊戲世界的管理員都穿成這樣，因為很受玩家的歡迎。」

獵人笑得上氣不接下氣，好不容易才平靜下來。旅行者（現在最好稱之為天使）臉上的黑灰也不見了，一張帥氣的臉顯露在了光環之下。那張臉看上去既像女人也像男人。獵人饒富興趣地盯著那張臉問道：

「原來你是女人？」

「我是雙性人。有的玩家喜歡女人，有的喜歡男人，這算是滿足不同取向玩家的戰略。」

「那真實的你呢？」

天使雙手抓著拖在地上的長袍，用一臉「穿這種衣服怎麼走路」的表情觀察起獵人的表情。

「這個問題很有趣。這麼問，就表示你也承認這個世界不過是真實世界的影子囉？」

「我已經說過了，外貌不等於本質。你也知道我是一個垂死的老人。」

「還真難適應你的這種世界觀。」

天使吐了一下舌頭。

「要是我告訴你，你也會講自己的事嗎？」

「……」

「不會吧？我就知道你不會。我東奔西走，到處去查你的住址和個人資料，但沒有找到任何紀錄。之前的公司數據管理一團糟，現在連負責人都找不到……也追蹤不到

ＩＰ。因為必須保護管理員的人身安全，所以我是不會告訴你的。畢竟這是要在現實世界處理的事，誰知道會發生什麼意外啊。」

這時，一個提著燈籠，揹著包袱和孩子的老人走了過來。孩子手裡拿著一朵蓮花。老人駐足，喘了幾口粗氣。

「勇士，天吶，我終於見到你們了——願神保佑你們——久仰勇士的大名，老夫遠道而來就是想請你們幫幫我。我為了醫治這孩子走遍了全世界……」

獵人沒理睬老人，繼續對天使說：

「你也太死纏爛打了吧。」

「因為這是我的工作，我看死纏爛打的人是你才對。再說了，我現在要管理的人從一個變成了兩個，看來我得申請加薪才行。當然，如果真的是兩個人的話……」

天使坐在樹下，伸手在虛空畫了一個圓圈，幾張紙隨即從圓圈飄落了下來。天使撿起三、四張紙，慢條斯理地朗讀了起來。察覺到獵人的視線時，天使用手指點了一下紙。

「我在倉庫找到了管理員的ＩＤ，接手了服飾數據和職權，魔法也在傳送中……老方法確實有效，就是要花很長的時間。」

「你說兩個人是什麼意思？」

面對獵人的問話，天使瞥了他一眼。

「沒有她的登入紀錄。我懷疑她是透過我們不知道的駭客入侵方式登入遊戲的，但分析部門不這樣看。C語言已經幾十年無人使用，懂得這種語言的人也不多了，更何況現在能玩這種遊戲的電腦也所剩無幾。」

「所以你的意思是？」

「她不是人。」

獵人下馬，把韁繩掛在樹枝上。那是一顆大樹，粗大的樹幹足有一個小院子的占地面積。大樹的根部已經枯死，但枝葉仍茂盛得遮擋住了天空。樹幹四周長滿了青苔，還可以看到棲息在樹皮上的昆蟲和築巢在枝頭的小鳥。飄落在青苔上的種子發出新芽，與枯樹融為一體。每當起風時，花瓣和葉子就會隨風飄落而下。

獵人盤腿坐在天使面前。

「如果她不是人？」

天使的視線落在了獵人的臉上。

「那就是NPC[1]。就像站在這裡的老人一樣，只是遊戲中的登場人物。」

「……但那些藥草生長在巨龍棲息的洞窟裡。據說沒有人有膽量踏足……」

揹著包袱的老人就像演戲的辯士自言自語著。

「根據紀錄，這個遊戲會向VIP玩家提供製作NPC的工具。NPC不僅具備簡單的語言處理和語音識別功能，還可以根據人的對話做出相應的反應。雖然工具沒什麼特別之處，但容量是無限的。看作是初期階段的AI，但智慧遠遠不足，就只能輸出指定條件下輸入的句子。遇到意外情況時，就只能沉默或裝作聽不懂。」

「我聽不懂你在說什麼。」

天使嘆了口氣。

「好。那就用你能理解的方式來對話。那個女人其實是霍爾蒙克斯，她應該是你創造的。你當過鍊金術師吧？」

「只要跟她講幾句話就能知道她是不是人。」

「起初我的確誤以為她是人，因為通常NPC……霍爾蒙克斯是不會問對方是不是人的？」

「……為了孩子，就算賠上這條老命，我也在所不惜。如果救不活這個孩子，我活著還有什麼意義呢？求你們可憐可憐我，幫幫我吧。我願意把家傳的寶貝……」

「閉嘴。」

獵人對揹著包袱的老人說，他背後的孩子嚇得把頭埋進了包袱。老人就像關掉了電

1 Non-Player Character，縮寫：NPC，是指角色扮演遊戲中非玩家控制的角色。

源一樣安靜了下來。

「她有跟你對話。」

「那不是對話，她是在自言自語，我也一樣。我使用的是現實世界的語言，但她似乎聽不懂。起初我以為默不作聲是遊戲玩家的執著，但現在想來，那是因為沒有輸入問題的答案，而且她的回答也很反常。」

「……」

揹著包袱的老人就像故障了一樣嘴巴一張一闔。往前邁了幾步後，又像倒帶似的倒退了回來。

「你給她輸入了幾個對話模式，然後讓她出現在我面前。你很清楚有新人登場時我會做出什麼反應。如果我們再次碰面，她肯定會說一模一樣的話。但有一件事我很好奇……」

天使在虛空又畫了一個圓圈，把幾張紙放了回去，圓圈吞下紙後，旋轉著消失不見了。

「你到底是什麼意思？想跟我玩遊戲嗎？自己一個人玩玩膩了？我連遊戲規則都不知道，這到底是什麼遊戲啊？」

獵人站了起來。嘰嘰喳喳的小鳥停止了歌唱，一陣風拂來，五種花朵的花瓣和葉子紛紛飄落在獵人的肩上。獵人面帶微笑拔出了腰間的利劍，陽光反射在刀刃上，四散的光芒閃得天使直眨眼。獵人用刀瞄準天使。

天使這才意識到獵人接下來要做什麼。天使尖叫著落荒而逃。由於翅膀過重，天使摔倒在地。察覺到自己不是陸地生物後，天使打開了翅膀。獵人以驚人的速度追趕而來，往天使的翅膀深深地刺了下去。就這樣，利劍穿過天使的翅膀，扎進了地裡。天使就像從空中被硬拽下來，狠狠地撞在了地上。

天使吃力地爬起身，就在他試圖拔出貫穿翅膀的利劍時，獵人從箭袋抽出一支箭，搭箭拉弓，繞了一圈走到天使的面前。

「你不要這樣。」

天使氣喘吁吁地說。

「我知道你是不會死的，你會在死亡的泥沼中再次復活。」

「那我就不害怕了。」

獵人拉緊弓，天使尖叫著摀住了臉。箭危險地擦過翅膀邊緣，插進了地裡。天使掙扎著搧動了幾下翅膀，獵人用匕首指著天使的喉嚨說：

「我才不想跟你玩呢。不要用你們的標準來衡量、判斷我和我周遭的一切。不要用你的世界的語言玷汙這裡。我一直忍耐到現在，但再也忍不下去了，你再口出狂言……」

「快住手。」

呼嘯的風聲驟然平靜。只見長髮飄逸的女人騎著一匹額頭上長著犄角的斑馬迎面而來，揹著包袱的老人這才像重獲自由一樣朝女人走了過去。

「勇士，天啊，我終於見到你們了。願神保佑你們。久仰勇士的大名，老夫遠道而來……」

獵人放下匕首，對女人說：

「但他侮辱妳。」

「你這樣對他，對這個世界沒有任何好處。」

「無論我怎麼對他，這個世界也不會改變的。」

「不，我相信還有機會。」

「巨龍棲息的洞窟……」

天使一臉不滿，輪流看著獵人和女人。女人下馬，走到天使面前。她對著貫穿翅膀的劍念了句咒語，劍就像聽懂了她的話一樣自動由翅膀抽離，飛回了獵人的劍鞘。女人口出之言變成一道光滲入傷口，撕裂的傷口轉眼間癒合了。天使嘟起嘴，瞪著女人。

「妳是怎麼做到的？」

「我治好了你的傷口。」

「你們是怎麼對話的？他是雙重人格？一個人飾演兩個角色？」

「嗯？」

「妳是誰？」

「這麼問是什麼意思？」

「笨蛋。」

「……嗯？」

「看來妳對自己的臉蛋很有自信嘛。反正也不是真的臉，都是花錢買的。是專門為VIP玩家提供的臉吧？但外貌並不代表真實的妳。」

「……我沒說過臉的事。」

「妳這張臉意味著什麼？」

女人的瞳孔微微閃動了一下。

「妳給我立刻離開這個世界。」

聽到天使的話，女人生氣地挺直了腰板。

「原來你是在測試我。」

「測試是什麼意思？」

「你羅列出非邏輯的句子，是為了想看我會做出怎樣的反應。因為霍爾蒙克斯不懂文字脈絡，無法掌握邏輯。如果你再這樣測試我，我是不會原諒你的。別的事我都可以不計較，但我絕不原諒不被當人看。」

天使怒瞪著女人，稍後伸出手指，他在虛空畫了一個圓圈，沿著手指的軌道，虛空中出現了一道光。天使嘟嘟囔囔的同時，懸在空中的手指始終沒有停下。獵人識破了天使的意圖，瞬間眼神發生了變化。

天使念著咒語，一頭獅子發出咆哮，眼看就要從圓圈中跑出來撲向女人。女人一動不動地站在原地。瞬間，獵人吹了一口氣，一股旋風生成。旋風圈住尚未越過圓圈的獅子後肢，眨眼之間就把獅子分解了。

獵人抽出箭。搭箭拉弓的同時，四周的空氣匯集成了九把長矛。獵人鬆開弓弦，箭與長矛同時飛出，穿透了天使的身體。

4

條件 751029 // 重複相同句子X次以上　模式5

輸入「你好。」

輸出「我不會再容忍這種測試。」

賞月的角度不同，看到的月光顏色也不同。身處田野，月光是藍色的；站在山頂，月光是紫色的，就連樹下的墓碑也被月光染成了紫色。一個幽靈蹲坐在墓碑上，陷入了深思。幽靈的背後長著一對小翅膀，但他沒有腿，取而代之的是一縷如同魚尾般流線型的白煙。手持長矛的獵人剛打完獵，帶著滿身的落葉走了過來。

「你在這裡做什麼？怎麼還不去轉世？」

幽靈東張西望了一下，指著自己問道：

「你能看見我？」

「嗯。」

「我以為沒有人能看到靈魂。」

「我能。」

「喔，想起來了，你還當過男巫。」

幽靈聳了一下肩膀。

「我在觀賞死後的世界。創造這個世界的人還真夠風趣，讓亡者也能看到這麼美好的世界。盤旋在樹梢上的精靈，守護墓碑的白狼，還有山坡上通往陰曹地府的大門。亡者既不能狩獵，也不能做任何事，幹麼要為他們浪費資源呢？難道是希望他們死得安寧？」

獵人默不作聲。

「這個世界越看越有魅力了……應該說這屬於技術尚不發達時期的一種浪漫。沒有一樣東西像是真的，就連人也是，感覺都跟畫一樣。但正因為這樣才讓人覺得有趣。你看這棵樹。可能設計這棵樹的人設計完就被公司趕走了。如今做遊戲就像工廠打造似的，一年能推出幾百種，創造幾百個世界，但沒有人賦予遊戲任何的藝術價值。當年能設計出這麼美的樹，簡直就是奇蹟。」

「我以為你不會再出現了。」

「其實，我本來打算就此放棄的。」

幽靈嘟囔著說。

「我跟各種各樣的人打過交道，瘋子、流氓和白痴，還有患者，但我從沒遇到過像你這麼蠻橫無理又有藝術氣質的人。」

說完，幽靈拍動小翅膀飛進了墳墓裡。只見墳墓開始左右搖晃，彷彿有人在地裡面挖土，接著整個墳墓坍塌了下去。稍後，土堆裡出現了一具帶有翅骨的骷髏，胸骨下的心臟跳動了起來，密密麻麻的血管蔓延開，骨頭的四周爬滿了肉，翅膀也長出了絨毛。骷髏拍動了幾下翅膀，絨毛就變成了光滑的羽毛。骷髏的面部肌肉長全後，露出了原有的容貌。天使拍打著翅膀，但四肢仍是骨頭。

「我的天啊，感覺全身灌滿了沙。」

獵人舉起長矛，瞄準了天使。長矛鋒利的尖端眼看就要碰到天使的額頭，拍打著翅膀的天使突然定格住。

「為什麼這麼做？」

獵人問道。

「你不要這樣。你還要再殺一次死掉的人嗎？難道你不知道毫無預告的ＰＫ[2]屬於

---

2 Player Kill，指在遊戲中，未經另一個玩家的同意，殺死對方的行為。

暴力犯罪嗎？」

天使用手指點了點在額頭前方晃來晃去的長矛。

「是你挑釁在先。」

獵人說。

「那不過是最低等的技能，我只是想確認一下她是不是真人而已。我是想看一下她在面對突發狀況時的反應，結果一切都是徒勞。事實證明，NPC也可以參與任務模式的戰鬥，跟怪物的數據等級相同……我白白送死了。那個女人一點也不慌張，她跟你一樣沒有追問，也沒有生氣。」

「以你的標準，不生氣就不是人了？」

聽到獵人這樣講，天使露出了無言的笑。

「搞什麼？你該不會真是雙重人格吧？一邊與外界進行最低限度的溝通，另一邊徹底沉浸在自己的世界裡？好吧！我是神派來審判這個世界的使者，如今時機已經成熟，你卻百般刁難我。你現在掌控這個世界，但你覺得我能忍耐你到什麼時候？你以為憑一己之力就能守護這個世界了？你已經越過底線了！根本沒有人把你這種垂死的老人放在眼裡！我奉勸你，不要倚老賣老，要懂得變通。不然我們聘請律師告你恐嚇、妨礙業務，看最後告上法庭對誰有利！」

獵人沉默了，手中的長矛掉在了地上。他愣在原地站了半天，突然屈膝跪地；他跪在地上一動不動。

「你這是幹什麼？」

「我在懇求你。」

獵人面不改色，從容地說完這句話後磕了一個響頭。雖然天使故作泰然，站在原地沒有移動，但翅膀下意識地抖了一下。一瞬間，天使失去平衡，一屁股坐在了地上。

「你到底想要我怎樣？我到底做錯了什麼？你要這樣對我？」

「告訴我我該怎麼做？」

「什麼意思？」

沉默持續了半晌。

「拜託……」

獵人發出唉聲長嘆。

「……只要你們不摧毀這個世界，我什麼事都願意做。告訴我我該怎麼做？」

獵人倒吸一口氣，平靜且冷漠地閉上了嘴。

5

/* 以下條件，無視對方的話，必須接近 ID lover123。*/
條件 43571029 // 與 ID lover123 的距離拉遠至X以上時
條件 43571030 // ID lover123 的體力不足5%時
條件 43……

沿著山腰流淌的河流就像被人一刀砍斷，突然變成了兩節。四濺的河水流向虛空，遭截斷的地方冒出黑水，四周的土地被染成了黑色，壓扁的房屋取代草坪，給大地塗抹了一層顏色。

整座山從山頂開始坍塌，樹木和泥土就像陷入泥濘的泥沼一般，緩緩地被吸進黑洞。小鹿和兔子拚死逃生，最後還是被吸回了黑洞。屹立於山頂的大樹也出現了傾斜，盤根錯節的樹根破土而出。但當半座山坍塌而下，大樹依舊沒有連根拔起，而是毅然決然地守在原地。

女人正在河裡洗澡。黑水浸溼了她的衣服和身體。為了洗掉身上的黑東西，女人不停地往身上撥水，反而越洗越黑。女人就像在河邊挑選白石子的孩子一樣一邊仔細檢查身體，一邊不停地往身上潑水。

天使拖著下巴坐在河邊，觀察著女人的一舉一動。一群衣衫襤褸的人朝天使走來，跪在他腳邊磕了一個頭，放下食物和飯糰後倒退著步子消失。天使拿起一個飯糰，吹了吹灰，大口吃了起來。

「升到『神』的等級大家的態度就都變了。但仔細想一想，現在和行乞並無差異。我還是不理解，神的等級是隱藏的，根本不用顯示出來吧。」

女人抬頭看向天使，半張臉都是黑水。天使咬了一大口飯糰，一邊咀嚼一邊瞥了一眼流淌的黑水。

「這不是我的責任，不是我做的。我們也不知道該怎麼維修，更不知道之後會變成什麼樣。知道的人都死了，而且硬碟的壽命也盡了。轉移數據，重新編程的話，或許還能好一些。但最好不要抱以期待，因為神已經不打算再在這個世界投入人力資源。」

女人望向河流的另一頭，指了指截斷的地方。

「不要悲傷。遺忘無法抹去你，死亡也無法帶走你，所有的一切都不會消失。你是完整的存在，存在的瞬間即是永恆。即使無人知曉你活過的這些日子，即使這些日子沒有留下任何痕跡，但你存在的瞬間就像這個世界稍作停留的微風、陽光和雲朵一樣燦爛奪目。」

天使乾咳了幾下。好不容易平靜下來後，開口問道：

「妳在說什麼呢？」

「每當因消失的一切感到悲傷時，我就會念這段咒語，這麼一來悲傷會隨即消失，你也隨我一起吧。」

「我才不要，感覺好像白痴。」

女人默默地用水沖洗著身子。她抬頭看一眼天空，再低頭仔細打量自己的身體，最後潑一些水在身上。這是一套令人肅然起敬的動作。如果這套動作出自設計師之手，想必他當時一定深陷在極度的悲傷之中。

「白痴。」

女人回頭看向天使。天使托著下巴坐在岸邊，瞪眼直視女人。女人微微一笑，身上滴著水。

「你還是認為我不是人？」

「妳為什麼這麼問？」

「你不是想透過侮辱我來確認我是不是人嗎？」

「設計師給妳輸入聽到髒話時就要做出這種反應嗎？」

「你再這樣挑釁我就什麼反應都不做了。」

天使沉默。

「妳是什麼時候退出遊戲的？我觀察了好幾天，根本沒看到妳退出。」

「你真的認為我是霍爾蒙克斯？」

「……霍爾蒙克斯到底是什麼？」

「那是人們離開這個世界以後，無法忍受孤獨的鍊金術師創造的人工智慧生命體。霍爾蒙克斯沒有智慧、理解能力和邏輯，只會編造虛構的故事，但這些故事使得留下來的人不再孤獨。最後，在鍊金術師也離開後，就只剩下霍爾蒙克斯。」

「非常有趣。也是啦，這種假設才更有現實感，反正ＮＰＣ根本不像人類。那麼，是誰像雕刻家比馬龍那樣創造妳、愛上妳、讓妳變得如此真實？」

女人笑了。

「你真的相信這個世界存在像我一樣的ＡＩ嗎？這個世界是在語言識別、導航和躲避障礙物等程式尚未開發的年代創造的，當時模擬人類大腦的神經網路也僅存在理論。況且，電腦始終存在局限性。你真的相信這個世界的ＡＩ可以思考、具備人格，理解文章脈絡嗎？」

天使目瞪口呆，觀察了半天女人的表情。

「沒想到妳還能說出這種臺詞。」

「我可以無所不談。」

「那妳說說看，為什麼這個世界不能消失？」

「我才要問你，為什麼對一個世界的消失可以如此無動於衷？」

「這個嘛，每天都會有新的世界誕生，也會有世界消失。這些世界毫無緣由地被關掉，之後又再重啟。毫無任何哲學和藝術性的世界誕生，隨即又消失。心中無愛的創造者毫無感情地營運這個世界，深陷利欲的神也沒有自己的哲學，肆意摧毀世界。我每天面對這種事早就司空見慣。更何況，我不明白，為什麼我要為關掉這種老掉牙的世界吃這麼多的苦頭。」

「……」

「妳理解我說的話是什麼意思嗎？」

「理解。」

「妳是在主張自己可以理解嗎？」

女人難過地抬起頭。天使的雙眼閃過一股冰冷。

「我到底該怎麼做才能讓你停止懷疑呢？」

「看來妳能理解這種模稜兩可的話，這種反應的確很像人類，但也不難理解妳是怎麼做到。」

「……」

「妳不回答，是因為沒有輸入答案吧？」

「你是一個不擅聆聽的人。」

「妳在這個世界無法證明自己是人。因為不能用針去刺妳，看妳會不會流血，也不能拍X光線。無論是人、機器人、樹、大地、還是草，在這裡就只是數據。妳要是真的氣我不把妳當人看，那妳就在我面前退出遊戲。這是最簡單的證明方法。」

女人在原地站了很久。當她從河裡走出來，黑水也隨之移開。乍看就像女人的黑髮變成了河水。女人身上的黑水滴落在天使的肩膀上。

「來自其他次元的人啊。」

女人開口說道。倘若有人設計過她的臉，那麼那個人一定是出自於愛；若有人設計了她的聲音，同樣也是因為愛。那個人一定把自己的理想和夢想投射在了她身上。若非如此，她根本不可能顯露出這種表情。

「聲稱自己來自其他次元的人啊，如果我不能證明自己，那你不也無法證明自己嗎？你究竟是誰？除了你自己的主張以外，還有什麼可以證明你自己嗎？你要如何證明自己是人，而不是來戲弄我的霍爾蒙克斯呢？」

天使的表情發生了變化。他想要站起來。女人伸手指向天使，她既沒有攻擊他，更沒有碰到他，但天使才一起身，就癱坐在了地上。

「聲稱自己來自其他次元的人啊。你主張自己是神的使者，前來宣判這個世界即將滅亡。但我見過太多跟你一樣的人了。他們也說，除了這個世界以外還存在著其他的世界。這個世界不過是眾多世界中的一個。他們一直談論『現實的世界』，堅稱所有人來自那個世界。離開這個世界的人都去了那個世界，在那裡迎來了真正的生與死。」

「喂，等一下！」

「聲稱賦予我生命的人也說過相同的話。最初，他以乞丐的身分出現，對我說這個世界只是幻想，是不真實、不存在的世界；這裡不過是從某人的想像中誕生的一個夢。」

「喂！」

「他描述過我真實的樣子。他說我出生的時候既看不見、也聽不見。非但無法走路，就連動也不能動一下。」

天使愣住了。

「我被關在一個巨大的圓桶裡，那個圓桶讓我的心肺運作，透過連接消化器官的管子注入營養液，排泄物也會透過那條管子流出去。那個人為了永遠生活在黑暗與孤獨中的我創造了這個世界，而且創造了最美麗的我。」

「……」

「但我並不了解他描述的世界，只能理解那種可能性而已。他說，那個世界沒有魔法，也沒有巨龍、精靈和怪物。所有人誕生於母親的腹中，最後老化而死。我無法理解這些內容，只能理解他講述的可能性。也許他就像霍爾蒙克斯一樣，為了不讓我覺得孤獨，編造了這些故事。我真正的樣子可能是圓桶中的植物人。我可以理解這種可能性，但無法接受這個世界是虛假的、是某人的夢想和幻想。任何人都無法說服我相信這種說法。」

「……」

「我也理解你說的退出遊戲是什麼意思，但我不能憑藉自己的意志離開這裡。就算可以，我也只能回到所謂黑暗監獄的身體。我已經活了很久，很清楚自己的狀態。返回身體的瞬間，我可能會因為衝擊立刻死去。即使這只是一種可能性，我也不會去嘗試。我不會為了證明自己是人去冒這種危險。」

6

平原上，生者與死者的世界交會相融，混合出了黑藍交織的光圈。不同的方向可以看到不同顏色的光亮。放眼望去，隨處可見通往陰間的洞窟入口，各種形態的怪物從入口湧出，朝村子的方向蜂擁而去。

走在平原上的人接近洞窟入口時，動作變得遲緩了。他就像拖著被人直往後拉的身軀艱難前行。怪物從他的身邊飛奔而過，似乎看不見他。

他手扶滴著水的洞口，探頭看向洞窟深處說：

「延遲很嚴重嘛，看來是因為怪物的數量太多了。你行動很不方便吧？」

抵達洞口的獵人喘著粗氣，癱坐在了地上。獵人看向天使。

「都怪我沒有控制好數量。」

獵人傷痕累累、滿身塵土，衣服早已破爛不堪，褲腿邊緣沾滿了像是黑油的髒東西，一條褲腿和鞋子的顏色也染在了一起。

「看來角色也受到汙染了。出現問題的角色登入遊戲，大腦也會受到損傷。雖然公司宣稱遊戲很安全，但其實已經出現不少問題案例，媒體也都被公司封口了。」

獵人盯著天使看了半天，站起身。黑暗深處，一雙眼睛正閃著黃光，露出犬齒的影子朝獵人撲了過來。獵人揮劍，將影子劈成兩半，但由於體力不支，劍離手後，獵人也倒在了地上。

「你死幾次了？你降了好幾個等級，現在根本不是這些怪物的對手。」

「……這都是你幹的？」

「我只是增加了怪物的數量，沒想到操作這麼簡單。真不懂你為什麼執著於這樣操縱簡單的世界。」

「……這真的是你幹的？」

「我掌握了移動角色座標的方法。想著測試一下，就把那個女人移到了陰曹地府。怎麼了嗎？我查過紀錄，並沒有因為移動NPC座標而送上法庭的案例。」

獵人再沒多說一句話，他試圖去撿起掉在地上的劍。但雙腳就像沾黏住一樣遲遲沒有離開地面。就這樣，好不容易爬起來的獵人再次栽倒。獵人坐在地上，扶著額頭。

「她不是NPC……你不是跟她講過話了嗎？」

「嗯，我陪她玩了一會兒。她的設定的確讓人覺得很不可思議。」

「……」

「她是你創造的吧？逼真極了！也是啦，只有『真人』才能設定出符合世界觀的正確行動模式。」

「看來你只相信自己想相信的。」

「若想在虛擬世界撫養一個人，勢必需要做好更全面的準備。但公司怎麼可能對這件事無所察覺呢？」

「知道的人都死了，這是很久以前的事了。就像知道原始編碼的人消失了一樣，所有的一切也都消失了。公司就是為了應對這種情況，才擬定了補償條款。」

「這是你不希望公司關掉遊戲編造出來的故事吧？」

「不是。」

「你希望我相信你？」

「……」

「NPC說謊不屬於違法行為，畢竟玩家都有自己設定的背景和腳本。這個玩家說子女快死了，那個玩家說老母親病入膏肓了，玩遊戲的人什麼話都敢說。因為這不過就是遊戲而已。NPC偽裝成人類也沒有罪，不過就是假扮一個人，但你這樣可是欺詐罪。」

「電腦存在局限性，而且驅動方式也與生物完全不同，因此模仿人類也存在局限性。」

「我聽說，收集足夠數據的數位也有可能像類比一樣。」

「你這是把理論強加於自己的邏輯。」

獵人扶牆，吃力地邁開腳步。天使經過獵人，飛進了洞窟。天使的光芒照亮了洞窟內部，隱約可以看到最深處的盡頭。

「之前我被聊天軟體欺騙過，那個軟體在程式設計師之間非常知名。朋友謊稱程式是自己的朋友，騙我登入和對方聊天，對方針對韓國的政局和福祉政策高談闊論了半天。但當我問『你是不是機器人』時，對方不僅對我發火，還氣得說不會再跟我聊天，最後直接下線。」

「……」

「我心想，無論如何都要找到對方、當面道歉。結果朋友哈哈大笑，告訴我那不過是一個電腦程式。」

「你到底想說什麼？」

「……設計那個程式的人的ＩＤ和你一樣。」

獵人怒瞪天使。

「就算我能設計程式，也不表示我周圍的人都是ＮＰＣ。」

「在尚無ＡＩ的年代，有一位語言學家公開表示，打算設計一個可以像人類一樣進行三萬句左右對話的程式。但所有研究人工智慧的學者都嘲笑他，認為人類的對話是無窮無盡而且變化無常的，就和宇宙一樣浩瀚龐大，並不是機器人可以模仿。最終，那位語言學者取得了成功，擊敗了所有複雜的ＡＩ，橫掃各大獎項。研究人工智慧的學者常常會把問題想偏，他們始終認為，要想創造『看起來』像人一樣的機器人，就要製造『實際』和人一樣思考的機器人。但機器人是否可以思考並不重要。重要的是，要能透過熟練的技巧騙過所有人，能夠栩栩如生地吟誦臺詞、做出活靈活現的表情，以及展現維妙維肖的演技。」

「……」

「很久以前，在不存在機器的年代，文學家和演員透過幾句臺詞就可以創造出虛構的人物，有些文學家和演員卻做不到。畫家也是如此。有些畫家筆下的人物看上去彷彿可以從畫中走出，有些畫家卻做不到。從某種意義上看……這不是技術領域的問題，而是藝術和文學領域的問題。」

「隨便你怎麼想。」

獵人推開天使。

「我用不符合邏輯的對話測試那個女人的時候，她很生氣，叫我不要再做這種事；

她使用了之前那個聊天軟體的對話方法。」
「電腦不知道什麼是不符合邏輯的對話，而且不理解文字脈絡。」
「設計成寡言少語的性格或者不懂聆聽、只顧自言自語的性格不就可以了嗎？大可輸入一些適用於任何狀況、略帶詩意的倫理字句，像是『消失的一切令人悲傷』或『不要講無禮的話』。」
「……」
「人與人的對話看似是相互的，其實是單方面的。人類的想像力可以在毫無溝通的當下發揮有在溝通的想像；在毫無邏輯的情況下仍賦予邏輯。你根本不理睬我，但我不是也在自言自語嗎？」
獵人停下腳步，天使也停了下來。濃濃的悲傷從獵人的雙眼溢出，如此濃烈的悲傷使得天使再也張不開口。瞬間，天使的腦海中閃過一個想法：也許是某位偉大的藝術家賦予了獵人這種表情，可能就是設計那棵參天大樹的人。但在這個世界，外貌並不代表一切，所見所聞都有可能是虛假。
「你只是在看自己想看的。」
獵人邊說邊朝洞窟深處走去。
洞窟的最深處出現了一個房間大小的空間。獵人一念咒語，手指立刻燃起小火苗。

火苗騰空而起，藏身於黑暗之中的怪物發出粗重的喘息聲，幾隻頭上長著犄角的黑豺狼晃晃悠悠走了出來。

獵人迅速拉弓射箭，第一支箭射穿了最前面的豺狼額頭。霎時間，緊隨其後的兩隻豺狼撲了上來。與此同時，獵人翻滾在地、躲閃過去。一隻豺狼朝天使的方向撲去，但牠經過天使立刻調轉方向，又朝獵人撲了過來。獵人拔出劍、插在地上。以劍為中心，整個地面發出雷鳴般巨響的同時，也搖晃了起來。豺狼失去重心，全倒在地上。獵人拔出劍，朝尚未爬起來的豺狼撲去。兩隻豺狼死在獵人的劍下，一隻僥倖逃脫。逃走的豺狼沿著石壁狂奔至洞頂，跟著一躍而下、撲向獵人的身後。

天使抬起手，在虛空中畫下圖案，手指周圍閃耀著陽光般的光芒，整個洞窟充斥著耀眼的光芒，一道道光芒好似鞭子，將豺狼抽至空中。即使牠們試圖逃回黑暗深處，最終還是被炙熱的光燒得化為烏有。

獵人擦著汗站了起來，天使若無其事地注視著獵人。獵人跌跌撞撞地朝洞窟最深處走去。

天使垂下翅膀坐在洞窟入口，一邊撓著下巴，一邊陷入深思。他抬頭仰望了一會兒天空，跟著抓了抓頭，再次陷入了深思。

洞窟入口處出現了一道搖晃的影子，只見女人揹著獵人走了出來。獵人血肉模糊，背部插滿刀片，女人全身被獵人的鮮血染紅。天使默默地看著他們。由於無法承受獵人的重量，女人癱坐在了地上，獵人的身體也滾落下來。女人用充滿憎惡的雙眼瞪著天使。

天使不以為然地看著女人，她猛地起身，朝天使跑了過來，手掌重重落在天使的臉上。幾巴掌過後，女人抓著天使的肩膀傷心地哭了。天使摸著自己的臉頰喃喃說道：

「……妳真的是人？」

女人沒有作答，哭聲持續未停。

「這怎麼可能……」

7

房子和道路混雜在一起流淌而下。房子裡的人坐在餐桌旁，手中拿著湯匙，以交談或擁抱的姿勢靜止住；大地長滿了高到腰間的雜草，禽獸好似人類散步，悠閒地走來走去。

天使身後，成群結隊的人追趕而來，他們一路上不停重複著摔倒又爬起來繼續前行的動作。人們呼喊著「救救我們吧，從天而降的使者；救救我們吧，神派來的使者。」

天使推開酒館的大門，所有人回頭看向天使。那幾個重複著「小姐，過來陪我們……」的酒鬼看到天使，也放下酒杯，跪下行了大禮。老闆仍在擦著盤子，他的雙腿一動不動，就像樹根扎進了土裡。獵人拿起黏在桌子上的酒杯，暢飲過後，漫不經心地瞥了一眼天使。

「看來創造這個世界的人早就料到會有這一天了。」

天使嘴角上揚，一邊環視四周一邊說道，眼角卻沒有一絲笑意。

「竟然輸入了這種腳本——系統出現嚴重問題時向管理員或升到神等級的人求救！

這是為了營造世界末日的氛圍嗎？真讓人無法理解。能看到這一幕的人屈指可數，這不是在浪費資源嗎？」

獵人一聲不吭。天使抹去微笑，一臉嚴肅地瞪著男人。

天使慢慢地朝獵人走去，表情徹底僵住。他的呼吸急促，大汗淋漓。天使穿過跪在地上行禮的人們，走到獵人面前，用期待對方先開口的眼神看著獵人。

獵人依舊沉默不語。他的頭髮蓬亂，身上滿是瘀青，衣服也變成了破衣爛衫。獵人的下半身已經全部染黑，好似一灘黑影。

「你知道我要說什麼嗎？」

「……」

「又是沉默。你為什麼不肯回答別人的問題呢？」

「因為無論我說什麼，你只聽自己想聽的。」

天使入座吧檯，目光鎖定在獵人身上。老闆畢恭畢敬地把一杯啤酒放在天使面前。

「這裡的酒隨便您飲用。」

天使啜了一口，大發雷霆地把酒杯摔在了地上。酒杯就像軟球一樣在地上彈了兩下、滾到了一邊。天使環顧四周，老闆默默站在原地，其他人也無聲垂著頭。

「分析小組給我看了最新的數據分析結果。」

獵人默不作聲地拿起酒杯。

「他們搞錯了；發現了錯誤。」

「我就知道會這樣。」

「簡直不可理喻……」

天使咯咯笑了。

「你聽過小豬的笑話嗎？」

「沒聽過。」

天使趴在吧檯，滿臉醉意地看著獵人。天使舉起手指、指向獵人，手指在虛空之中停留了半天。

「小豬全家去郊遊……」

獵人面不改色地看著天使的指尖。

「……但牠忘記算上自己了。」

天使笑了。笑容消失後，他再次環顧四周，最後看向男人，露出像是面對死亡的表情。

「你是什麼時候退出遊戲的？」

「這個問題不應該問我吧。」

天使一掌拍在地上，整個木屋開始晃動。彷彿一塊無形的巨大岩石撞擊地面，撞出了一個碗狀的深坑。人們尖叫著四散而去。天使揪住獵人的衣領，獵人手中的酒杯掉在了地上。酒杯是空的，掉在地上的酒杯就像溶化一樣黏在了地上。

「你快回答我的問題！你根本沒有認真聽我講話！你是什麼時候退出遊戲的？快說！你到底在這裡做什麼？為什麼把自己關在這裡？為什麼不肯離開這個世界？快回答我！」

獵人面無表情地看著天使。

「我檢查了很多次，也反覆查過證明那個女人是人類的證據！我相信了你的話！只有我一個人相信你！我不顧全公司人的嘲笑，只為了找出證據！但是……」

「……」

「就只有我一個人在線。」

獵人的表情絲毫沒有變化。酒館裡的人為了避開深坑，紛紛退後，尋找安身之處。有個人躲在角落，就像故障了一樣重複著邁步的動作。老闆拿起一只新的盤子，一直站在角落的紅衣女人下半身也變成了黑影，但她仍在對人眉目傳情。

「你是少言寡語的性格吧。你從不肯聆聽別人講話，也不願意與人深入交流。我們從沒進行過對話，從始至終就只有我一個人在講話！」

天使把獵人推到吧檯。椅子碎了，吧檯也凹陷了下去，擺在吧檯上的酒瓶紛紛滾落而下。

「你倒是說話啊。」

「……要說什麼？」

「說什麼都行！就算你胡言亂語我也會洗耳恭聽的！」

「如果你認為我不是人類，就沒有理由這麼做。」

獵人抬起頭，透過亂蓬蓬的瀏海怒瞪天使。天使打了一個寒顫。

「我完全無法理解你的話，我不過是根據你的行動和語言做出反應的程式罷了。你在這裡對我死纏爛打，就表示你仍把我當成人類。你要是相信自己的判斷，就應該停止這種愚蠢的行為。」

天使倒退了一步。獵人繼續說道：

「你之所以這樣，是因為不相信自己的判斷。」

「……怎麼會這樣？你是怎麼登入遊戲的？你是用什麼方法？」

「如果一句話就能讓你陷入混亂，那一開始你就不應該有所懷疑。」

天使抱住了頭。

「不，我怎麼會冒出這麼愚蠢的想法呢？這不可能，程式不可能做出這種反應……」

「只是你缺乏想像力而已。」

天使猛地抬起頭。

「什麼？」

「你就沒有想過，為我輸入臺詞的人事先預想到了所有的可能性，做了最周全的準備？你該不會認為自己比設計我的人更聰明吧？醒醒吧，你連那個人創造的龐大邏輯表面都沒有通過。你這麼自不量力，還敢辨識我是不是人類？」

「……你到底是哪一邊的？」

「是什麼讓你感到混亂呢？我說的話，你有任何一句放在心上嗎？」

天使一臉大受打擊。獵人繼續說道：

「你自以為了不起，在這裡高談闊論，但你要怎麼證明你自己呢？」

「什麼？」

「除了你自己在這裡誇誇其談以外，還有什麼可以證明你自己的嗎？你是人類嗎？你可以思考嗎？可以做出判斷嗎？你能理解我說的話嗎？可以讀懂文字嗎？理解脈絡嗎？我怎麼知道你是不是人類？你又要怎麼證明，你說的話都不是謊言？不是輸入的臺詞？不是公司推出的無聊遊戲？儘管如此，從你出現在我面前的那一瞬間，我就無條件地相信了你是人類！而你是不是也應該拿出最基本的禮儀呢！」

天使倒退幾步，癱坐在了地上。

「你怎麼有辦法講出這種話？」

「只要我想，就可以有問必答、無所不談。」

天使徹底陷入了混亂。他四下張望，只見幾個酒鬼拿著酒杯又圍坐在了一起，蓄著鬍鬚的男人說：「小姐，過來陪我們喝一杯吧。」他的聲音出了問題，由於語速緩慢斷續，聽起來就像在哀嚎。

「聽說……幾天前……一群狼下山……叼走了家畜……」

「那個女人也說過相同的話。只要我想，就可以有問必答……」

「……」

「你們為什麼會說同樣的話？」

「因為輸入的臺詞是有限的。」

天使猛地回頭看了一眼。

「即使可以輸入大量的臺詞，但最終重複的就只有那幾句話而已。」

天使感到一陣寒意，渾身顫抖了起來。

「我明白了，你是駭客，對不對？你刪掉了登入紀錄。媽的，公司竟然沒有一個像樣的專家。你使用的是新型機器人對不對？」

獵人默默看著天使，天使看著毫無表情的獵人，流露出再也不相信任何人的表情。

「如果……如果你真的是人類，就證明給我看。姓名、身分證字號、電話號碼、住址、郵箱、畢業學校、性別、籍貫、朋友、親戚、就職的公司，什麼都可以，至少告訴我一件事吧。讓我……讓我在真實世界跟你見一面吧。就見一面。如果你不想暴露身分，那就介紹你身邊的人給我認識。等證明了你是人類，我一定會向你道歉，也會向那個女人道歉。」

「我不想見你。」

「為什麼？這是最簡單的方法。不要讓我像個傻瓜一樣在這裡懷疑你們，不要放任我胡思亂想。我們沒有理由在這裡僵持不下。」

「因為我不是人類。」

「……」

天使啞口無言了。

「你想想看，為什麼你們一直查不到我的紀錄？是我無所不能嗎？我是能躲過大公司的追蹤、隱藏個人資料的人嗎？當然也不是沒有這種可能。但就算這樣，我也不打算把真相告訴你。」

天使一時無言以對，絕望地抱住了頭。

「你怎麼有辦法講出這種話？」

「只要我想，就可以有問必答、無所不談。」

「你怎麼有辦法講出這種話？」

「你不要重複相同的話。」

天使縮了一下肩膀。

「因為我輸入了應對重複同一句話的臺詞。我還可以用其他的方式回答你。〈你現在要幹麼？〉〈你是錄音機嗎？〉〈你為什麼只重複說過的話？〉〈這就是你辨識我是不是人類唯一的方法嗎？〉〈你就只會說這一句話嗎？〉。」

「不要這樣。」

「是你挑釁在先。」

獵人面不改色地繼續說道：

「還有其他的回答。〈為什麼就此打住呢？〉〈既然開了口，為什麼不讓我說？〉〈你有什麼目的？〉〈你可以胡思亂想、喋喋不休，為什麼我不可以？〉〈要想我住口，你就先道歉。〉〈是你激怒了我……〉。」

「夠了！」

天使喊道。酒館裡的人鴉雀無聲，只有角落處那個故障的人一直發出嘎吱嘎吱的聲響。

「對不起，是我錯了。」

「為什麼道歉呢？你沒有錯啊，是我欺騙了你。但我也沒有做錯什麼。我只是假扮人類，但這是我的角色，我只是按照輸入的方式採取行動罷了。」

獵人起身朝門口走去。愣了半天的天使緩過神來，著急地追過去，擋在門口。獵人以兇狠目光瞪著天使。

「如果你真的是人類……假使你真的是人類，那麼你這麼做的目的就只有一個。」

「……」

「是為了隱瞞那個女人不是人類。如果真的存在找不到任何資訊、也沒有登入紀錄的人，就表示很有可能還存在另一個人。人類冒充程式可比程式偽裝成人類容易得多。你這樣做，不過是為了混淆我做出判斷，就算我發現了她的矛盾之處，也無法輕易判斷她是人類還是程式。在我看來，她的確很像藝術品……當然，假如你也是程式，藝術性絕對高過於她……如果這就是你堅持留在這裡的理由……」

「你只看自己想看的。」

天使渾身顫抖。看到獵人推門，天使再次上前阻止了他。

「僅此一次……告訴我吧，為什麼要這麼做？你明白我的意思吧？你有輸入這個問題的答案是不是？就算你不是人類，輸入臺詞的人也一定想過這個問題吧？設計你的人一定有他自己的理由。為什麼要做這種事呢？」

獵人俯視天使，一臉的憤怒漸漸轉為了悲傷。

「我只是想知道，一個無法證明自己是人類的人是否會被接受為人類。」

8

倒在地上的大樹生出了新的根部，枯枝上也長出了新的細枝。灑落在樹墩四周的種子破土發芽，長出了新的小樹，小鳥也嘰嘰喳喳忙著飛上枝頭築起了鳥巢。

女人安靜地依偎著樹墩坐在地上，她的下半身染成了黑色。黑色的天空投下藍色的陽光，整個世界變成了藍色。平原上依舊可以看到洞窟的入口，撕裂的天空和房子交錯沾黏在一望無際的大地上。

旅行者走到女人身邊，背後的翅膀消失。他戴著一頂插有羽毛的綠色三角帽，身穿藍底的花襯衫和白褲子，腰間掛著一支笛子。女人察覺到人跡，睜開眼睛，她看了一眼旅行者，又閉上了眼。

「看來這是一顆永生樹。」

旅行者說。

「山崩地裂、樹倒人亡的可能性有多大？設計這種東西，簡直就是在浪費資源，設計師肯定腦子有問題。」

女人沉默不語。她似乎在閉目養神，但也很像睡著了。一陣微風夾雜著青草和花朵的香氣吹過，花瓣就像小鳥，自由自在的在空中翩翩起舞。

「我想知道，我換了一套衣服妳是否還能認出我。看來妳認不出。」

「我可以，因為可以用ＩＤ識別。」

仰望黑色天空的旅行者一時恍神，當他反應過來這句話的意思，剎時猛地低頭看向女人。

「妳說什麼？」

「我說可以用ＩＤ識別。」

女人用清澈的雙眼直視旅行者。旅行者欲言又止，始終沒有想到適當的答句。

「你們使用相同的 Flag[3]？兩個人的態度怎麼會同時發生改變呢？」

「因為你同時激怒了我們。難道你忘記對我做過什麼事了？還是說你沒有記錄技能？」

「真有趣。」

旅行者蹲坐在女人面前。

「是什麼原因讓妳放棄冒充人類的呢？」

女人沒有回答旅行者的問題，只說了一句話：

「好久沒聽到這句話了。」

「我為了調查四處打探，最終找到了一個與妳情況相似的人。」

一群小鳥飛來，排成一列落在旅行者面前，牠們低下頭，放下叼著的種子和穀物，又飛走了。

「那個人十歲的時候因為車禍全身癱瘓。雖然一隻眼睛可以看東西，聽力也沒有問題，但她只能活在虛擬的世界。當然，虛擬的世界並不是父母為她創造的，而是出自一位畫家和電腦工程師之手。也許妳的父母創造了妳，又或者他們參與過這件事。」

「那個人不是我，我們只是情況相似。」

「嗯，的確不是妳。」

旅行者停頓了一下。

「因為她已經死了。」

女人閉著眼睛，似乎在享受吹拂著臉龐的微風。旅行者悲傷地觀察著女人的表情。

「三十年前，那個人就死了。」

女人毫無反應，所以不知道她是睡著了，還是陷入了沉思。

---

3 Flag，在遊戲中指某一事件的判定依據，往往是前面某段程式代碼。

「你覺得我現在在做什麼？」

「那個人不是我，我們只是情況相似。」

「妳重複了相同的話。怎麼，沒有新的臺詞了嗎？至今為止，妳都沒有輕易暴露出自己的矛盾處。」

女人沒有回答。

「我想到了幾種可能性。」

「……」

「如果妳說的都是真的，那很有可能是那個癱瘓的人以自己的故事為基礎，創造了妳。她等於是創造了一個虛擬的自己。這個虛擬的人物無需往返於兩個世界，只要存在於這個遊戲世界就可以了。」

「……」

「當然，不排除是那個獵人創造了妳。就像妳說的，即使不是父母……知曉妳遭遇的人也可以創造一個遊戲中的NPC。就算不是這樣，那個人接觸妳以後，也有可能被這種對話程式吸引。無論是哪一種可能，那個人都是為了守護妳。也許那個人在現實世界中身無分文，無名無利，就只是一個垂死的老人。也很有可能是身患疾病或障礙的人。在遊戲的世界裡，他無所畏懼。但在現實世界中，他卻什麼也做不到。他根本沒有方法與龐大的遊戲公司抗衡，所以才賴在這裡不肯離開。他竭盡全力隱瞞自己的紀錄，因為他擔心我們在現實世界裡找到他，採取法律對應。」

「看來你認為他是人類囉。」

旅行者就像觸電了似的瞪大雙眼。

「不要因為我的一句話懷疑自己，我不是在推測。我這樣講只是為了獲得資訊。你為什麼認為他是人類呢？」

旅行者一頭霧水，結結巴巴地說：

「對話中沒有任何資訊，但我還是猜對了性別。這不是靠讀懂文字脈絡就能知道的……」

「你沒有猜對，你只是認為自己猜對了。」

旅行者瞪大雙眼。

「是否猜對性別並不重要。無論是男是女，猜中的機率都是百分之五十。還有幾個類似的問題，〈你有煩惱的事嗎？〉〈你在想什麼吧？〉〈最近很無聊吧？〉。」

旅行者想打斷女人的話，然而一時啞口無言。

「他始終保持沉默吧。」

女人舒服地依偎著樹墩，就像靠在軟綿綿的被子上。

「你發問的時候，他就只是默默地看著你吧。你會賦予這種沉默意義，會在他的沉默中尋找你事先想好的答案。你覺得是他給了你這樣的答案。你還會從他的話中找到你想聽的答案。你在單方面的對話中想像著溝通，解讀沒有理由的理由，看到沒有邏輯的邏輯。你在他的面無表情中看到了眾多感情的碎片，然而你卻不知道，那些感情來自於你的內心。」

旅行者不知所措了。

「他有對你微笑吧。他有說為什麼笑嗎？還是你擅自解釋了他的微笑呢？他有對你生氣吧。他有說為什麼嗎？還是你擅自得出了結論呢？」

「……」

「如果你在他身上發現了自己沒有的感情，那就意味著那是創造『它』的人的感情。那個人就是設計出我和山頂這棵樹的人，就是畫出死亡的風景，輸入末日腳本的人。當創造我的那個人畫出我的輪廓、為這棵樹的枝葉塗色、勾勒出我的眼神與表情，你也能感受到他的感情、讀懂他留在這個世界的感情。」

女人抬起手臂，攤開手掌，如同麵團般的黑影也隨之懸掛在了半空中。

「你仔細想一想。沒有什麼是不可能的……他也許從未與你交談。」

旅行者起身，俯視女人，開口說：

「如果這都是真的，妳不可能告訴我。」

「……何出此言？」

「因為妳不想讓我知道『他』是程式。」

「不是這樣的。我現在只是在傳達認為他有可能不是人類的觀點而已——我甚至覺得他已經死了。如果他還活著，應該超過一百歲了……他說過，為了讓我無法察覺他的死，為了不讓我陷入只剩下自己的悲傷，他會創造一個代替者。他說過不會讓我知道他死了。所以說，現在的他可能是他本人，也可能是他創造的程式。你覺得是哪一種呢？」

「……」

「我每天都在想到底是哪一種可能呢？他是死了，還是活著呢？又或者是介於兩種狀態之間？他是人類？還是程式？真的只剩下我一個人了嗎？我是在自言自語，還是在與他對話呢？他理解我說的話嗎？還是就只是在朗誦腳本？他可能從未存在，就只是父母為了孤獨的我而創造的程式。一切都是虛假的。這不過就是天才電腦工程師為了測驗自己的能力，設計的一場惡作劇吧？」

女人仰頭看向旅行者。她有著一雙黑珍珠般深邃閃爍的眼睛。那雙眼睛蘊含著生意盎然的靈魂。如果她不是人類，那麼創造她的人一定把自己的靈魂給了她。

「有一次我問他，〈你是人類還是程式？我是一個人、還是和你在一起？〉他什麼也沒說，表情非常難過。那是我從未見過的難過面容。也許有人事先預想到我會這樣問，所以設定了難過的表情。過了幾天，甚至幾個月，他都沒有跟我講話。最後，我只好哭著哀求他，請求他的原諒，並且發誓不會再問相同的問題。他見我苦苦哀求，終於開口對我說，〈我『明知道』妳不是人類，還是『相信』了妳。〉」

旅行者睜大雙眼。金黃色的太陽漸漸西下。大地灑滿了晚霞的紅光，倒在地上的大樹也散發著橘黃色的光芒。小鳥展翅飛向高空，蜿蜒流過山腰的河流在落日的照耀下，好似運載著數不勝數的黃金寶石，閃閃發光。女人的臉龐和身體也被霞光染成了紅色。

「他是什麼意思呢？難道他從未想過我是人類嗎？還是為了我們的未來才說出這種話呢？是為了很久之後只剩下我們兩個人的時候嗎？為了只剩下幻象與假象？只剩下彼此的影子的那一天？再不然，那句話就只是他輸入的臺詞。即使沒有脈絡和邏輯，我卻賦予了那句話自己詮釋的意義？還是說，我根本就不是人類呢？有可能發生這樣的事情嗎？」

女人黑溜溜的眼睛閃爍光芒。

「你怎麼看？你覺得我現在是什麼狀態？是死了還是活著？還是說，這一切不過是編造出來的故事？」

「我不想回答。」

旅行者搖了搖頭。

「我不會回答的。」

「我突然明白了：我問了一個愚蠢的問題。既然有人為了我編造出如此天衣無縫的謊言，那麼，思考是真是假就等於是在浪費時間。你也想想看，如果真的有人創造我……」

這時，旅行者聽到什麼東西扭轉的聲音，他感受到了隱藏在程式深處的邏輯的時間間隔（又或者是看似那樣的間隔）。女人發出至今為止從未有過的聲音（又或者是改變的聲音），她的聲音低沉且渾濁沙啞。另一個次元的現實開了口，彷彿隱藏深處的靈魂，在獲得允許的情況下道出了自己最初也是最後的一句臺詞（又或者，這一切就只是想像而已）。

「他一定是在極度的孤獨中創造了我。當然，『我』無法做出判斷。我無法辨識你是誰，也無法辨識『我』是誰。我不知道自己是什麼，因此從這種意義上看，我並不存在。我甚至連自己不存在這件事也不知道。我這個物體就只是在輸出很久以前死去那人的紀錄而已。」

「……」

「但這個物體直到最後也不會承認這件事，更不會任由你這樣去想。因為這是輸入這些臺詞的人畢生的心願。他為了這個虛構的世界奉獻了一生，煞費苦心地輸入臺詞，只為讓我能像人類一樣。我與他共享著毫無意義且孤獨的人生，並且是他存在過的唯一痕跡。因此我會守護他的謊言，直到我消失的最後一刻。這個謊言比真實更加偉大，我必須守護著它、直到永遠……」

女人垂下了頭。

「無論是哪一種可能，我的回答都是相同。」

女人恢復了清澈響亮的聲音。那是注入了某人理想與夢想的優美聲音。

旅行者欲言又止，女人也沉默下來，她體內的能量似乎消耗殆盡。黑色的光已經蔓延到了她的頸部，四肢也與大地融為一體。

「為什麼妳看起來奄奄一息？」

旅行者問道。

「因為是時候了。」

女人笑了。

「又或者這是編劇開的玩笑。他設定了這個與固執己見之人結束對話的方法。」

「……」

「你為什麼這副表情呢？」

女人問道。

「因為這就是我此時的心情。」

「初次見面我就問過你同樣的問題：你是人嗎？因為他說，很久以前，有駭客冒充遊戲管理員，謊稱要中斷所有的服務。大家找到那個駭客，表示了抗議。他還說，也許你是那個駭客的升級版，再不然就是遊戲公司派來測試我們的人。雖然我無法理解他的話，但可以理解他提出的可能性。」

「……」

「也許你真的是神派來宣告世界末日的天使？你來是為了見證我的死亡、帶走我的靈魂。告訴我，你是哪一種可能呢？」

旅行者張開嘴，正要說些什麼，但某種不知緣由的衝動阻止了他。某種神奇的力量牽引著他，讓他打開了一扇門，邁入了另一個世界。門關上以後，剛剛離開的世界成了夢，他置身在了現實的世界裡。

「我是神的使者，為宣告世界末日而來。」

自己口出之言令旅行者本人也十分震驚。他恢復平靜後，繼續說道：

「不存在外部世界。這裡是唯一且真實的世界。我一直在迎合大家口中的神話故事，畢竟破壞神話不是我的職責。我總是以人們相信的樣子出現，來見證這個世界的滅亡和妳的死亡，並且引導妳的靈魂前往天堂。」

女人略感驚訝地看著旅行者。

「好奇怪喔，你為什麼這樣講呢？」

「因為這是事實。」

女人仰望天空說：

「真奇怪。不過我可以理解這種可能性。嗯，也許……」

女人閉上嘴、垂下頭。那瞬間，她眼中的光芒消失。長久以來停留在她體內的靈魂也轉瞬消失。女人睜著雙眼，靜坐在樹墩旁。靜止下來的她變成了一幅融入世界的畫。小鳥安靜了，風也停止了，一片葉子突然變黑。

遠處傳來了馬蹄聲，獵人騎著馬從遠處漸漸逼近，旅行者站在原地，就像被釘住了一樣。一陣風吹過樹林，樹枝相互摩擦、沙沙作響，好似哽咽的哭聲。

旅行者閉上雙眼。他不想回頭，不想透過獵人的表情和眼神讀出他的心情。因為他害怕回頭的瞬間堅持的真理就會消失，然後面對一個微不足道的真相。

0與1之間

- 二〇〇九年發表於網路雜誌《十字路口》
- 二〇一〇年收錄於短篇小說集《告知死者》（海土）
- 二〇一〇年收錄於短篇小說集《進化神話》（幸福的閱讀）
- 二〇一九年收錄於韓國作家英文選集 *Readymade Bodhisattva*, Kaya Press
- 二〇二一年收錄於英文版短篇小說集 *On the Origin of Species and Other Stories*, KayaPress

1

人們常說，僅憑沒有熙熙攘攘的觀光客帶著相機，跑到耶穌被釘在十字架上的加爾瓦略山、釋迦牟尼佛打坐的菩提樹下，和穆罕默德受到啟示的希拉山洞拍照，就足以證明人類在未來任何一個時間點都沒有發明出時間旅行機。

因為沒有時間旅行機，所以沒有殺手解決掉搖籃中的希特勒；沒有以色列軍隊解救出關在收容所的猶太人；沒有國際人權組織營救出被抓上奴隸船的黑人；無論是第一次，還是第二次世界大戰，都沒有奔赴未來改變祖國歷史的援軍；特洛伊戰爭和赤壁大戰中，也沒有帶著筆電奔赴戰場的戰地記者。

如果存在時間旅行機，梵谷就不會死於貧苦，因為美術商人會為了購買一塊擦畫筆的抹布蜂擁而至；莫札特也會長命百歲，因為提著診療箱、手術器具的醫生會成群結隊趕來搶救他；各地的博物館館長也會為了尋找像是《留記》、《新集》和《書記》的古書，四下打探新羅畫家率居的「老松圖」。如果是這樣，世界就不會存在被燒毀的歷史文物，也不會有英年早逝的天才了。

如果有了時間旅行機，警察就可以在悲劇發生以前阻止犯罪，也無需在法庭上展開攻防戰和釐清真相；司機會在發生追尾事故前，接到道路局的通知；消防員也會在發生火災以前，敲門進入室內熄滅菸頭、關掉瓦斯；失去父母的孩子可以重回父母的懷抱，迷路的孩子也能平安回家。

事實證明，我們無法創造時間旅行機！如果我們可以做到，那知道結果的人就會嘗試其他的方法；歷史就不會上演這麼多無可挽回的失誤；我們的一生也不會犯下數不勝數的失誤；甚至還會有人在我們做出後悔之舉的瞬間，站出來警告我們。

儘管如此，我們仍在持續進行研究。我們對外宣稱這是「累積理論的工作」。我們知道，即使我們煉不出黃金，但也會像鍊金術師一樣打下化學的基礎；即使我們無法製造永動機，但也會像十九世紀的學者一樣推動物理學的發展。我們知道，這樣做終將可以累積下什麼。

當然，我們的目的並沒有那麼單純。我們「真的」很想創造出時間旅行機。

2

世界突然顛了一下。金女士的頭也晃了晃。金女士感到一陣暈眩，看了一眼手錶，只見秒針與分針重疊在一起，隨即時針也移動了一下。

六點半。已經過了第幾次六點半了？坐在面前的女人重複著已經講了四、五次的話，剛才還空著的盤子不知何時又填滿了零食。

「哎，別提了。想當年，我們的班導師脾氣可暴躁了，整天拿著棍子打我們。有一次，幾個同學排成一排被他打屁股，結果有人被打暈，直接送去醫院了。我要小聰明，故意排在最後一個，誰知棍子都斷了，老師也不肯罷手。結果打得我一個月都不能坐……但現在想想，還是過去的日子好，滿滿的回憶。我一頭短髮，穿著制服裙子蹦蹦跳跳，也沒少吸引男生回頭看。當初別提多討厭短髮了，為了漂亮，我還故意用膠水固定瀏海呢。」

身旁的女人就像第一次聽到這番話，認真地隨聲附和道：

「是啊，還是過去好，什麼都不用想，只要聽老師的話就行了。偷吃的便當最好吃，我看這輩子再也吃不到那麼美味的食物了。有一次，我想吃辣炒年糕，翻牆跑到校外，結果被老師發現，整整挨訓了一個禮拜。自那之後，我再也不吃辣炒年糕。這也成了回憶。」

「我特別想看一個喜歡的歌手的演唱會，跟幾個朋友蹺課搭公車去看了演唱會，結果回到家挨了一頓毒打，我現在身上還留著疤呢。唉，小時候都不懂事。」

哐啷。

「哎呦，別提了。想當年……」

不知從何時開始，時間不再朝一個方向流逝。時間彷彿在說：我要罷工！掌控宇宙法則的人啊，從現在開始我想走就走、想停就停！時間突然變得跟跳跳板、破舊的黑膠唱片和倒轉的錄影帶一樣。金女士不安地心想，再這樣下去，搞不好這種會議會開一輩子吧？

「我真不明白現在的孩子怎麼那麼多不滿。家裡供吃供住，還給繳學費，什麼也不缺啊。我又沒逼他出門賺錢，也沒叫他做家務，就只是讓他坐在那裡學習，怎麼就這麼難呢。」

「現在的孩子都沒吃過苦，餓他們幾天就都清醒了。想當年，連飯都吃不飽，何談學校供餐和零食啊。公車倒是有，但沒車資，大冬天也只能走路去上學。有多少考上大學最後沒條件念書的人。為了養家糊口，聰明的孩子都早早地去工作了。念大學的都是富家子弟。」

「太不懂事了。等以後從二流學校畢業，找不到工作就明白了。話說回來，現在哪有公司願意聘請二流學校的畢業生啊。」

「再過幾年，有他們後悔的。等出社會以後，他們就知道還是學習容易了。等到那時候，他們就來抱怨怎麼不管他們了。所以說，為了不讓他們跟我們抱怨，現在就要盯緊他們。」

「對了，妳們看昨天的報紙了嗎？一群高中生跑去光化門廣場示威。」

「這些不懂事的孩子，不用功念書，跑去胡鬧什麼。有那時間，還不如多背一個單字呢。」

「高中生懂什麼，那個年紀的孩子想的不都是吃辣炒年糕和追星的事。歸根結底，他們就是不想念書。」

「秀愛媽怎麼不說話啊？」

金女士看到大家的目光都投向了自己，這才回過神來。她搖了搖頭，那些如同灰塵般的字句緩緩飄進了耳朵。

「秀愛最近怎麼樣？成績掉了一大截，真叫人擔心的。我幫妳介紹一個不錯的家教怎麼樣？雖說費用貴了點，但上過課的人都說錢花得值得。」

「秀愛自殺了。」

大家終於安靜了。

3

我們現在也在時間旅行。我們正一分一秒的前往未來。只要起身，朝一個方向前進，我們就會在不知不覺中超前 0.0000……0001 秒抵達未來。因為時間和空間的標準相同。啊，當然，你比我更清楚……如果奔跑、搭火車、飛機或太空船，就可以更快前往未來。若太空船以光速飛行，那在理論上，我們甚至可以讓時間靜止。

是的，我們知道前往未來的方法，卻不知道如何返回過去。因為這就好比假設負數的速度與距離一樣。如果有人說「我開車速度特別快，今天出發，昨天就到了」，又或者說「別提學校離家多近了，我剛抬腳就到了。」我們一定會覺很奇怪。

但ＨＵＮ（我們的電腦）總是得出極具可能性的結論。我們無從得知ＨＵＮ是如何得出這種結論，畢竟它一秒鐘內演算的次數比宇宙中粒子的總數還要多。當然，關於這個問題，我們也總是感到很困惑……

我們經常討論時間旅行中可能存在的問題。有人指出，就像電影裡一樣，必須先針對目的地進行消磁，否則我們很有可能與物體融為一體，又或者撞到大樹或汽車。

也有人提出，因為地球自轉和公轉，整個銀河系也在旋轉，所以我們很有可能抵達宇宙的中心。但也有人認為，這種擔憂是多餘的，因為只要時間旅行機安裝在地球上，就不會脫離慣性與重力的影響。

試想一下，回到五分鐘前遇到自己，彼此鄭重地鞠躬問好。

「你好，我是我。」

「你好，我是五分後的我。」

與「自己」問好後，過了十分鐘，再回到過去。

「二位好，我是十分鐘後的我。」

如果以這種方式複製自己，那整個宇宙就都是自己了。很久以前，就有人思考過這個問題，但因為越想越頭痛，最後他丟下一句話就去蒙頭大睡了。他說：「如果同一個人存在於相同的時間和空間，肯定會爆炸死掉。」

我們就像互相問好一樣問彼此：

「你希望回到什麼時候？」

我們每個人心裡都懷揣著一個電影般的故事。有的人失去了愛人；有的人失去了子女；有的人一直無法忘懷初戀；有的人思念著家鄉；有的人想彌補年輕時犯下的錯誤。每當聊到這個話題，桌子上就會不知不覺擺滿酒瓶，一眨眼就迎來了黎明破曉。

沒有人問及我的故事。從來沒有人問過我。我在大家眼中就像幽靈一樣。但這樣也有好處，讓我可以專注於自己的工作。

4

到底哪裡出錯了呢？金女士不停地思考著。我到底做錯什麼了？我跟其他媽媽沒有不一樣啊？不是說孩子打的是同一場仗嗎？他們都在浪費時間去想為什麼學習、為什麼上學、為什麼吃飯、為什麼要吃蔬菜、為什麼洗澡、為什麼洗手？

金女士想起了最後一次跟女兒吵架的事。那天，金女士洗碗的時候，收到了學校寄來的成績單，她連手也沒擦，直接撕開了信封。看到女兒的成績又掉了幾十名，金女士抱頭跌坐在了椅子上。真是太讓我操心了，操心得都沒法活了。

金女士用鑰匙打開女兒的房門，調查員似的搜查起了房間。她打開抽屜，找出日記本，還翻看了女兒的書包。

但沒找到什麼證據。最近孩子的隨身物品都很令人匪夷所思。金女士看到一個看上去很像髮夾的古怪裝置，但拿在手裡又敲又打也不知道如何啟動。她倒出書包裡所有東西，才找到幾樣自己能理解的物品：徽章、頭巾、燒到一半的蠟燭和寫有「停止老式教育」、「終止無限競爭」、「廢除入學考試教育」的標語牌。

這孩子是瘋了吧。

就在這時，女兒打開玄關門走了進來。金女士怒不可遏，把剛才翻出來的東西丟在地上吼道：

「妳是不是瘋了？現在是分秒必爭的時候，妳竟然跑去示威？妳不抓緊時間背英文單字，還有心思幹別的？眼看就要大考了，別人家的孩子都在抓緊時間念書，可妳呢？再這樣下去，妳考不上大學，讓我這張臉往哪放？妳就不能讓我省點心嗎？啊？」

女兒眨了眨眼，一頭霧水。看到地上的東西後，這才似懂非懂地看向金女士。

「妳不上大學啊？妳知不知道，在韓國不念大學，根本找不到工作？別人家的孩子都考上大學，就妳一個人重考，妳讓我在社區怎麼抬頭做人！」

「啊，是喔？妳覺得念書累人？等妳出了社會，就知道念書最容易了！生在福中不知福。現在連這點苦都吃不了，以後怎麼在社會上立足啊？這點毅力都沒有，怎麼活下去！妳這樣，還不如去死呢！」

「妳去哪兒？我跟妳說話呢！跟誰學的，這麼沒禮貌！我把妳養這麼大，就學會氣我了是不是？妳給我回來！」

哐啷。

世界再次出現晃動。金女士感到胸口發緊，揪住了衣領。我真的叫她去死了？記不清了。但那不過是一時的氣話，她不會當真了吧？

我做錯什麼了？就算做錯了什麼，也不會是不可饒恕的錯吧？我可是為了她好，撒手不管的話，我也能活得輕鬆舒心啊。她應該知道我是因為愛她，才說了那些話。

金女士回想起了一聲不吭站在門口看著自己的女兒的眼神。她是從什麼時候開始，用看仇人一樣的眼神看我的呢？她的眼神就像在仇視徹底背叛、踐踏她自尊的愛人，表情就像在後悔小時候給予我的信任與愛，就像要斬斷所有與我的關係一樣。

我到底做錯了什麼？為什麼要這樣懲罰我？我應該再等一等，等她再長大一些，等到可以理解彼此的想法不同，等到彼此能夠原諒對方。

她應該給我留下不同的記憶，應該再給我一次機會。不，也許她已經給我機會了。也許她一直都在向我發出求救的信號，只是說信號變成了憎惡與叛逆。都怪我太蠢，所以沒有看出來？所以她要這樣懲罰我？

哐啷。

5

妳等待過花朵綻放的瞬間嗎？緊盯花朵的時候，它不會綻放。無論妳多麼努力地去捕捉花朵綻放的瞬間之美，花朵就只會在妳不留意的時候綻放。這是為了讓妳的觀察在量子的混亂狀態下變得穩定。

動物離開的地方會變成沙漠；無人居住的地方會變成廢墟；受人管控時，輻射性物質才不會發生裂變；死盯著水壺裡的水，水並不會沸騰。當然，妳比我更清楚這些事……

生命誕生前的大海始終處在混亂的狀態。在我們仰望天空以前，天空並不存在。在人類製造出望遠鏡，觀測到宇宙的另一端以前，宇宙也尚未決定自己的形態。直到太空船抵達月球以前，月球充滿了無限的可能性。如果第一個登上月球的太空人不是科學家，而是藝術家，那說不定就能創造出比現在更美好的月球了。

此時的妳也在為每瞬間的混亂賦予秩序，僅憑機率和可能性來決定世界存在的方向。身為母親的我透過提供基因生下了妳，而後透過養育妳，又再一次的誕生下了妳。

過去之所以不會改變，是因為我們已經觀察了過去，無數人的視線固定在了過去。

未來之所以充滿了可能性，則是因為沒有人觀察過未來。如果這個世界什麼也不存在，那過去和未來就只存在無休止的混亂。

很久以前，年輕的學者小心翼翼地提出這種可能性。但年長的學者嗤之以鼻稱，世界並不會以這種方式運轉，因為從沒見過那樣的世界。的確是這樣的，因為所謂「沒有觀察到的」世界，顧名思義就只是沒有人見過的世界。

這就是我們親眼所見的世界。我們只了解自己觀察到的世界，每個人就只活過自己的人生。然而人們上了年紀以後，都會像見過整個世界一樣誇誇其談。

6

「不要現在捨不得花錢。想想以後重考要花的錢，還不如現在多投資一點呢。」

「我聽說這藥相當有效，隔壁公寓的媽媽三個月前就開始購買。孩子吃了藥都不睏了，少睡一個小時就多學一個小時。相信我，妳們也試一試。」

「我就不應該送孩子去念什麼科學高中。升學率高有什麼用，排名始終上不去。唉，如果是念普通的學校，十拿九穩是全校第一。現在好不容易才能擠進班裡中上等，搞得孩子都沒自信了。排名一直上不去，簡直愁死人了。」

「早知道這樣，小時候就應該把孩子送去美國。人家的孩子都去美國了，真不知道我老公怎麼想的。看著那些從美國回來的孩子都能說一口流利的英文，別提我這心裡多鬱悶了。都怪我們猶豫不決，結果耽誤了孩子。英文不好，哪有出路啊？孩子的人生都毀了。別人家的孩子領先了一大截，這要怎麼追趕，怎麼在競爭社會生存下去啊？」

「我家孩子不喜歡去學校。」

金女士剛開口就後悔了。難道除了這句話，就沒有別的話好說嗎？

「現在的孩子一個比一個不懂事，都不喜歡去學校。」
「我家孩子說不想念大學。我看他是瘋了。這年頭不念大學，以後靠什麼吃飯啊？」
「聽說最近連國小生也有參與示威，說什麼『停止老式教育』？」
「這哪是國小的孩子能想出來的話，背後肯定有人操縱。我看得先調查一下他們的媽媽。」
「功課差的孩子都自卑，所以惹事生非。瞧瞧那些優等生，品行多端正。我家孩子剛進家門就坐在書桌前學習，連廁所也不去，水也不喝。我們家沒有電視和電腦，就怕妨礙孩子學習，就連走路也不敢出聲。」
「我家孩子總是馬馬虎虎的，每次考試都會錯一、兩道題，別提我多傷心了。真不知道他怎麼就不能謹慎一點呢。看來是隨我老公了。班級第一都拿了，怎麼就不能拿全校第一呢？把那一、兩道題做對不就行了？再努力一下不就滿分了！這就那麼難嗎？」
金女士默不作聲。現在開口就等於是自取其辱。金女士環顧四周，一聲不吭的女人似乎都和自己的處境相似，大家都憋著一肚子氣，準備回家對孩子大吼「瞧瞧人家的孩子，再看看你，怎麼就這副德性。」
就在這時，有人拍了一下深思中的金女士。金女士轉頭一看，一個女人正衝著自己呵呵傻笑。素顏的女人戴著一副遮住了半張臉的黑框眼鏡，似乎好幾天沒洗的頭髮用大腸髮圈隨意地綁在腦後，身上穿著男款襯衫和西裝。金女士這才想起來，她就是幾天前搬來的新鄰居。聽說她是一個書呆子，一舉一動十分古怪。

「我家孩子也這樣。」

「嗯？」

「不喜歡上學。妳女兒一定很聰明吧。聰明的孩子都不喜歡上學。」

金女士略感不爽地往旁邊移了一下屁股。女人毫無察覺，傻呼呼地笑著，也跟著移動了一下。金女士看到女人的食指上掛著一個髒兮兮的小兔子，感到更加不自在了。女人抬起食指湊到金女士面前，像打招呼似的彎曲了一下手指。

「秀愛媽媽，請多包涵，這位朋友失禮了。我千叮嚀萬囑咐，叫她先跟妳聊天氣的。」

女人的嘴巴一動沒動。難道她會腹語術？金女士皺了一下眉頭。

「孩子肯定很喜歡吧。秀愛小時候，為了陪她玩，我也學過這種玩偶劇。」

女人流露一頭霧水的表情，瞪大的眼睛看了看兔子，哈哈大笑了起來。

「啊，不是我在講話，是這個朋友。它是最新的人工智慧電腦。嗯……應該說是電腦的一部分，現在正與主伺服器通訊……怎麼解釋好呢？總之，剛才講話的是它，這個通訊器。」

啊，原來如此。金女士點了一下頭，然後又往旁邊移了一下屁股。

「是電腦還是通訊器？到底是什麼？」

「啊，剛才講話的是電腦，但這個兔子是通訊器……就是這樣，但這並不重要。」

當然不重要了。

「為什麼不接電話？非要我親自跑一趟嗎？」

兔子又發出了不同的聲音。

「電腦還能打電話？」

「啊，這不是電腦……」

女人把兔子放在耳邊，沒好氣地說了句：「我等一會兒打給你，現在正忙著呢。」

「火星打來的電話。」

原來如此。金女士急忙看了一圈周圍。這麼多女人聚在一起，偏偏當下無人看向自己。金女士用不滿的語氣說道：

「沒想到妳還有外星人朋友。」

「哇哈哈，妳這個人還真幽默。火星哪有外星人啊。」

「我還以為那裡都是長得跟章魚一樣的外星人呢。」

「漫畫裡才會出現那樣的外星人。火星沒有氧氣也沒有水，外星人無法生存。」

瞧瞧這女人，精神都失常了，但講話還挺有邏輯的。

「妳剛才不是說火星打來的電話嘛。」

「啊，不是外星人，是我的朋友。不久前，朋友一家人移居去了火星。」

「看來火星很適合居住。」

「嗯，各方面都比地球好。唉，我也想離開地球，去火星生活。」

太陽西下，女人們紛紛起身準備回家。金女士也趕快起身跟大家道別，她看到戴眼鏡的女人向著虛空鞠了一躬，還跟空氣握了握手。

「是，我知道了。那好，再見。」

女人與金女士四目相對，傻笑了一下，就像做了錯事被人發現一樣。

「我正用全息圖講電話，影像投射在我的眼鏡上，所以只有我能看到。」

「妳在跟誰講電話？」

「嗯……保健福祉部長官。」

7

時間是相對的數值。我們會覺得低處的時間比高處的時間流逝得更慢，奔跑的人會覺得時間比站在原地的人過得更慢。時間在我們的認知中流逝而過。妳也會在打瞌睡的時候做幾個小時或幾天的夢吧。

學者根據速度和重力推算出了關於時間差的公式，但為什麼沒有找出跟時間與年齡有關的公式呢？小時候會覺得時間過得很慢，妳的一年和我的一年也是不一樣的……

我的一年過得就像一天一樣快。但對妳而言，卻像過了數十年。我覺得好不容易成長的一天，妳卻感覺像是一下子老了幾十歲。只要短短的幾天，妳就可以獲得我花費幾年時間才能獲得的知識和經驗。這個問題需要有人利用數字和符號推算成公式，編寫進教科書，畢竟人們只相信寫出來的數字。

唯有這樣，大人就會重視你們的時間了。如果大人能夠意識到自己是在強迫你們用幾百年的時間去交換成長的那幾天，說不定世界就會稍稍變化吧？

8

「我們可以說，我們只把精力放在以國語、英語和數學為主的教科書上，沒有請過家教。我們認真聽課，努力做好預習和複習嗎？」

「太陽下山了。日落後舉行集會是違法的。時間不早了，同學們趕快回家吧。」

「……但是，我們晚自習要上到十二點呢。」

「參加集會的都是不念書的孩子，優等生對社會沒有不滿。成績差的孩子才吹毛求疵，挑什麼差別待遇的問題。」

「青少年沒有組織集會的自由。你們讀過憲法嗎？憲法上白紙黑字寫著『滿十八歲以上的大韓民國國民擁有組織集會的自由』。知道這是什麼意思嗎？未滿十八歲的你們沒有這種自由。什麼？不像話？你們是檢察官，還是法官？你們懂什麼，這可是憲法明文規定的條款。嚴格來講，社團活動也是違法的，屬於違法行為！沒人管你們聚在一起吃喝玩樂，但組織社團活動必須到校務處報告。你們竟敢跟老師頂嘴！跟誰學的這麼沒禮貌？老師是你們的朋友嗎？」

「朋友有什麼用？朋友都是敵人、競爭對手。趕超一個人才能前進一個名額。等你們上了大學，就分道揚鑣了。二流大學畢業不覺得丟人嗎？哪好意思跟名門大學畢業的同學見面啊？等你們上了大學，想交多少朋友就交多少。有時間跑去參加集會，還不如多做一道數學題呢！」

「素質教育純屬胡說八道。為什麼念高中？還不是為了上大學！學生的義務是什麼？當然是努力念書了！等上了大學，在進行素質教育也為時不晚。現在應該全心全意念書。現在不用功，以後就沒機會了。現在一分一秒都很關鍵。現在落後就等於永遠落後。」

9

想像一下，我利用時間旅行機回到了一九七九年。我知道過去發生的一切，也知道不可能改變過去。我知道很快總統會遭到暗殺，也知道一九八八年首爾舉辦奧運會，二〇〇八年爆發金融危機。這都是早已發生的事情，而且只要我想，甚至還可以透過新聞資料和紀錄更詳細地了解未來。

但生活在一九七九年的人會怎麼看這件事呢？對那個年代的人而言，未來充滿了無限的可能。人們可以改變世界，也可以毀滅世界，可以去愛、去恨、去互相殘殺。但我突然出現在了他們的時空，而且我們互不相識。我只是短暫出現，並不會做任何影響未來的事。

但在那一瞬間，這些人擁有的，或誤以為擁有的所有可能性都會消失。現在一切就只是已經發生的事。他們會在預定的時間做預定的行動，與預定的人結婚，在無數基因中選擇預定的基因傳給下一代。他們失去了自由意識，以可能性開啟的未來也變成了高牆直立、單方向狹窄的小路。

這種事有可能發生嗎？

僅憑一個來自未來的人，就可以讓整個時空失去自由意識嗎？奔向充滿未知數的未來的人類就此變成命運的奴隸，按照腳本像機器人一樣生活？這種事有可能發生嗎？

在宇宙結束的那一天，在時間結束的那一天，僅憑一個人（就算不是人類也好）把時間移動至宇宙誕生的時間點，就可以改變整個宇宙的歷史、星星的出現與消失，以及在數億顆星球上進化並繁衍的生命的歷史嗎？這種事真的有可能發生嗎？

ＨＵＮ說，存在這種「可能性」。ＨＵＮ很喜歡把「可能性」一詞掛在嘴邊，但它從不偏向於肯定任何一種可能性。ＨＵＮ也表示，出現相反現象的可能性比較高，因為任何固定的東西總是比未固定的東西不完整、不穩定……

10

金女士心想，社區也太常召開會議了。大家就只是聚在一起聊天，不時的更換零食，聊天規模也會從一大群人變成一小群人，最後乾脆縮小範圍一對一的聊天。

秀愛不喜歡上學。我家孩子也是。孩子都這樣。我家孩子還說不想活了呢。這個年齡的孩子都這樣。不喜歡學習，就知道玩。秀愛小時候，一直名列前茅。我家孩子也是。秀愛小時候，大家都說她是神童。剛滿週歲就會寫字了。天啊，我家孩子也是耶。

別人家的孩子也這樣嗎？別人家也和我們家一樣，每天早上開戰嗎？這些媽媽也和我一樣，每天邊喊邊敲緊鎖的房門，如果不開就拿鑰匙來嗎？她們也會硬把孩子叫起床餵飯吃、硬是揹上書包嗎？每天早上又是央求又是威脅，吵到鄰居都能聽見嗎？每天都要擔心今天早上孩子會怎麼胡鬧、打碎什麼東西嗎？教育環境已經傾斜成這樣了，秀愛眼看就要滑到懸崖邊了，難道這些媽媽口口聲聲說「唉，家家都這樣，我家孩子也這樣」不是串通好的嗎？

「不幸福。」

「嗯？」

金女士回頭一看，戴眼鏡的女人正在對自己傻笑。

「我的學生時代，並不幸福。」

我有問妳這個問題嗎？

「為什麼，發生什麼事了嗎？」

「嗯，沒發生什麼特別的事，跟大家過得差不多，但並不幸福。其實，我也記不清了。很多可能性摻雜在一起，每次回想過去的時候，記憶都會發生一些變化。」

這女人到底說什麼呢？

「妳聽說過摩爾定律嗎？」

女人突然問道。看來這女人是鎖定我當成聊天對象了。真是夠倒楣的。金女士沒好氣地敷衍道：

「摩爾是啥？」

「是說積體電路上可容納的電晶體數目，每隔兩年會增加一倍。也就是說，機器會變得越來越小。」

「這我倒是聽說過。」

「如果按照這個速度發展下去，過不了多久所有機器就會進入量子力學的影響範圍。」

這女人瘋是瘋了，但懂的還真不少。

「量子什麼？」

「零件變得越來越小，就會進入微觀世界。這樣一來，支配世界的就是量子力學，而不是牛頓力學了。」

「這沒什麼不好吧。」

「當然不好了。因為世界會受到機率的影響。電腦以0和1來進行計算，就像打開和關閉開關一樣。再龐大的計算，就只存在打開和關閉多少開關的差異而已。但是量子的話，等於是同時存在兩種狀態。換而言之，0與1之間又多出了一個中間的狀態。」

「所以呢？」

「所以會出現混亂！數據全部亂成一團。1的機率就會變成0，1加1可以等於2，也可以等於1或0。」

這女人到底想說什麼啊？

「當然，有防止這種情況發生的裝置。為了開發這種裝置，用了相當長的時間製造了量子電腦。但沒想到的是，同時也出現了利用這種裝置的駭客。駭客故意增加混亂的機率，製造了理論上不可能得出的結果。總之，現在的年輕人都很可怕。我們從類比過度到數位的時候，也出現過類似的現象，但我們跟現在的年輕人的頭腦根本沒法比，因為他們從出生就接觸量子理論了。只有『徹底』理解世界是以機率存在的人，才能計算出數億萬分之一的機率，製造出數億萬分之一的東西。」

金女士心想，要想治療這個女人，醫生的頭腦也要夠靈活才行。

「所以，那些年輕人製造出什麼東西了？」

「時間旅行機。」

女人回答道。金女士呆呆地盯著女人。

「時間旅行機。妳應該聽說過吧？」

難道真的是我想的那種東西？

「那是什麼？」

「可以穿越時空的機器啊。可以重返過去，或前往未來。基本原理公開後，最近一年裡至少出現了二十六臺時間旅行機。人們判斷，比較量子電腦的數量和製造時間旅行機的機率，得出這個數字是很有可能的。」

「所以呢。」

「這就是其中一臺。」

女人從口袋裡取出一個火柴盒。很好，我們的聊天越來越有趣了。至少這個話題沒有那麼無聊。只要這個女人不持刀來撬我家的大門，我就陪她聊下去。

「長得很像火柴盒吧？這是障眼法，為了矇過大家的眼睛。」

「原來如此。」

「國際政府（什麼政府？）規定，一旦發現必須立即銷毀。」

「為什麼？」

「因為世界會變得一團糟。但就算這樣，也沒有辦法阻止，因為重返過去的人正在毀壞現在。然而，前往未來的過去的人也把世界給搞砸了。現在除了移居火星以外，別無選擇了。」

「如果這東西真的是時間旅行機，那就可以利用它回到過去？」

「當然。」

「人也可以？」

「什麼都可以。」

「那展示給我看看。」

女人一臉嚴肅的表情。

「這可不好辦。因為會讓時間變得更混亂。」

這還用妳說嘛。

「如果是小東西的話，還可以做到，只要不是生物就行。可以讓它回到近期的年代。有些東西現在也隨機消失，然後再次出現。妳也有過找不到一隻襪子的經驗吧？鉛筆或橡皮擦之類的，它們存在的機率也很低。」

女人把一支鉛筆放在地上，然後像拍照片似的把「火柴盒」舉在眼前。她用了半天時間聚精會神地計算著什麼，跟著嘆了一口氣，放下火柴盒說：

「我剛才把鉛筆送回過去了。」

沒錯，這女人的確瘋了。但我為什麼一直跟她講話呢？難道是因為最近持續感受到的違和感？一種時間不斷晃動的違和感。雖然不知道這種違和感與她有什麼關係，但總覺得她手裡似乎攥著我丟失的螺絲。這樣講或許很奇怪，我偶爾會覺得秀愛很早以前就「死」了。世界的搖晃彷彿把這件事也晃沒了。

「什麼也沒變啊。」

「看起來是毫無變化，但它可是結束時間旅行後返回現在的鉛筆。」

金女士面無表情地看著女人。

「當下就是現在。剛剛鉛筆返回了過去，所以現在回來了。當然，它本人毫無察覺……」

「毫無察覺？」

「如果有所察覺，那不就是生物了嘛。」

金女士嘆了一口氣。

「總之，妳的意思是，過去的某段時間存在著這支鉛筆？」

「不是的。這等於違反了質量守恆定律。妳知道質量守恆定律吧？」

我為什麼要一直回答這種問題呢？金女士面無表情地望著女人。

「該定律指出，無論宇宙發生任何事，質量的總量都不會發生變化，所以不可能同時存在兩支鉛筆。如果按照妳的說法，一直往過去傳送鉛筆，那鉛筆就會填滿整個宇宙。這是自相矛盾的，是不可能發生的事情。」

「那妳的意思是？」

「只移動『意識』。換句話說，就是進入過去的自己的身體，進入自己小時候的身體。雖然也有可能進入別人的身體，但成功的機率很低，因為沒有什麼相互關係。而且也存在道德上的問題，畢竟掠奪別人的身體是不正當的行為，但還是有人會做出這種事，所以也造成了國際上的問題……總之，一般情況下都會移動到自己活著的時候。」

「進入過去自己的身體又能改變什麼嗎？」

「以這支鉛筆來看，就等於是外表年輕，但靈魂老邁的鉛筆。當然，它無法維持記憶，這也是沒有辦法的事情。記憶儲存在大腦裡，重返過去的人就連大腦和神經結構也會回到小時候。啊，當然鉛筆是沒有大腦的。用人來舉例的話會更容易理解。」

「那未來呢？」

「也是一樣的，也是進入未來的自己的身體。」

金女士的胸口漸漸燃起了一團怒火。

「妳的意思是，如果我利用這個時間旅行機重返過去、進入小時候的身體，我就會失去從那個時間點到現在的記憶，只擁有那個時期的記憶。」

「沒錯。」

「前往未來，進入我未來的身體後，也會延續我未來的記憶。但我不會察覺自己是在時間旅行。」

「是的！哇，妳理解了這個相當複雜的問題。」

女人鼓了鼓掌。金女士一點也不高興。

「那有什麼變化嗎？什麼變化也沒有啊！」

「有的。」

「什麼？」

「『自我』。」

「自我是什麼？」

「妳不知道什麼是自我？如果有人和妳長得一模一樣，且擁有相同的記憶，可以說那個人和妳是同一個人嗎？」

「這個嘛……」

「不一樣吧？失去記憶，或透過手術改變容貌，那就不再是原本的自己嗎？死掉也無妨嗎？當然不行。這不過是自我認同的轉移罷了。站在別人的立場來看沒有任何變化，但本人會覺得跟世界末日一樣。因為會覺得從自己的人格、記憶到整個世界都發生了翻天覆地的變化。」

「但失去記憶的話，本人也不知道吧？」

「沒錯。」

「既然如此，那要怎麼知道時間旅行機有正常運作呢？」

「時間旅行機有在運作。」

「妳怎麼知道？」

「事實上，有人可以帶著自己的身體移動，他們記得自己經歷過時間旅行。畢竟腦袋長在身上……」

「妳不是說因為什麼定律不行嗎？」

「嗯，但有的人可以，像是存在機率很低的人……」

金女士閉上了嘴。女人欲言又止。沉默片刻後，女人撓著頭笑著說：

「雖然本人不知道，但其他人知道，因為可以看出來。但也有可能是時間旅行機本身的問題。就像每次影印正本都會增加錯誤的機率一樣。體驗時間旅行的人中很多人會像生活在過去一樣，他們不知道自己到了哪個時代，總是說一些莫名其妙的話。」

我看就像妳一樣吧。金女士在心底嘀咕了一句。女人默默地看著金女士說：

「不覺得想像這種事很有意思嗎？」

回家路上，金女士察覺到下雪後突然停了下來。這季節怎麼會下雪呢？仰頭一看，只見紙飛機從家家戶戶的窗戶飛落而下，就像紛飛的雪花一樣。從不懂事的孩子到穿著制服的學生，很多人都站在窗邊往外丟著紙飛機。經過的路人驚訝地仰望天空，某戶人家還掛出了「停止老式教育」的橫幅。

「真不知道這些孩子到底在胡鬧什麼。」

金女士搖了搖頭。

11

每個人都有一定的存在機率。我可能以某種機率來講並不存在，妳也是一樣。

與其說我們是獨立的個體，不如看作某種波形或物理場。因為此時此刻，我們也在與周圍交換原子。隨著時間的推移，構成我們身體的原子也會全部替換成不同的原子。這樣看來，小時候的我和現在的我似乎可以看作是不同的人。

之所以情侶和夫妻會變得越來越像，是因為他們持續不斷的在交換原子。媽媽和妳也是如此。我身體裡的原子會進入妳的身體，而妳身體裡的原子也會進入我的體內。我們是無法區分的存在，我們的一切都交織在一起，而且我們共享著相處的時間。

12

「那女人很奇怪，說什麼1加1也可以等於0。世上真是什麼人都有。真不知道那家人怎麼不帶她去看醫生。唉，想想都覺得恐怖。」

金女士坐在餐桌前喋喋不休地嘟囔了半天。默默聽著的女兒抬起頭來。

「的確有可能等於0啊。」

霎時間，金女士惱羞成怒。是啊，我說什麼妳都會唱反調。

「少說沒用的話，趕緊吃飯。」

「1加1只有在機率高的時候才等於2，如果機率非常低，就有可能等於0。」

剛要發火的金女士看到女兒的眼神，下意識地閉上了嘴。女兒流露的表情就像忍了好久，最後實在忍不住才開口反駁似的。

「是喔，所以妳考了這麼點分數？考試的時候寫了1加1等於0？」

「不確定性影響著整個世界。小的東西會不斷出現，然後消失。我們不重視的東西一直處在混亂的狀態，長期不關注的東西也會徹底消失。因為不確定性會變得越來越大。記憶、事物和人也是如此。」

這孩子說什麼呢？難道最近流行玩這種遊戲嗎？

「妳到底想說什麼？」

「媽，妳相信自己的記憶嗎？妳知道我們無時無刻不在重組、改變記憶嗎？不是只有光同時具備波動和粒子的性質，所有的事物都是如此。在宏觀的世界，我們會忽視這種震動，但時間旅行機的出現，會讓我們從某一瞬間開始再也無法忽視它的存在，國際社會也無法阻止時間旅行機的傳播……」

金女士困惑不已，進而不安了起來。她既覺得女兒是在戲弄自己，同時也產生了只有自己不知道發生了什麼事的想法。在這種情況下，金女士選擇了自己唯一能做的反應——拍桌大吼：

「妳都在看什麼書啊？不確定性？考試有這道題嗎？聯考會考嗎？教科書上寫的嗎？我說了多少遍，等妳考上大學，再看那些沒用的書。有看閒書的時間，還不如多背一個單字呢！從現在起，妳只能看教科書。要背的東西那麼多，少往腦袋裡裝沒用的東西！」

13

我們從一開始就知道，即使時間倒流也不可能改變和固定發生的事情。

時間倒流只會帶來晃動而已。

就像往音叉頻率固定的大海注入新的振動音叉、往平靜的湖面丟石子、在靜止的世界製造新的波形。

如今就連過去也像未來一樣無法固定了。

這個世界存在過沒有機率的時候嗎？夫妻不再相似；無人居住的房子不會變成廢墟；回憶往事時不會發生變化；量子不再動搖；光不再同時具備粒子和波動的性質；光子不會同時通過兩個點。這樣的世界存在過嗎？沒有人可以給出肯定的答案。就算存在過這樣的世界，它也已經從我們的記憶消失了。

我們早知道會這樣，卻不知道「真的」從一開始就是這樣。

我應該對此感到內疚嗎？

ＨＵＮ對我說過，任何發明都無法逆轉改變未來。如果沒有發明蒸汽機；如果沒有發明汽車；如果不知道使用碳燃料的方法；如果沒有印刷術；如果沒有電；如果沒有核能；如果沒有炸彈、槍枝和飛彈，人類的未來就會朝著完全不同的方向發展。我們就只是和未來一樣改變過去而已。說什麼不應該發明任何東西，就只是毫無意義的言論，因為我們最終還是會去發明，而且下一次會努力發明更好的東西。

沒有人知道，在發明出時間旅行機的瞬間，過去會出現搖晃，無數的起點再次誕生。我們下意識地把知識往過去灑，受其影響的人們會在過去重新發明時間旅行機。我們就只是「極有可能發明出時間旅行機」的人罷了。

14

秀愛跨坐在公寓走廊的欄杆上。她綁著兩條辮子，臉上長滿了青春痘，嘟嘟的小嘴看起來十分倔強。秀愛閉著眼睛，嘀嘀咕咕地正在對掛在手指上的兔子玩具說著什麼，一隻手放在胸前，看上去就像某種崇高的宣誓儀式。

戴著黑框眼鏡的女人走過來時，秀愛立刻把手藏到了身後。她用充滿警戒的眼神打量了女人一番。女人穿著十分土氣的藍色條紋喇叭褲和早已過時的格子襯衫。

「看什麼看？走開啦！」

「唉呦，妳包場了？」

女人的微笑似乎表示她無所不知。秀愛跳下欄杆，朝走廊的另一頭跑了過去。女人慢條斯理地跟在後面。秀愛又爬上欄杆，坐穩後，一臉不高興地看著女人問道：

「妳幹麼跟著我？」

「我只是去我想去的地方。」

秀愛默默地觀察著女人，開口問道：

「妳是政府派來的心理諮商師吧？」

「為什麼這麼說？」

「因為這裡沒有懂量子力學的大人。」

點了火的紙飛機從對面公寓的窗戶丟了出去，就像信號一樣，樓下和樓上的窗戶也丟出了紙飛機。漫天盤旋的紙飛機好似示威現場沒有熄滅的燭光。

「我今天差點挨揍，就因為跟我媽說1加1有可能等於0。」

秀愛嘆了口氣。女人會心一笑。

「過去的人沒接觸過這種概念嗎？認知範圍也太狹隘了吧？他們每天就知道講一樣的話，說什麼孩子都一樣，人活著都一樣；女人都一樣，男人都一樣，當媽的都一樣……如果不是認知範圍狹隘，怎麼會把無數的波形看成一樣的呢？他們眼中的世界就只是一個平均值。」

秀愛噘著小嘴，俯身看向樓下。

「大人說，彩虹有七種顏色，但那不過是不同波長的連接而已。他們只把人類分為白種人、黃種人和黑人，卻看不到三者之間存在的無數色素差異。名稱不過是代表平均值的符號，他們只顧著把世界用單字來分類。大人們會理解這世上存在很多種類的白色和黑色嗎？」

秀愛對著兔子通訊器輸入音訊後彎曲手指，像彈鋼琴一樣，在虛空點了幾下發送了出去。

「這裡的家長和老師都還活在二十世紀七〇年代，沒有一個人活在當下。所以說，我們家也得趕快搬去火星才行。」

秀愛的手指動了動，連接通訊器的其他孩子的全息圖出現在了四周。除了藍眼睛、戴著眼鏡手捧著書躺在床上的男孩，和身穿睡衣、抱著泰迪熊坐在椅子上的黑色皮膚少女，還有來自全世界各國、使用不同語言的孩子們。

「之前這種疾病只出現在三十歲以上的人身上，但現在二十幾歲的人也出現這種症狀了。政府採取的措施就只是每個月派精神科的醫生進行集體治療，但大人都把治療當成定期舉行的社區會議。」

秀愛把兔子耳朵靠近其中一個全息圖，畫面突然放大了。顯示「波蘭」字幕的少年說了幾句話後，秀愛動了動手指，接收了少年傳送來的文件。只見秀愛指尖上旋轉的文件變成了禮物盒的圖形。

「我媽一直活在過去。我們都在使用翻譯器了，隨時可以翻譯一百六十個國家語言，但她還是整天逼我背英語單字。再說了，美國早已不是世界的霸主，英語也不再是國際語言了。大學的等級制度也早就廢除了，但她現在還是把不念大學就沒飯吃的話掛在嘴邊。」

每當起風，掛在對面公寓、寫有「停止老式教育」的橫幅就會淒涼地隨風飄動。秀愛用手指點了一下禮物圖形，禮物盒一開，音樂伴隨著一道光響了起來。

「我不想上學。學校的老師也都來自過去，他們復活了考試教育和模擬考試。物理課上，老師教的都是現在無人問津的牛頓力學。世界歷史和韓國歷史也都是七〇年代的解題方法。每天的國語、英語和數學就要學五個小時，而且都是過去的語言和計算方法。他們還說什麼，等上了大學再交朋友。從七〇年代來的人還算正人君子，還有韓戰時期避難的人呢。這些人整天把赤色分子掛在嘴邊，都不知道南北韓早就統一了。不僅如此，還有從日治時期和朝鮮時代來的人。但問題是，從那麼久遠的時代來，就要進入別人的身體，他們也太沒良心了吧。」

秀愛動了動手指，隨即出現了紙飛機圖形的全息圖，紙飛機發出一聲響掉到了公寓樓下。就像做出回應一樣，公寓大樓隨處可見相同的全息圖。

「妳倒是說話啊。」

「說什麼？」

「妳不是政府派來的心理諮詢師嘛。不覺得我們很可憐嗎？至少安慰我一下吧。我不想活了。妳不想辦法的話我就去死。為什麼大人總把我們想死的話當成玩笑呢？我們可沒開玩笑！」

「我知道妳不是在開玩笑。」

女人默默地低下了頭，她在秀愛耳邊說了什麼，秀愛瞪大雙眼看著女人。

15

最初人們應該是因為懷念過去而發明了時間旅行機。上了年紀的人愛懷舊，思念釀成了心病，彎曲了時間線。但如今這項發明成了無人知曉的事。

我現在還記得妳走的那一天。

還記得妳的離去，而且是以很高的機率……

我知道這不是時間旅行機的原因，而是存在的結果，是過去出現晃動而誕生的結果。也許妳會問，結果如何提供原因？但妳最後會理解……未來只是用機率存在，是我把機率引到了未來。

如果沒有發明時間旅行機，我可能早就消失了。我們需要發明時間旅行機，但展開發明並非根據這種原因。

要想找出方法控制混亂的過去，就要讓自己成為時間旅行機的起始點，我必須決定時間旅行機的啟動原理和形態。因為我是最初發明時間旅行機的人，所以我必須要在能力範圍內控制住它。

但問題是，我現在的記憶也充滿了不確定性。我已經不記得最初的意圖，也很難解釋清楚交織在一起的原因和結果，也許妳的死也是我一手造成的……在建設火星基地，帶領地球人遷移和尋找解決混亂方法的過程中，我始終在思考著這種可能性。

我看到了一個世界。在那個時代，人手一臺時間旅行機。很多人從自己所處的時代逃去了另一個時代，然而他們把陳舊的思維方式和舊習也一同帶到了另一個時代，就像從一碗墨汁裡逃出的一滴墨；從一團灰塵裡逃出的一粒塵。

所有人都無法逃離自己所屬的時代，因為我們討厭的一切最終塑造了我們自己。沒有人記得自己來自另一個時代，不知道時間在流逝，時代在變化，自己一直停留在逃離的那個時代。

活在過去的大人不知道孩子比自己更聰慧，且毫不害羞地以過去的方法教育著孩子；他們不知道孩子什麼都明白，不知道自己經歷的一切只屬於過去的時代；他們只知道把自己的價值觀強加於孩子，強調自己是人生的前輩，認為孩子把時間都浪費在了愚蠢的事情上。他們沒有人記得自己來自過去。

我遇到了妳，也遇到了妳的媽媽。政府派我來治療妳的媽媽，但結果並不理想，因為她不記得自己來自過去，也不知道重返過去的方法。

是的，妳已經猜到了，我可以帶著身體重返過去、穿越時代的原因——因為我存在的機率極低。我存在於0與1之間，所以即使兩個身體同時出現在同一個地點也不會引發問題。即使兩個相同的我，最終也會以最高的機率變成0。

我記得妳的死。

記住小小年紀的妳的離去。

我記得坐在欄杆上的妳，記得妳一腳搭在欄杆上對自己說的話。妳很有可能忘記那天說過的話，而選擇了不歸路。那天的妳有活下來的可能，但那天的機率出現了晃動，妳的未來進而出現了裂痕。現在的我以很小的可能性、以模糊的影子活在妳沒有選擇那條路上。

每次時間旅行回到過去時，我都會祈禱帶著這個記憶的「我」不會睜開眼睛。如果可以這樣，就表示我存在的機率提高了。如果回到過去，我會找到妳，貼著妳的耳朵悄悄地說，我一直記得那天的事和妳許下的誓言。

妳那天把手放在胸口自言自語：

「我不會對孩子說你們活在最好的年代。我不會說每個人都一樣，小時候都會經歷這種事。如果所有的大人都這樣講，那我就要做一個不講這種話的大人。我要做一個知道這種話有多『冷漠』、『懦弱』、『愚昧』的大人。如果為了遵守誓言而成為大人，我就不會去死。我會活到三十歲、四十歲、五十歲、六十歲。我會為了今天的自己而變老，為了當下的自己而活。」

進化神話

七年四月，夏。
王到高安池塘釣魚，釣到一條紅翅白魚。
二十五年十月，冬。
扶餘使臣進貢一隻三角鹿和一隻長尾兔。
五十三年正月，春。
扶餘使臣進貢一隻一丈二尺長的無尾白毛虎。
五十五年九月，秋。
王到吉山南邊打獵，捕獲一隻紫狍。
五十五年十月，冬。
東海谷地方官進貢一隻九尾紅豹。

——摘自《三國史記》〈高句麗本紀〉第六代太祖大王實錄。

全國乾旱持續已久，樹葉萎蔫如針細，只有根莖儲存下些許水分。馬背脂肪成團，生出瘤子。松鼠棄樹，藏身於陰涼地下。酷暑難耐的狗也開始脫掉皮毛。有別於往年種植水稻，百姓改種起了馬鈴薯和玉米。秋收將至，一望無際的黃金色變成了乾綠色。

每當乾旱來襲，我便擔憂不已。因為這意味著一場腥風血雨將至。王將乾旱之因怪罪於所有人──官員作風不正、巫師祭拜懈怠、兵將戒備鬆懈。宮中傳聞四起，人心惶惶，鮮血眼看就要溢過門檻，染紅各宮庭園。據傳，王枕人就寢、墊人入座。若人稍有動彈，便會人頭落地。人們稱其為次大王，意指太祖大王之後的下一位王。先王年邁體弱臥床不起，委任御弟代為處理國事。不料御弟圖謀不軌，稱「自古以來長兄年邁，自由次弟繼承王位」。先王無力抵抗，且不忍血洗王宮，最終明智退位，退居別宮壽終正寢。

次大王登基後，我便足不出戶，只在夜深人靜時，像蝙蝠一樣溜出門外，四下走動，然後在天際破曉前返回居所。我的皮膚好似夜色逐漸變得黑藍，雙目也不知從何時起散發出了黃光。御醫稱，這是因為視網膜變形，生成反光層所致。這屬於夜行人常見的發育現象，瞳孔為調節光量，故如貓一般黑夜變大、白日縮小。御醫還安慰我說，這種現象屬於後天因素所致，大可不必擔心代代相傳。

在一個悶熱的夜晚，我溜出居所，前往祭壇。數名巫師連續數日篝火舉行祈雨祭，其中一名巫師看到隱於黑暗中的我快步跑來。我們自小相識，因年紀相仿，所以關係甚好。如今他成了宮中唯一腰板直挺的人。在王面前，所有人俯首稱臣，他們的脊椎越來越彎曲，眼看臉就要貼在地上了。

「太子殿下，深夜何故前來？」

這就是我躲避眾人視線的原因。表弟早已繼承太子之位，但眾人還是習慣稱呼我為太子。每次他們失言，我都會覺得自己的壽命縮短數年。

「我好奇祈雨祭進展如何，所以來看看。」

巫師環顧四周，低聲道：

「百姓之心已枯，上蒼又何來雨水。誠然上蒼眷顧眾生，但天意難違。」

「我記得先王祈雨必應。」

「殿下想必也知道，唯有氣壓改變，方可召喚雨水。只有將靈氣送至空中，空氣中的水蒸氣才能凝結成雨水落下。空中的兩股神力相衝時，也會落下雨水。巨大生物阻擋風向，氣流撞擊其身時也會下雨。唯有大氣劇烈運動時，才能下雨。」

「就像巨人族移動的時候？」

「巨人族食量大，故體型龐大，但數量不多。先王與住在太白山的巨人關係友好，經常透過他們祈雨。但聽聞盤古早已行動不便，身軀已被泥土和樹木覆蓋，無法與岩石做區分了。其他巨人的處境相似，所以很難尋找到他們的蹤跡。」

學者表示，若想分析生物的分化規律，就要將現存的系統分類學者聚集在一起，進行一個世紀的研究。即使可以做到，但過了一個世紀後，物種體系會徹底改變，所有的研究都將失去意義。許多生物學家倒頭大睡之前坦言，「物種分化無任何規律可言」。但物種分化明顯存在某種傾向性。史前時代的巨人停止包括呼吸在內的所有生命運動後，選擇成為山河與湖水。棲息在天池的巨蜥也放棄了原有的形態，縮變成了手指的大小。

「沒有巨人族再現的徵兆嗎？」

「以臣無知的頭腦要如何揣測大自然的進化方向呢？現在不僅人類，就連小野獸也開始獵取大野獸，所以大野獸不會再輕易出現。蜥蜴之所以變小，也是因為比起維持龐大的身軀，集體獵食更加容易。」

「除了祈雨就沒有別的方法了嗎？」

「現在這是唯一的方法。雖然人類祈禱並非科學，但也不是沒有效果。」

巫師叫住轉身離開的我補充道：

「農曆最後一天，太陽會吞噬月亮。這是不祥之兆，望太子殿下保重。」

我目送他走回祭壇，思考著這句奇怪的話。難道他是指月食？但月食是地球的影子遮住月亮，而不是太陽遮住月亮。太陽遮住月亮，那夜晚不就是白晝了嗎？

不，不是這樣的。我仰望夜空心想，就算是農曆最後一天，月亮也會掛在天空，只是我們看不到而已。太陽為什麼要吞噬看不見的月亮呢？這是多麼殘忍的事情。太陽是萬古之父，王是萬民之父，殘忍的太陽即殘忍的王，看不見的月亮就是失去王位的太子。

我長嘆一口氣。我沒有應對的方法，也沒有想過要採取應對。父親在位時，叔父就已掌握全權。連街頭乞丐都有自己的安身之地，可我在這個世上再也無依無靠，又何談保住性命呢？

我抹黑爬回居所，為掩人耳目，每當聽到腳步聲，我就會立刻躲藏起來，所以近來比起走路，更多時候我都會爬樹、翻牆和爬行。不知從何時起，我的手掌就像腳掌一樣長出了厚實的繭。

自古以來，個體都在重複著系統的發育變化。每瞬間我們體內的細胞都在誕生和死亡，血管裡的血液也在不斷產生和消失，新的細胞很快會取代死掉的細胞。由此看來，原本組成我們身體的細胞最終都會消失。這表示我們不僅在思想上會變成另一個人，身體也會變成另一種生物。無論是否願意，所有的生物都會在其一生中經歷數次的死而復生。

已故的母親一再強調，若不努力守護人性，最後就會死得非常難看。只有極少數人死時能夠保留住人的原貌，而大部分的人只會以野獸或昆蟲的樣子結束生命。靠搜刮百姓貪婪度日的貴族早早便失去了人樣，很多貴族長出短腿、短尾巴、肥大圓滾的肚子和凸起的雙頰。

小時候，母親常常給我講一個樵夫的故事。樵夫娶了一個在湖邊偶然相遇、長著翅膀的女人，女人飛走後，樵夫爬上屋頂整日不吃不喝，以淚洗面。沒過多久，樵夫的身體開始縮小，雙腿變得如同筷子一樣纖細，腳掌內翻，並長出了可以抓住東西的腳趾甲。又過了一段時間，樵夫的手指退化，最後乾脆消失。他的頭頂長出了紅色的雞冠，再也不能講話，只能發出悲切的嘶吼聲。樵夫變成了一隻公雞。即使長出翅膀，但還是不能飛上天去尋找女人。如果樵夫的意志和期盼稍稍明確一些，或許他就能長出飛上天的翅膀。但樵夫的大腦已經失去智慧，再也無法決定進化的方向。

失去心愛之人的人們沒有變成鳥或馬，而是變成了花草或望夫石。生物會演變得與期待相反也是一件很有趣的事情。向日葵追隨太陽的信念不過是我們的幻想。向日葵憧憬太陽、長出巨大的花朵，但因無法承受花朵的重量，只能垂下頭來。也許我也和它們一樣。我期盼自己長出翅膀、逃往遠方，但是身體過重，只能匍匐前行直到死去。

整個春天都沒有下雨。一場寒流來襲，很多鳥凍死，從天上掉了下來。倖存的鳥長出了厚厚的羽毛。寒流持續了很久，鳥的身體變得越來越重，再也不會飛的鳥左搖右晃地走在地上。因為水比陸地溫暖，一些鳥跳進水裡。枝葉變成荊棘後，野獸和人類就只能挨餓受凍。百姓躲進山裡，全身長出好似野獸般又長又粗的毛。據聞，偶爾有人獵到熊時，熊發出的不是禽獸的嘶吼，而是人類的哀號。

刺客來襲的那年春天，院子裡下了霜。我坐在房間裡，看到遠處有幾個鬼鬼祟祟的人，他們小心翼翼地躲在樹後和矮牆下，漸漸逼近。看著他們慢吞吞的樣子，我不禁覺得有些無聊。推門而入的不是刺客，而是內官。內官跪在我面前說：

「殿下，王派來的刺客就要逼近，請趕快逃走吧。」

「叔父已掌管天下，我又能逃去哪裡呢？」

我翻了一頁書，平靜地說道。不知為何內官哭了起來，他哭了一會兒，抬起頭看著我：

「殿下的容貌已變，無人能夠認出。請趕快更衣，換上臣的衣服，務必保重御體。」

內官把我送出後門後，坐在了我的位置上。

寒冷的夜晚，我匍匐在漆黑的院子裡，隱約看到我的房間幾個人影在大開殺戒，刺殺與嘶吼聲傳入耳中。我悲痛欲絕地想：

父親安邦治國、德高望重，而我這個無能之子卻爬著逃走，為求保命不惜犧牲別人的性命。來日死後，怕是再也沒臉去陰間見父親了。

就在這時，電閃雷鳴，下起了傾盆大雨。雨水澆滅火把，四下一片漆黑了。看來巫師的祈雨在適當的時間點感動了上蒼。這場雨純屬巧合，但無知的士兵都以為是自己犯下的罪過激怒了上蒼，嚇得紛紛落荒而逃。我趁機爬上宮牆，一個士兵看到了我，但因為我的雙眼散發黃光，所以他以為是貓，轉頭走開了。

我無處可去，只好獨自走進山裡。甘雨終於滋潤了大地，小草爭先恐後從地裡探出頭來，樹木打開萎蔫的枝葉，樹根也貪婪地伸展開來。我所到之處都是一片綠油油的光景。此時此刻，不禁讓人覺得植物和動物並無兩樣。植物淋著不知何時還會再下的甘雨，忙碌著撒下種子、結出果實，整片森林頓時重獲生機。我淋著雨一直走，直到再也走不動後，累得倒在了地上。

不知躺了多久。睡夢中，我隱約看到了一棵晃動的白樺樹。睜開眼睛一看，那不是白樺樹，而是一隻白老虎。老虎一丈二尺長，全身雪白，沒有尾巴。牠靜悄悄地繞著我走來走去，我無力躲閃，只能一動不動地躺在原地。如果就這樣被老虎吃掉，成為營養循環的一部分，不是死得很有價值嗎？想到這裡，我噗嗤笑了出來。

「有什麼好笑的？」

老虎一開口，我便茫然不知所綽，因為牠字正腔圓地講著人話。野獸與人類的聲帶結構截然不同，老虎怎麼會講人話呢？我強顏歡笑，跟著流下了眼淚。

「你為什麼哭？」

老虎又開口問道。

「因為覺得你很可憐。」

我躺在地上回答說。老虎像人一樣笑了。

「我哪裡可憐了？」

「你能說人話就表示你原本具備人類的智慧，具備人類的智慧就意味著你在變成畜生以前曾是人類。雖不知你為何會變成這副模樣，但你失去了父母所賜之軀。失去原貌不是一件很悲傷的事嗎？」

「什麼是原貌？」

老虎反問道。

「如你所言，所有的生物都會以嬰兒的形態活下去。你說自己生來就是人的樣子，但你的祖先曾經是熊、老虎、蛇、魚、鳥和植物。你現在努力維持人的樣子，然而你將會知道這是一件毫無意義的事情。以出生時的樣子死去又有什麼價值呢？我選擇了畜生的樣子，但這並不表示我沒有意志。我靠自食其力填飽肚子，並擁有了自己想擁有的樣子。」

我無言以對。

「你知道一種物種在改變形態上需要花多久的時間嗎？有的物種分化需要幾萬年的時間。當時的環境並不比現在差，只是說那個時期需要那種適應方式罷了。大自然沒有善惡、優劣的價值判斷，就只是靠生存方式來決定一切。人類的表現性質就只是自然選擇的生存方法之一。你不融入群體、不依靠工具的時候，會比兔子還要脆弱。如此脆弱的你竟然可憐起了我，不覺得自己很傲慢嗎？」

「你說說看。」

老虎露出了鋒利的犬齒。牠似乎很生氣，我閉上眼睛，做好了被吃掉的心理準備。但過了半天，老虎也沒有來咬我的脖子。我睜開眼睛，老虎愣愣地看著我。

「說什麼？」

老虎開了口。

我問道。

「你有什麼心願嗎？」

「我什麼心願也沒有。我只是不想被人發現，只想無聲無息地活下去，直到死去。」

「既然如此，那變成蟲子再適合不過了。既然你放不下做人的執念，那不如變成蛆蟲或蒼蠅。蚯蚓怎麼樣？蚯蚓可以讓土壤變得肥沃，比現在的你對人類更有益處。」

老虎的言辭帶有侮辱性，但我連反駁的話也想不出來。

「物種之間的間隔很大，變成蚯蚓不是一件易事。我要怎麼做呢？」

「只要做好吃土的準備就可以。」

老虎抬起頭。

「我不吃交談過的人，你走吧。我看到飢餓的百姓往那邊的山裡去了，追上他們，說不定你還能活命。」

老虎走進森林，消失得無影無蹤了。

我從地上爬起來，朝山脊的方向走了好長一段路，果真遇到了老虎說的一群百姓。我走入人群，大家就只顧著低頭走路，沒有人跟我講話，彼此也不發一語。即使看到我黑藍的皮膚和散發黃光的眼睛，也沒有人說什麼。有的人駝著背，有的人面部扭曲，有的人少了一條腿或一隻手臂，還有全身長著甲殼類外殼的人和爬行的人。

走到半山腰，人們三三兩兩地分散開來走進了山洞。我跟進山洞，看到人們相擁入睡。因為沒有食物，所以大家選擇了冬眠。有的人像蠶一樣把自己包成繭，有的人則裹了一層好似魚卵的皮膜，還有全身覆蓋白毛的人。未能改變或無法適應身體劇變的人成了屍體，成為螞蟻的食物。這些人變成了食物鏈的一部分，以另一種形態活了下來。

我找到了一處杳無人跡的地方。剛好那裡有一個空心的樹冠，我找來草葉鋪成床，蜷縮身體躺在裡面等待睡意來襲。

寒冬將至，挨餓受凍的日子持續了很久。我嘗試過吃土，但並沒有想像中那麼容易。每次醒來時，我都會再閉上眼睛努力讓自己入睡。隨著時間推移，我可以一覺睡上兩天或四天，最後可以睡上一個星期或十天。

冬天的時候，我蛻了一層皮。由於身體難以忍受殘酷的環境，最終骨骼和內臟器官發生了所謂「調整」的位置變化。在蛻皮的過程中，我反覆暈厥多次。待醒來後，我看到了蛻下的一層人形的皮。新的身體就像蛇一樣光滑，我還長出了蜥蜴一樣的長尾巴。當我意識到自己失去了一點人性時，眼淚奪眶而出，但很快恢復了平靜。我的身體為求生存竭盡了全力，選擇了爬行動物的形態特徵，身體至少比我的理性明智。我的身體認為生存比人類的尊嚴和自尊心更為重要。為了補充營養，我吃掉了蛻下的那層人形的皮。

到了春天，山洞周圍長出了可以食用的草。我醒來後走出山洞。熬過漫長寒冬，倖存下來的人就只有我一個人。有幾個人變成了人形的岩石或樹木，他們相擁在一起，呈現出十分悲傷的景象。我鄭重地祭拜了那些即使化作泥土也仍維持人類形態的高貴生命。

我爬行在森林裡，靠食草維生。由於長期咀嚼略硬的草，我的下巴變得越來越結實，嘴巴也變得短粗。每當草叢沙沙作響，我都會豎起耳朵，擔心四周是否存在危險。就這樣，我的耳朵變得又長又挺。不僅如此，我的手掌也變得越來越厚實，四肢的長度也漸漸變得相同。由於越來越難使用手，我的頭上長出了犄角。起初就只是一個凸起的包，但沒過多久就長出了好似野鹿的長犄角。每次與其他野獸爭奪食物，或為了撞下樹上的果實，犄角都會派上用場。

那天冬天，我又蛻了一層皮。現在我的身體徹底變成了綠色。也許躲到沙漠或岩石縫裡可以維持住人類的顏色，但我感覺這樣做似乎也沒有什麼用。由於我「不想睜開眼睛」的意志過於強烈，反作用力也越來越強。我在岩石山裡生活了一段時間後，身上出現了碎石模樣的花紋。

我看了一眼肚臍下方的器官，思考著是否還能與人進行交配，不禁笑了出來。我已經踏上了成為畜生的不歸路，內心卻仍然無法釋懷對於前世所屬物種的憧憬。總有一天，我的大腦容量和結構也會發生改變。我無從得知可以維持人類的記憶和智慧到什麼時候。那天夜裡，我數了一下身上長出的鱗片數量。大小不一的鱗片共計八十一片。九九八十一，這是一個吉祥的數字。想到這裡，我又不禁笑了出來。

秋天，我和往常一樣在林中覓食，聽到了遠處傳來的馬蹄和犬吠聲。我嚇得抬頭眺望，只見獵犬圍攻一群紫色的狍子朝我這邊狂奔而來。我夾在一群狍子中慌慌張張地落荒而逃。人們站在高處，看到我的犄角，誤以為是野鹿，開始朝我射箭。我身邊的一隻狍子中箭倒地，發出淒慘的悲鳴。那聲音像極了人類，我感到心如刀割。

雖然我拚死逃跑，但速度並沒有狍子快，也沒有牠們反應敏捷。最終我被獵犬團團包圍，躲在大樹下寸步難行。手持弓箭和長矛的士兵追隨犬吠聲出現在我的面前，看到最前方騎在馬背上的人時，我全身僵硬。

他是我做夢也不會忘記的那個人——我的叔父。

但我僵住的原因並不是因為他是我的叔父，而是見到他徹底改變成什麼模樣。

他看起來就像一塊巨大的肉。粉紅色的皮膚油光鋥亮，圓滾的肚皮表示裡面裝有過多的食物，向上翹起的鼻頭說明他吃飯時會把整張臉都埋進食物裡。瞇成細縫的眼睛表示他不辨是非，遮擋耳朵的耳垂代表他早已充耳不聞。他的手腳退化，可見他早已撒手國事。想到先王臥床不起後也仍維持人類的樣貌，眼前的叔父不禁令人備感無言。一股怒火衝上心頭，氣得我連恐懼也蕩然無存。

叔父放下弓箭，歪頭打量了我一番。

「這是什麼生物？看到鹿角還以為是野鹿，可牠全身綠色，長有蛇的鱗片和蜥蜴的尾巴，四肢又與人類無異，眼睛散發黃光，好似貓頭鷹。這到底是什麼徵兆？」

駝背的大臣走到叔父面前，身子緊貼馬背、垂下頭，一張臉就要貼到地面。雖然容貌大變，但我還是認出了他就是那位巫師朋友，朋友似乎也認出了我，卻極力迴避我的視線。

「生物會為適應環境而變化，出現新物種不足為奇。民不聊生，生態系統也會受到影響。大自然向我們展示妖邪之物，是因為無法用言語表達懇切之情。此意暗示君主生畏、反省、改頭換面。若君主修身立德，便可化禍為福。」

王默默地聽著，整張臉漲得越來越紅。

「非吉即凶、非凶即吉。既然說牠是妖邪之物，怎又化禍為福？何出戲弄之言？」[4]

旁人還沒來得及勸阻，王便拔出腰間利劍揮砍了下去。王揮舞的利劍斬斷了巫師的脖子，周圍的大臣也未能逃過一劫。我趁混亂之際轉身逃走了。背後傳來犬吠聲，一支支箭接連朝我射來。我拚死跑上山頂，直到跑到懸崖邊停了下來，眼前再無去路，我毫不遲疑地跳進了洶湧湍急的江水中。從高處一躍而下，撞擊到的江面好似地面一般堅硬，滔滔的江水瞬時吞噬了我。

那天我知道了兩件事：從懸崖跳下來並不會長出翅膀，以及長出爬蟲類表皮的身體異常結實，沒有那麼容易死掉。

我只希望不被人發現，但無辜的人又因我而喪命！

之後，我一直躲在江裡。由於長期浸泡在水中，皮膚潰爛了。寒冷的夜晚，我身體凍得僵硬。雖然好幾次險些喪命，但我也沒有爬上陸地。我迫切地希望斬斷最後一絲生而為人的留戀，變成一隻魚或水蛇。

深夜，我忍受著寒冷趴在淺水處。這時，兩隻烏龜同時探出了頭。當烏龜的身體徹底浮出水面後，我才發現不是兩隻，而是一隻，但長著兩個頭。烏龜足有七尺長，長著紅翅的魚撲騰著翅膀在烏龜四周飛來飛去。

「夜裡這麼冷，你泡在水裡做什麼？快回到你曾經居住的地方去吧。」烏龜說道。兩個頭異口同聲，嗓音迴盪開來。

「我已無處可去。」

我張開凍僵的嘴回答道。

「若是侵犯了你的領地，我願誠摯地道歉，但請不要趕我走。」

「所有生物都有屬於自己的領地，四腳的野獸在水裡又要如何呼吸生存？」

「物種之間並無言及嚴格界限。具備水陸兩棲特質的生物即使生活在水中，但曾經也是棲息在陸地。萬物始於同一起源。若海豚和海獅可以往返於水陸兩地，那麼我所嘗試的逆向進化也不應受到指責。」

「就算無須言及界限，但像你這樣詭異的生物棲息在水中，會嚇跑我的食物。」

4 引用《三國史記》中〈高句麗本紀〉次大王（高句麗第七代王）實錄。原文中，王看到的是白狐。

「我也不想這樣，我只是不想被人發現，但天不從人願，讓我變成了這副模樣。關於生物的進化存在事與願違的傾向性，我們可以坐下來討論幾天幾夜。」

「沒必要討論幾天幾夜，因為這不是你真正的心願。」

烏龜的兩頭交互著說道。

「趕快離開這裡，不然我就吃掉你。」

「想吃就吃，就算死後做了水鬼，我也不會再踏上陸地。」

說完，我閉上了眼睛。

過了半晌，我睜開眼睛時烏龜已經不見了。烏龜不吃我，難道是出於同情？還是覺得我這條命沒有價值，又或者是覺得我很難吃？我潛入江底，熬過了寒冷的一晚。

隨著時間流逝，我身上的鱗片越來越堅固，四肢也漸漸縮小。但不知為何，我的四肢沒有變成鰭，而是停留在了鳥的形態。難道是因為從懸崖跳下來的關係？由於四肢再也無法使用，脊椎和尾巴變得越來越長。俗話說，經歷過的事情都會留下痕跡，所以我頭上的鹿角沒有退化，一雙貓眼也還是老樣子。雖然很難改變呼吸的方法，但我掌握了潛水的方法。手腳退化後，臉部還長出了像觸鬚一樣長長的鬍鬚。我以水草和小魚維生，有時沉在江底數日，有時在湖中停留數月。

◆

有一天，我為了換氣浮出水面時，遇到了一個正在湖邊洗衣的女人。女人身後長有九條白色的尾巴。我已經很久沒有見過人類，而且失去人的外表已久，所以略感驚慌失措。我愣在原地，擔心女人會大叫妖怪、向我投來石子。但她看著我，雙手合十，垂下了頭。

「妳在做什麼？」

剛一開口我便後悔。就像我遇到老虎那時，女人肯定也會從我身上看到人類的原貌。

「看到神靈出水，想必定可呼風喚雨，所以特向神靈祈福。」

「妳搞錯了。我只是為了躲避人間之事，逃到水中苟且偷生。如果我嚇到妳，還望原諒。」

說完，我又潛回了湖底。

幾天後，我睜開眼睛時，湖底都是年糕和水果。一群群小魚正在啃食著年糕。

我再次浮出水面時又在湖邊遇到了那個女人。只見她在湖邊搭建起了祭壇，香爐裡插著香，祭桌上擺滿了年糕和水果等貢品，上面還貼著紅紙黑字的祈禱文。女人和幾個村民跪在地上祈禱，女人看到我，作賊心虛地挺直了身體。

「你們到底在做什麼？」

我沒好氣地問道。

「我不是親口告訴妳我不過是雜種之輩。與其拜祭我，還不如拜祭湖水或大山。」

「乾旱來襲、草木乾枯，百姓民不聊生，物種變化越來越詭異，耕種的農作物難以下嚥。王的眼睛和耳朵都已退化，對百姓的困苦視而不見，充耳不聞。」

「可是我也沒有辦法，我沒有任何力量。畜生怎能干涉人間之事呢？」

「大自然允許你擁有神靈的外貌自有其原因，難道你也要對困苦的百姓置之不理嗎？」

我沉默片刻後開口說道：

「妳說的沒錯。」

我揮動尾巴，掀起一陣狂風巨浪。香爐倒了，祭桌上的盤子也全部打翻。

「看來我活得太久了。無論被誰發現，最終只會引發爭議，我最好永不露面。」

我潛回了湖底。當我回頭看向岸邊，女人正在哭泣。我冷漠地轉過頭，沉在湖底，開始了冬眠。冰冷的湖水凍住了我的身體，全身漸漸失去了知覺，每個細胞也像沉睡了一樣。時間彷彿停止，就連頭腦也變得遲緩。運氣好的話，我也想像遠古的巨人一樣變成岩石或泥土。

◆

起初我還以為是遠處的敲門聲，稍後我聽到了喚醒我的聲音：

「別睡了，快醒醒。」

我吃力地睜開眼睛。全身黏滿了水草和蝸螺。只見之前見過的雙頭龜正在朝我游來。不知為何，牠看起來比之前小了很多。

「快離開這裡吧。王派人來抓你了。」

我花了一點時間才理解了牠說什麼。我這才想起了很久以前的自己是人類，並且身分是皇太子，以及我與現在的王存在著血緣關係。

「王為何要來抓我呢？」

「你冬眠以後，村民一直在岸邊祭拜你。他們祈求有人取代現在的王。王得知此事後，下令填滿湖水，把你抓出來。你的思維如此遲鈍，可見大腦也發生了變化。快逃走吧。」

聽完烏龜的話，我這才意識到四周十分混亂。我抬頭一看，上方不斷有泥土沉澱下來，還聞到了一股令人作嘔的血腥味。一群烏鴉盤旋在湖面之上。

「烏鴉為何叫個不停？」

「岸上發生了慘不忍睹的事，你最好不要去看。」

烏龜說完，鑽進了泥土裡。

我帶著一種不祥的預感浮出水面。我每動一下，湖水都會掀起漩渦，嚇得小魚四處逃竄。黏在身上的水草、苔蘚和蝸螺脫落後，我才發現不是烏龜變小，而是我變大了。難道是冬眠過久的關係嗎？

一群士兵圍在湖畔，正在用泥土填湖。他們看到我時大吃一驚，嚇得丟下鐵鍬落荒而逃。在岸邊舉行祭拜的村民和女人倒在血泊之中，微風拂過時，女人的白裙就會隨風飄動。我的理性隨著女人的裙襬漸漸消失，最終再也無法思考。

一名士兵打起精神，舉著長矛大喊道：

「你這個妖怪，乖乖受死吧。追隨你的信徒都被我們趕盡殺絕了。」

士兵的話音未落，我便衝出了水面。趁所有人愣在原地，我用牙齒咬住最前面的士兵，尾巴橫掃過馬腿。我不顧墜馬的士兵發出了呻吟，以利爪撕裂了他們的咽喉，貫穿了他們的心臟。

遠處傳來士兵蜂擁而至的馬蹄聲，我立刻跳入湖中，游向長江。途中我一一數過岸上屍體的數量，還看到了站在岸邊的叔父。就在我經過他的時候，喝令傳入了我的耳中：

「妖怪，出來吧。」

王挺直腰板坐在馬背上。雖然他的聲音很小，還是清晰地傳入了經過數階段進化的我的耳朵。

「你不出來，我就把附近的村民全部殺光，直到你出來為止。這些人追隨妖孽、企圖造反，死罪難逃。」

我停了下來。這句威脅的話聽起來很奇怪，難道叔父也把我當成了聖靈？人類的生死與我何干？但我還是游上了岸，站在了王的面前。不，因為我的身體已經無法以人類的形態「站立」，所以我用尾巴支撐地面，豎起身體，挺直了脖子。直立起身體後，我切實意識到眼前的士兵和叔父有多渺小。

近距離面對叔父時，我不禁感到百感交集。啊，他老了。即使是拒絕變老的生物也不得不面對這樣的結局。叔父圓鼓鼓的肚子垂了下來，遍布皺紋的臉上長滿了黑斑，早已退化的四肢也變細。

「我認出你是誰了。」

叔父發出好似枯枝在風中沙沙作響的聲音。

「你是先王的血脈。我早該斬草除根，沒想到竟留你活到現在。」

我像周圍的士兵一樣垂下頭，低聲說道：

「小人之所以成為野獸，只是為了保住性命，絕無篡位之意。只怪這些百姓過於愚昧，還請陛下寬宏大量饒恕他們。」

「雖說百姓愚昧，但這件事不可能與你無關，理應問你的罪。」

「我的身軀已亡，難道要我再死一次嗎？」

「區區一屆賤民，竟敢對本王指手畫腳。」

王的聲音沙啞無力，幾乎聽不見了。

「既然你活在我的領土上，你這條命就歸我所有。朕要取你性命，豈敢不從！」

「一國之君取一條小水蛇之命有何用？」

「禽獸竟敢與人類對話，真是大不敬。你是不祥之兆，必除之。」

「小人變成禽獸不假，但陛下也不再是人類，又何以以人類之王自居，取小人之命？」

王氣紅了眼，他發出一聲微弱的聲響，周圍的士兵踢了一下馬肚子朝我衝了過來。我隨即跳入江中。

士兵沿岸追趕著我。我疾速游於水中，由於速度過快，江水被我劈成了兩半。突然背後傳來了王的狂笑。我知道他為什麼笑，因為面前的巨大瀑布擋住了我的去路。但我沒有停下，反而加快了速度。抵達瀑布下方時，我藉助急促水流形成的漩渦夾帶江水翻湧而上，衝上了天。

我意識到自己掀起了上升的氣流，與此同時，我的身體再次變大，大到足以影響氣流的變化。我乘著氣流一飛沖天。追趕我的士兵茫然愣在了原地。我俯瞰自己的身體，沐浴在陽光下的鱗片閃閃發光，長長的尾巴攪動著水霧。我感到豁然開朗。穿過雲層持續上升後，我看到了大氣層，領悟到了改變氣流和降雨的方法。現在想來，曾是人類的我十分厭惡乾旱。但那已是久遠之事，如今再也記不清原因了。

我把空氣引向高空，水蒸氣被帶入大氣層後瞬間形成了烏雲。緊接著電閃雷鳴，整個世界晃動起來。我在空中翻騰，輕輕按壓雲層。氣流改變後下起了傾盆大雨。滔滔江水瞬時淹沒田野，捲走了站在岸邊的士兵。王站在遠處，彷彿眨眼間又老了十幾歲。我似乎耗盡了他最後一絲的生命力，但我並不關心他的生死，因為我已不再是人類。我非常享受一飛沖天的快感，於是朝更高的地方飛去。

那年冬天，在我一飛沖天之日，民眾起義，次大王駕崩。

最後的狼

- 二〇〇七年收錄於共著選集《尋找失去的概念》（創批）
- 二〇一〇年收錄於短篇小說集《進化神話》（幸福的閱讀）
- 二〇二一年收錄於英文版短篇小說集 *On the Origin of Species and Other Stories*, KayaPress

✺不知道寵物怎麼又跑了。籠子的鎖完好無損，鑰匙也還乖乖地放在口袋裡。難不成寵物變成一縷煙，從鐵柵欄的縫隙間溜走了？又或是偷了鑰匙、打開鎖頭後，悄然無聲又放回了原處？✺困惑地抓了抓鼻子，不以為然地想：「這世上的確有些事是無法用科學解釋的。」寵物跑到外面盡情玩耍，等肚子餓了就會回來吧。雖然這種事已經發生了很多次，但✺還是下定決心，等寵物回來後要狠狠地教訓一番，以免日後再發生同樣的事。

我停下腳步，凝視西邊的天空。追隨我一路飛奔而來的時間撞到我的腳跟，也停了下來。日影朦朧地籠罩著另一頭的地平線。濃雲密布，落日的餘暉染紅了整片天空。在我駐足凝視天空時，金黃色的天空漸漸轉為深藍色，沒有多久，隱藏著的星星便陸續現身。

它們看不到這樣的景色。

街道寂靜無比，四周只能聽到我氣喘吁吁的淒涼喘氣聲。像我這樣虛弱的生物何來體力？只跑了一個多小時肺部就開始哀嚎了。

它們聽不到這樣的聲音。

地。

「它們聽不到這樣的聲音。」

我喃喃自語。口出之言擁有力量。有些事即使在腦海中思考許久，還是有反悔的餘地。但是話一旦出口便將改變一切。我意識到，話在脫口而出的瞬間，便再無挽回的餘地。

我再也不會回去。

再也不會作回寵物。

我甩開想要休息的誘惑，繼續向前奔跑。我用廚餘清洗過全身，但也無法保證可以躲過主人的鼻子。只要主人下定決心，即使是在幾十公里開外的地方也能找到我。非但如此，主人還能嗅出我身上的垃圾是誰家的，以及這些食材來自誰家的田地。

但我不知道。

我奔跑在小巷裡。對我這種小生物而言，小巷如同荒野，房屋好似山脈，下水道也與江河毫無差別。坐在窗邊打瞌睡的朋友被我的腳步聲驚醒，猛地站了起來，但隨即又不以為然地趴了回去。他的耳朵很長，全身長滿了大大小小的黑色斑點。某處人家的院子裡懶洋洋地躺著一個四肢和脖子都很長的品種。他的頭髮長得可以遮擋全身，身上濃密的長毛就像擰出來的線團。一道影子慢吞吞地從裝有鐵柵欄的圍牆上走了過來。那個肥胖的傢伙個頭只有我的三分之一，四肢粗短，腹部的贅肉垂下，幾乎就快要看不到四肢。

「白白，白白。」

那個矮子站在圍牆上俯視我，笑著問道：

「妳又離家出走了？今天有什麼任務啊？找到埋藏古書的地方了嗎？」

白白是我的綽號。之前大家都叫我「白化病」。白化病泛指沒有色素的品種。我的身體從眉毛到頭髮都是白色的，只有眼睛透過血管散發著紅光。因為我全身白色，所以視力極差且色盲的「它們」可以「看到」我。也正因為這樣，我這種品種很受歡迎，在寵物店的賣價也很貴。

地面像地震了一樣晃動起來。我緊貼牆壁，把身體縮成了一團。圍牆上的矮子也急忙跳下來躲起來，像線團一樣的品種也匆匆忙忙跑回了家。

在身體現身以前，長長的鼻子出現在了黑暗之中。靈活的鼻子動來動去，仔細探索著四周。鼻子過後，彷如泰山般的笨重身體隨即而來。從跌跌撞撞的步調可以看出這傢伙已經喝得酩酊大醉。我提心吊膽地等待它經過，生怕它失足跌倒、壓在我身上。身體經過後又過了半天，長長的尾巴才消失不見。

我腳下的水坑就像在跳舞一樣蕩漾，好像還唱起了歌，但只有水能聽到它的歌聲，我卻聽不到。就像它們只能聽到我的一小部分聲音，我也只能聽到它們極少的一小部分聲音。

「喂，白白。」

某處又傳來了叫我的聲音。我停下腳、抬起頭，只見一個雜種坐在如塔一般高的垃圾桶上俯視我。那個雄性雜種長著橄欖色的皮膚，有蓬亂的黑髮和黑眼珠。從臉上沒長鬍鬚可以推斷這個雜種還很年輕。他的個頭與我差不多，但耳朵小得幾乎看不見。我的老師曾經說過，雜種都長得大同小異。

「物種分化是一種突變。」

老師會盡量用簡單的語言講解複雜的問題。但就算是這樣，我們也很難理解他的話。

「如果沒有外部因素的介入，物種的分化就不會發生得這麼容易且快速。像你我這樣的人最初根本不會被視為獨立的『物種』，大家就只把我們稱為突變體或障礙人。通常像我們這樣的人很難傳宗接代，就此結束在這一代。因為我們會遭人排擠，很難找到另一半。」

老師指了指我的眼睛和皮膚，又指了指自己的背。他是一個駝背，背彎曲得就像山脊，所以個頭還不到其他人的一半。

「為什麼會遭人排擠呢？」

我驚訝地問。不是越稀有、長得越醜越會受人珍視嗎？

「這源於人類比起多樣性、更追求統一性的幼稚習性……而且突變多是劣等品種。我們要想傳宗接代，就要找到形態和性質相同的人。但這樣的人多半有血緣關係。妳和我的父母就都是近親。在從前，這種事並不多見。」

「這也是幼稚的習性嗎？」

老師沒有回答我的問題，只說道：

「隨機雜交會出現物種分化前的原貌。如果所有的動植物相互交配……也許我們就可以返回最早存在於這個世界的生物原貌了。當然，我們找不到這種方法。我認為，越是雜種，越是接近我們人類祖先的樣子。當然，他們當寵物一定很不受歡迎……例如在人類統治地球且沒有天敵、世界還不存在『龍』的時期……」

「妳迷路了嗎？寵物人怎麼這個時間還在街上閒逛？連主人也沒有？」

他應該是從我脖子上的鏈子看出我是寵物人，而不是透過我的品種。由他上下打量我看出他的眼神心懷不軌，於是把手伸到背後，抽出了藏在頭髮裡的小刀。那是一把以尖銳的黑石磨成的刀。看到我手中的武器，他不屑地笑了。

「少在那裡裝清高。」

「我可不打算生孩子。」

「誰說要生孩子了？就開心一下而已。」

「那更不行了。」

我早有耳聞人類是如何在街頭交配、生下孩子。但這不是我想要的。我的目的只有一個。

寫下目的是有好處的。因為無論遇到何種狀況，都可以毫不猶豫地說出來。

「我在找『狼』，」我說道。「把你知道的都說出來。」

「我憑什麼告訴妳？」

他豎起指甲，擺出準備進攻的架勢。雜種流浪街頭練就的一身肌肉在月光下青光閃閃，他的黑眼睛也泛著青綠色的光。

它們看不到這樣的顏色。

雜種從我的頭頂一躍而下，我一邊側閃，一邊揮舞著刀。他就像一陣風似的躲開，隨即單腳踢牆、朝我撲了過來。我急忙彎腰閃開，但岩石般的大石塊砸在了我的背上。

即使排除他是雄性的事實，在身體條件、打架技術和敏捷性等方面，我都不是他的對手。我輕輕閉上眼睛，垂下了頭。雖然當下的處境危險，但我偶爾還是會在危急狀況時做出這種舉動。老師把我的這種舉動稱之為「祈禱」。雖然這概念很難理解，但不妨視為出於本能的一種行為。

雜種十分惱火，再次向我撲來。我緩慢地移動腳步，他抓住機會、繞到我的身後，勒住了我的脖子。雜種以熟練的手法把我的手臂綁在身後，臉貼近我的脖子竊竊私語道：

「放下刀，不然我就扭斷妳可愛的手……」

但他的話還沒說完就尖叫著鬆開。我抓住機會，用力把他推倒在地，跟著騎坐在他身上，用雙刀架在他的頸動脈上。原本還在掙扎的雜種立刻放棄。

「妳有兩把刀。」

他委屈地說道。

「我也沒說只有一把。」

「真卑鄙。」

「雄性用蠻力攻擊雌性更卑鄙。」

我努力讓自己保持平常心。之前我學過防身術，但實戰還是第一次。我的頭腦恢復了平靜，但心仍跳得厲害。即使我能清清楚楚做出反駁，但底氣不足，尾音還在顫抖。

我這個樣子真讓人擔憂。

「雜種，你這條命現在在我手上，假使你如實回答我的問題，我就饒你不死。」

「只要能交易成功。」

「我在找狼；我需要情報。」

雜種的臉面發生了微妙的扭曲。他抬頭看著我的表情彷彿在說「早知道是個瘋女人，我就不招惹妳了」。

「妳知道什麼是『狼』嗎？妳該不會是在找真的狼吧？」

「那是很久以前違背協約、誓死抵抗龍族到最後的人類後代。他們不願與龍族建立任何關係，躲進森林和洞窟，靠狩獵為生。他們仍保留著人類祖先的樣貌，至今仍在抵抗龍族。我聽說，有人在這個村子附近見過他們。」

「原來妳是元老院的內線，就是每天夜裡唱歌的那些傢伙。」

雜種的臉再次扭曲。這次的表情彷彿在說，如果早知道妳是元老院的狗，我就不招惹妳了。

「怪不得妳的身手這麼好。妳想找狼做什麼？啊，我明白了。元老院派妳除掉狼。如今狼可以生存的地方已經越來越少了，就算你們什麼都不做，過不了多久他們也會消失。我們當初為什麼要為了那些怪物互相殘殺呢？」

雜種試圖站起來，但我用力阻止了他。雜種露出犬齒說道：

「什麼協約不協約，少說沒用的話，龍族懂什麼？你們這些在龍族身邊受寵的傢伙什麼都不在乎，就因為長得有意思，所以身價高，被那些龍族買走，每天耍耍寶就可以一輩子不愁吃穿。但對我們這些雜種而言，協約根本沒有任何意義。」

「嗯，對你的確沒有任何意義。」

我用了一點力，刀刃壓到他喉嚨。雜種的臉色立刻變了。

「你少在這裡逞能當英雄。就算你橫死街頭也沒有人會為你傷心。你不提供有用的情報，這條命就連價值也沒有了。」

我講話時，雖然與意志無關，底氣還是不足，還是會微微顫抖。但我的這番話似乎很有說服力。雜種喘著粗氣說：

「白白，妳冷靜點。」

「不要叫我白白，我有名字。」

「但妳沒告訴過我啊。妳叫什麼？喂，妳知道我叫什麼嗎？」

我以改變刀刃的位置代替回答。雜種瑟瑟發抖，最終放棄。

「東大門地鐵站？知道吧？祖先的遺址。」

「聽說過。原來沒有倒塌啊。我聽說被龍族遺棄的人類生活在那裡。」

「我聽說那裡住著一個畫畫的老糊塗。據說那個老人穿著織布機織的衣服，身上一根毛也沒有，而且看起來很像狼。」

雜種縮了一下脖子，試圖改變刀刃施壓的部位，好減輕一些疼痛。

「但也可能不是。說不定他也是雜種。畢竟雜種中有很多沒有毛的傢伙。聽說那個老人會在地鐵站和家裡的牆上畫畫，或寫一些宣言之類的文字。我知道的都告訴妳了。」

為了增加他的痛苦，我又用了一下力，但雜種再也沒說一個字。

「先知之言，篆刻在地鐵的牆上和屋舍的廳堂。」[5]

「什麼？」

我帶著節奏唱出這句話，雜種氣喘吁吁地反問。這是元老院保存下來的一首歌的歌詞。

「沒什麼。」

我收起刀，站了起來。雜種鬆了口氣，摸了摸脖子，接著做了幾個後空翻跳到垃圾桶上翻牆逃走了。在徹底消失之前，雜種回頭看了我一眼，眼中充滿了輕蔑與憤怒。他

---

5 賽門與葛芬柯（Simon & Garfunkel）的歌曲〈寂靜之聲〉（The Sound of Silence）中「The words of the prophets are written on the subway walls and tenement halls.」

就像在以眼神破口大罵——「妳這隻元老院的狗，拋棄做人的尊嚴和自尊心的敗類、人類的背叛者、可惡的貴族、卑鄙的失敗主義者。」

我起身拂去身上的灰塵。這時不知從何處傳來了低沉的歌聲。是老師。夜深人靜後，住在某處的老師起頭唱出第一句，隨後住在附近的老師就會跟著唱第二句。漸漸，歌聲就會在村子裡傳開。據說，在比「人類統治地球」以前更久遠的時期，尚無文字的原住民部落會用唱歌的方式記載自己的歷史。老師的歌聲正是在效仿這種方法。

歌曲重複著單一的曲調，傳達著人類的歷史與知識。老師經過長時間的修改和整理，每當發現新歷史和新知識，就會增加一段歌詞。因此，需要幾個小時的時間才能從頭到尾唱完整首歌。此時傳來的歌聲是這樣開始的：

> 這是祖先傳承的神聖知識。這是統治世界的祖先傳承的知識。就讓這首歌永不停止，樂此不疲地傳唱給後代。停止與龍的戰爭吧。我們的祖先用盡一切辦法與之抗衡，進而損失慘重。切勿與之作戰而死，用愛生存下去。把人類的基因留在未來，這才是我們神聖的義務。
>
> 就讓這首歌永不停止，樂此不疲地傳唱給後代。這是偉大先知牛頓傳承的神聖定律。第一定律：若施加於某物體的外力為零，該物體的速度不變；第二定律：施加於物

體的外力等於此物體的質量與加速度的乘積……

它們聽不到這首歌。

「生物發聲與樂器的原理相同。」

老師曾經拿出飯碗，教我區分大碗和小碗分別發出的聲音，一個渾厚低沉，一個清脆響亮。

「小生物會發出響亮的聲音，大生物會發出低沉的聲音。雖然我們聽不到鯨魚發出的聲音，但牠們的聲音可以橫跨太平洋，一直傳到地球的另一端。低沉的聲音可以傳得更遠。整個地球充斥著鯨魚的歌聲，人類的耳朵卻聽不到。鯨魚的體積龐大，但牠們發出的聲音非常小。相反的，螞蟻很小，發出的聲音卻很大，所以我們聽不到。生物不具備能聽到所有高低音的耳朵。如果什麼聲音都能聽到，那我們就會被吵死。龍族也是如此。龍族是這個地球上除了恐龍以外最龐大的生物。即使龍族擁有鳥類輕巧的骨骼和肌肉，但以陸地生物來講，也還是存在著極限。龍族會像鯨魚和大象一樣，利用低頻音進行交流。與之相比，我們就跟老鼠和倉鼠一樣。我們和龍族就像使用不同頻率的電臺，即使同處一個空間，但生活在不同的領域。眼睛也是如此。」

老師把碗倒放在我的鼻子上。隔著碗望向老師時，碗在我的鼻子上搖擺不定，不禁讓我頭暈目眩。

「長鼻子長臉的生物很難從正面對焦。要想直視正前方，就要像我們一樣，兩隻眼睛都長在前面，而且臉要很平，才能視線無阻。龍族的眼睛長在頭的兩邊，雖然可以看到前後方三百六十度，但只能勉強辨識『有什麼』而已。不過，龍族的嗅覺非常靈敏，腳底敏感的皮膚可以感受到地表的震動、空氣和磁場的流動。最重要的是，龍族和很多其他的動物一樣是色盲……」

老師欲言又止，用略帶同情的目光看著我說：

「即使有一天我們可以展開對話，就算它們的智慧比現在突飛猛進，也還是無法理解很多事情。比如關於『顏色』……」

聽到這句話，我哭了。

郵筒下的裂縫可以看到東大門站的入口。對龍族而言，這不過是道路上的一道小裂痕。但在人類眼中，卻大到足以通過一個人。如果龍族填補起這道裂縫，這條地下道就會永遠關閉，徹底從這個世界上消失。然而幸運的是，這裡的公務員做起事來都很懶惰。

入口進去就是與地下道相連、符合人類步幅的古代臺階。我不習慣這種大小的臺階，好幾次踩空了腳。樓梯入口處可以看到燃燒的火把，一側擺放著幾個移動火把的架子。這表示有人住在裡面。

我舉著火把，摸索著走進地下道。經過一道牆時，看到上面寫著「地鐵站是市民使用的公共場所及發生緊急狀況時的避難所（……**它們看不到這些字**）」。黑暗中，我隱約感受到有什麼東西一閃而過。

我舉高火把，只見幾個人類躲在凹陷的水泥牆裡。他們全身覆蓋著黑色的毛，臉部和手掌也一樣。有些人的腳掌像手掌一樣細長，嘴巴和鼻子都非常立體。他們似乎不適應光線，每當我舉起火把，他們就會扭過頭去。地下道的環境十分惡劣，到處都是老鼠和蟲子啃噬過的痕跡。但牆壁內側卻是很完美的宿舍。地面鋪著龍族丟棄的鞋墊和內衣，牆邊整齊地擺放著罐裝飲料和罐頭，湯匙和牙刷代替了柱子，支撐在那兒。

龍族看到我們利用收集的雜物建築房屋覺得十分有趣，還針對沒有學習和語言能力（**它們這樣相信**）的我們是如何根據本能裝飾房屋展開過討論。但這有什麼好奇怪的呢？水獺會築壩，蜜蜂和螞蟻也會建造精巧的建築物。鯨魚和鳥會高歌，昆蟲也有各自構建的統治、軍事和勞動階級的完美社會。但人類的這種特殊行為，卻無法成為具備智慧的證據。

龍族偶爾會針對人類展開智力測驗。它們會把人類分成兩組，一組手持紅色和綠色的卡片，另一組手持紫色和黃色的卡片，然後向兩組人提出問題。很多人都不理解龍族的意圖，進而陷入混亂。事實上，這些卡片不是帶有人類難以區分的香氣，就是設有人類無法識別的頻率。老鼠和鳥比人類更擅長這種測驗，因此分數也高過人類。

居住在遺址的人群中還可以看到一隻狗。一個長著六根手指和腳趾的女孩緊緊地抱著狗。狗夾起尾巴，用充滿警惕的眼睛瞪視我。那個女孩的身體狀況似乎好過其他人。也許是因為手指奇特，所以家人對她照顧有加，覺得龍族會帶走她當作寵物。如果家中有人被龍族領養，就可以透過廚房的後門輕鬆地搬運食物了。

「我聽說這裡住著一位被推測為狼的老人。」

我開口問道，但沒有人回答。

「有人認識那個老人嗎？」

依然鴉雀無聲。我拔出了刀，孩子紛紛嚇得往後退了幾步。坐在角落的男人站了起來，他的一條腿很短。可能因為這樣，在這裡受到大家的尊重。男人結結巴巴地說：

「放下刀。我們都是善良的。元老院的狗，我們不想見血。」

「要求由我來提。你們有誰見過狼？趕快講。我也不想見血，但要是你們都不配合，我就從最弱小的下手。」

我用刀尖指向那個六根手指的女孩，懷中的狗衝著我發出了吼叫。如果他們集體撲來，以我的實力根本無法抵擋。但幸好這些人都沒有輕舉妄動。男人用自己的語言嘟囔了幾句。雖然聽不懂，但可以肯定都是髒話。

「跟著藍色的人去吧。不要傷害狼，狼就快死了，狼是無害的，是善良的。」

從男人的語氣可以得知，狼在這群人之間處於受人尊敬的地位。

我很快找到了「藍色的人」。**緊急出口**。在祖先的遺址隨處可見這幅畫。

「明明是綠色啊。」我喃喃道。

就在我從寫有**出口、Way Out** 的牌子下方經過時，不知從何處飛來的石子擊中了我的額頭。我抬頭張望，只見全身是毛的少年站在鐵柵欄的後面。少年看著我，脫口說了一句：

「狼知道如何擊退龍。」

少年留下這句話後消失不見。這時，牆上巨大的紅字「狼知道如何擊退龍」映入了我的眼簾。從未乾字跡可以推測出這幾個字是有人事先寫好的。這也算是一種和平示威了。牆上的字就像在對我說：如果妳是元老院的狗，為了人類，就不要傷害這些傳承祖先偉大知識的人，並且要為人類重新統治世界守護他們。

接下來的牆上分別寫了巨大的字「龍是從哪裡來的呢？」「外星人？進化的深海怪物？恐龍的後裔？」

據我所知，龍族就只是突然出現。這就好比恐龍滅絕後出現了我們；巨大的爬蟲類消失後，出現了巨大的哺乳類。這無法稱之為悲劇。我們抵抗這種世代交替，進而存活下來。但這能視為喜劇嗎？

那幅畫出現在寫有**「非工作人員請勿進入」**的告示牌旁。

以燃燒的火山為背景，有條巨龍噴射著火焰，山腳下可以看到身穿盔甲、手持刀劍的人類一邊利用盾牌抵擋火焰，一邊前行。龍長得十分奇怪。鼻子並不長，嘴巴酷似鱷魚。龍是食草動物，所以牙齒並不鋒利，下顎也沒有很寬。用肉食動物的嘴巴嚼草，草不會從犬齒和臉頰兩側漏出來嗎？龍的爪子像鳥一樣又小又細，棲息時的尾巴就和袋鼠一模一樣。重點是，龍不會噴火。所以牆上的畫看起來十分滑稽可笑。人類竟以龍為敵，真是有夠荒唐。這種情景就好比蒼蠅拿刀與人類對峙。

但我仍受到了感動。因為可以感受到畫中一點也不像龍的生物象徵著龍。而且，這幅畫栩栩如生，彷彿就要破牆而出。龍的眼睛大而有神，就像在盯著我看。彷彿燃燒的山岳，碰一下都會燙到手。困住人類的大火也像馬上就會把一切燒為灰燼。

「看來妳很喜歡這幅畫。」

我慌忙轉過身、拔出刀。不知何時，一位老婦人坐在半埋進土裡的鐵軌上。她從頭到腳披著一件用紅色纖維編織的衣服，露在外面的臉和手可以看到皺巴巴的皺紋。雖然衣服遮住了全身，但可以知道她身上沒有毛，而且有著如同黃魚皮般的膚色。

「元老院的人都這麼不懂規矩？都是用刀跟長輩打招呼的嗎？」

「狼……？」

老婦人呵呵一笑。

「什麼狼不狼的，妳見過吃罐頭的狼嗎？」

老婦人坐在那裡，懷裡捧著一個跟自己差不多大小的罐頭，她把手伸進罐頭、摳下一顆黏在罐頭內壁上的煮熟豆子放進嘴裡，咀嚼了起來。

「其他的狼都在哪裡？是不是都在這？」

我問道。

「在老人面前講話這麼沒禮貌。看來元老院那些傢伙都沒好好教育你們。」

我嚥了一下口水，回頭又看了一眼那幅畫。因為擔心那幅美麗的畫很快會從腦海中消失，所以我不由自主地又看了一眼。

「這是妳親手畫的？」

「除了人類，還有誰會畫畫？」

老婦人笑了。

「畫，才是證明人類歪曲世界的證據。」

老婦人又往嘴裡送了一顆豆子，沒有牙齒的嘴巴一邊蠕動一邊說：

「投射在視網膜上的畫面是平面的，我們看到的世界也是平面的。用平面去看立體，就等於是歪曲事實。但只要在平面上加入顏色和投影，就可以感受到遠近與高低。」

老婦人指著我一路跟隨的**緊急出口**標誌，接著說：

「那就只是綠色的圖案，哪裡像人啊。只有人類會把它看成是人，龍族就不會……所以它們根本無法理解這個符號。這就好比真檸檬和假檸檬之間的區別。除了真正的檸檬之外，還有什麼能代表檸檬呢？龍族無法理解畫，因為它們不會用二次元的視角認知世界。嗯，老師有教過你們這些嗎？他們還有剩餘的智慧教你們這些笨蛋嗎？」

「妳不要嘲笑我的老師。他們奉獻一生，把自己的智慧傳給了一代又一代的人。」

「祖先的智慧像大海一樣無窮無盡，不是靠幾個人的一生就能傳遞下去的。就算可以，也不會長久。」

「其他的狼都在哪裡？聽說狼不吃龍給的食物。難道狼已經墮落到吃罐頭、翻垃圾桶的地步嗎？」

「拿食物在這裡說三道四做什麼？」

我往前邁了一步。雖然老婦人年事已高，但她畢竟是狼，而且是能殺死龍的人類。我不能放鬆警惕。老婦人布滿皺紋的臉上露出了笑容。

「聽說元老院派出內線要把狼一網打盡，但沒想到派來的是這麼可愛的孩子，而且就只有妳一個人。」

「因為狼知道擊退龍的方法。」

我說道。

「元老院宣布終止戰爭了。龍不會傷害我們，只要讓它們相信我們是可愛、善良、忠誠的生物，就能繼續活下去。因為生存優先於一切。但你們這些狼拒絕被馴服，未來也不打算聽從它們的話。你們對我們人類造成了威脅。」

「狼知道擊退龍的方法……」

老婦人哈哈大笑了起來。

「沒錯。想當年我們身披風衣，扛著肩射飛彈、手持手榴彈和貝瑞塔手槍向龍發起猛攻。孩子都愛聽勇士的故事。翻越如同山脈的屋頂、穿過好似廣闊沙漠的地面、擊退盤睡在寶物上的龍……妳也喜歡聽這種故事？」

「……妳的意思是其實狼不知道？」

老婦人搖了搖頭。

「我只聽說在很久很久以前，大家齊心協力成功殺死過一、兩條龍，但成功的代價卻是惹來了殺身之禍。殺死一條幼龍，換來的卻是幾個村子的滅亡。這就是用祖先的智慧和古代技術換來的英雄主義勝利。如今狼也明白，龍取代我們成為了世界的主人。」

老婦人的話很有道理，但我無法全然相信，我需要更具體的內容。我靠近老婦人，用刀對準了她。

「快說。其他的狼都在哪裡？不可能只有妳一個人，狼不會單獨行動的。」

我一瞬間感到全身無力，彷彿有什麼從體內流了出去。因為頭巾下的老婦人瞪大了雙眼。我的身體僵住。幸好身體僵住的當下手裡還拿著刀。

「我住的村子被新開發的城市取代。推土機趁深夜所有人沉睡的時候開進森林，我們根本沒有時間避難，我的丈夫、兒子和孫子都死了。這就是我所知的最後一個狼村的故事。如今再也沒有狼。老人無處生存，只能溜進城市。」

我全身開始顫抖。

「妳說謊。」

「妳覺得我是在說謊？」

老婦人以可憐表情看著我說：

「畏首畏尾、唯唯諾諾是不可能成為狼的。」

我的雙腿一軟，身子搖晃了一下。為了保持平衡，我不得不向後退了幾步。要不是有身後的牆壁支撐，我早就跌坐在地上。

「……什麼？」

老婦人站了起來。她只不過是起個身，卻讓我產生了形體變大的錯覺。老婦人緩緩向我走來，拉過我緊握著刀的手，硬是掰開了我的手指。刀掉在了地上。老婦人並沒有用力，我卻像被某種力量控制似的只能愣在原地。我的手掌五顏六色，因為我一直在用隨手拿來的東西當成顏料畫畫：搗碎花瓣的汁液、黃土、昆蟲的屍體、石粉、鹽和松脂。

「妳也在畫畫。」

我害羞得漲紅了臉。

「跟誰學的？」

見我默不作聲，老婦人大喊道：

「跟誰學的？」

「沒有人教，我自己就會畫了。」

我下意識地回答。老婦人又哈哈笑了起來。

「妳怎麼不做雕刻呢？龍應該能看出雕刻啊。」

老婦人放開我的手，轉過身。我的雙腿在發抖。

「帶我走吧。」

我的話音剛落，老婦人便向我投來了冷淡的目光。我感覺自己變成了在真相面前徹底崩潰的假象。我跪在了地上，當膝蓋碰觸到冰冷的地面，眼淚旋即奪眶而出。

「帶我走吧。」

老婦人「嘖嘖」咂了幾下舌頭。

「帶妳去哪兒？狼都死了。沒有能保護妳的居民，也沒有能為妳做衣、組建家庭的男人。老人就只能變成狗，能做的就只有翻垃圾桶。但這樣的生活也不會持續多久的。」

「我來照顧妳。請教我打獵、耕種的方法，請把智慧傳授給我。我這輩子都會陪伴妳的。」

「什麼理由?說來聽聽。」

「我從很久以前就很崇拜你們了。」

「妳說謊。」

老婦人斬釘截鐵地打斷了我的話。

「怎樣?主人給妳的牛奶不好喝?床墊不夠舒適?睡前沒有親親妳?沒有每隔兩天給妳洗澡?」

我搖了搖頭。

「我再也不想在禽獸面前撒嬌,過著苟且偷生的生活。我想成為狼,活得自由自在。請告訴我要怎麼樣可以像你們一樣生活。帶我走吧。我什麼事都願意做。」

「妳說什麼事都願意做。」

老婦人嗤之以鼻。

「狼與狗只有一點不同。狼會在機會成熟時殺掉龍,就只有這一點不同。」

「只要妳命令我,我就去做。我可以做到。」

老婦人再次嗤之以鼻。她撿起掉在地上的黑石刀,仔細端詳了一番。

「刀磨得不錯,但這把刀根本無法穿透龍的表皮,最多就只是劃出一道小傷口而已。」

老婦人扭動臂部，用手扒開土堆。稍後從土堆裡抽出一根長長的管子。管子非常長，老婦人扭動了半天臂部，這才好不容易抽出了整根管子。她氣喘吁吁地癱坐在了地上，只見管子的末端被磨得十分鋒利。

「狼當然知道如何擊退龍。」

老婦人就像吟詩般自言自語道，接著用講「古老傳說」的語氣說道：

「這根管子在垃圾和土裡埋了一個月，所以管子的味道幾乎消失了。妳也用泥洗個幾天澡。等妳的主人熟睡，把這根管子插進它的耳朵。因為沒有外傷，所以很難查明死因。就算查明死因，龍族也不會想到是人類所為。如果妳能把自己的主人處理掉，我就認可妳是狼、收留妳。」

老婦人的話音剛落，我的身體就徹底僵住。恐懼彷彿抽乾了我渾身的血液。

我目瞪口呆老半天，俯身撿起放在地上的管子。管子很重、非常重。我用雙手抬起管子時已汗流浹背、雙腿顫抖。我想舉起管子站直身體，卻做不到。我把力量集中在雙腿，但還是鬆開了管子，又跪在地上。管子掉在鐵軌上發出清脆的聲響，隨即在整個地鐵站迴盪開來。老婦人用冰冷的目光看著我。

我本想辯解說因為太重，卻張不開口。因為沉重的根本不是管子。即使放下了管子，我全身還是汗如雨下。

「……我做不到。」

口出之言擁有力量。剛一開口，我就後悔了。我又做出不可挽回的事。我意識到自己根本做不到，感到全身無力，再也站不起來、講不出話、活不下去。繫著生命的力量蕩然無存後，靈魂似乎也要從體內溜走。半晌，老婦人才開了口。

「妳愛妳的主人是吧？」

我無言以對。

「所以妳才會對主人看不懂妳的畫感到絕望。妳的主人不知道妳擁有理智和智慧。不，它甚至不知道妳擁有感情和靈魂。這才是最不幸的。可是這也是很常見的事。」

老婦人用充滿同情的眼神看著我。

「回去妳的主人身邊吧。就因為這樣，妳才不可能離開它。就算可以，但只因不被愛的絕望而離開，妳的靈魂也無法獲得自由。妳的靈魂早已被它束縛了。妳不是狼，但這並非壞事。」

我愛它。

它也知道這個事實。

而它也愛我。

我也知道這個事實。

但是它並不知道我真正的本質。

它不知道夜幕降臨後月光會隱隱地照亮街道；它不知道滿天繁星閃耀，更不知道星星每天會環繞天球運行一次；它不知道月亮會有規律的殘缺，也不知道月亮會像今天這樣變成滿月，以及街道會在皎潔的月光下閃爍銀色的光芒。於它而言，夜晚就只是一段聲音沉澱、充滿溼氣、氣溫下降、空氣變重和改變風向的時間。

它不知道家裡到處都是我畫的畫；不知道我畫了滿牆的紅霞與深藍色的夜空。它只是以為我每天都在利用氣味標示領地。它也不知道我在玄關處畫了它的肖像畫；它不知道自己的身體散發著美麗的翡翠色；不知道自己的眼睛也是如此。

但那又怎樣呢？它的天空也許懸掛著別的什麼；也許它能聽到地球自轉的聲音和星群發出如同歌聲般的共鳴；也許它能聽到地球磁場改變流向的聲音，看到照在地表的宇宙線和紫外線；也許它能以日常的視角，看到人類在數萬年的歷史中連存在都不知道的什麼；也許它眼中的我與映照在水中的我完全不同；也許它能聽到連我自己也聽不到的……我的心聲。

然而這一切我又該如何知道？而它又怎麼會曉得，每當想到這些我都會沉浸在悲傷之中？我們存在於不同的宇宙，不知道彼此真實的模樣。我們只是愛著彼此的影子。即使生活在同一個世界，卻處在不同的次元。

老婦人見我眼淚奪眶而出，溫柔地把雙手放在我的臉頰上問道：

「可憐的孩子，妳叫什麼名字？」

我搖了搖頭。我不知道自己的名字。我無法發音念出我的名字。十歲以後，我才勉強能區分出主人叫我的名字時空氣產生的微震。我也不知道它的名字。它的名字讓人感覺就像一種爆破，所以我把它的名字寫成✺。我的名字聽起來就像幾縷流動的空氣，所以我把自己的名字寫成≋。但我依然無法發音念出這些字。

聽我說完，老婦人笑了。

「從現在起，妳的名字就叫乾（☰）。」

我知道這是老婦人從過去的智慧中為我取的名字。她把骨瘦如柴的手搭在我的肩膀上。那是一隻溫暖的手。

「我提到過離開村子的祕密通道嗎？唉，妳太小了。既然派人來，怎麼不找一個能揹得動我的大塊頭呢。不過沒關係。我提過長滿蘑菇的沼澤嗎？用那裡的蘑菇煮醬湯搞不好會吃死人的。元老院的老人教你們製作大醬的方法了嗎？光化門附近到處都是豆子……」

◆

✺在路邊的郵筒附近嗅到了≋的味道，它用利爪挖了幾下地面，稍後發現了小禽獸能夠往來的通路。從殘留的氣味可以肯定，≋在下面稍做過停留，四周還有野獸的味道。

✺心想，「看來她被兇猛的野獸抓走了，再不然就是被咬死了。」

因為培養出了感情，所以✺略感悲傷。但就像之前一樣，再養一隻的話很快就會淡忘。反正人類就只是活不到六十年的短命生物，它已經見過很多次高齡的人類死去。

從縫隙深處散發出濃郁且熟悉的氣味，那是≋標示領域的痕跡。雖然✺知道≋最喜歡玩的遊戲是在牆上塗抹各種東西，卻從未關注過此事。但這天失去≋的悲傷似乎刺激了✺的感情，於是它用鼻子仔細觀察起了牆壁。✺嗅遍了整面牆後，腦海中浮現出了一幅奇怪的畫面。這是它的腦海中第一次出現所謂「畫面」的形態。

「真奇怪！」

✺喃喃自語。

「這好像我。不，等一下。為什麼我會覺得像我呢？這感覺就像把我壓扁了貼在牆上一樣，而且還忽略掉了重要的部分。鼻子長在很奇怪的地方，看上去就像舌頭；身體和四肢太長太細了。等一下，為什麼我會覺得那是四肢呢？這不過是線條而已啊。但我還是覺得是在象徵我。為什麼呢？」

在幾個奇蹟般的偶然促使下，✺的思維更上了一個階段——打開隔壁關閉已久的房門；潛入厚厚冰層之下的廣闊深海；接近最後一道門檻……但就在這時，✺聽到了遠處家中的妻子喚它回家吃飯的聲音。✺放棄了思考，調轉方向回家。

總之，在這個世界上，有很多靠科學無法解釋的事情。

地球的天空繁星閃閃

- 二〇〇九年收錄於世界天文年度紀念作品集《百萬光年的孤獨》（歐麥拉）
- 二〇一〇年收錄於短篇小說集《進化神話》（幸福的閱讀）
- 二〇二一年收錄於英文版短篇小說集 *On the Origin of Species and Other Stories*, KayaPress

親愛的弟弟：

你的信我收到了。抱歉，這麼晚才回信。

你不必擔心我的健康。我能理解你的心情，但我並不想接受治療。我不在乎有多少痊癒的機率，也不擔心副作用和危險。這是我的狀態的一部分，所以我不想做出改變。

你不要把爸媽的話放在心上，他們總是說得好像我得了什麼不治之症。我都活了三十年，但他們仍然只相信自己想相信的。相反的，每當我又長一歲，都會覺得能活到今天已經心滿意足。

當然，特殊猝睡症患者的壽命的確很短。我也確實比別人更容易疲累、精神敏感和判斷力下降。但除了有規律的暈厥以外，我在生活上並無大礙。只是生活週期與別人不同，稍稍帶來了一些不便。

搬來這座小島以後，我製作了一個在之前學校宿舍使用的箱子。木製的箱子剛好可以躺下一個人，上面還有小窗戶和出氣孔。如果感覺時間到了，我就會躺進去、關上門。這樣做是為了在失去意識期間不受到妨礙和保護自己。

幸好這裡的人只把這當成一種書呆子的怪癖，他們都以為我躲在裡面冥想。如果這些人知道我在裡面昏迷不醒至少五、六個小時，不知會露出什麼樣的表情。因為很多人誤以為猝睡症是傳染病，所以我也沒多做解釋。當然，這種病不會傳染給任何人。據說，降生的一千個孩子之中就有一個孩子身患這種疾病。若把輕症的孩子和沒有意識到自己罹患這種疾病的人加在一起，想必人人數應該會更多。

每次我暈厥過去，爸媽都會擔心我再也醒不過來，所以我剛暈倒他們就會搖醒我。小時候的情況更加嚴重。他們越是這樣，我越常暈厥。在你出生之前，我身體虛弱到不能自理，感覺腦袋充斥著霧氣，根本無法思考。而且時不時產生幻覺，精神進而變得十分敏感，很難做出正確的判斷。

受到來家裡幫忙煮飯的阿姨影響，我才意識到自己經常「暈厥」。那個阿姨雖然沒念過什麼書，卻是一個十分賢明的人。她小時候罹患過氣喘，所以知道怎麼與疾病相處。阿姨告訴我不要跟疾病鬥爭，它們的脾氣都很差，所以最好找到能與它們和平共處的方法。如果沒有遇到那個阿姨，說不定我也跟其他猝睡症患者一樣早就死了。即使是活到現在的年齡，也無法維持正常的精神和身體狀態。

那個阿姨沒有管我，無論我暈倒六個還是八個小時，她都沒有叫醒我。爸媽得知此事以後鬧得沸沸揚揚，甚至還要報警告她虐待兒童。就這樣，幾個星期過去，我不但變得健康，而且也有了食慾。之後，我不僅可以出門運動，還能自己控制失去意識的時間。也就是在那時，我醒悟到自己並不是一個傻瓜。

直到現在，爸媽也無法接受我規律的暈厥症狀。每次我躲進箱子，他們都會覺得丟臉。時不時拉著我說：「不要放棄，妳會好起來的。」就因為這樣，我才離開了家。但希望你們明白，我愛你們的心始終沒有改變過。

我把自己悟出的方法推薦給了其他的猝睡症患者，卻很難說服他們的父母。當他們聽到不要去管失去意識的孩子，大部分的家長都會錯愕不已。很多遵循這種方法的患者回信說，自己變得越來越健康了。但也有人聲稱，這個方法沒有效果。我覺得，說沒有效果的人可能因為不相信我，所以還是偷偷地叫醒孩子。畢竟很少有父母能夠忍受看著像死過去一樣的孩子連續昏迷幾個小時。

我讀過的書中說，大部分的猝睡症患者智力低下——簡直就是胡扯。不管所謂專家的人研究了多少年，也不會比猝睡症患者本人更了解這種疾病。猝睡症患者出現的症狀來自於他們想抵抗這種疾病。我們有必要失去意識，而治療卻始終專注於阻止它發生。

還有的書籍介紹，猝睡症患者會出現思覺失調症狀。這種說法可能是因為暈厥期間會產生奇怪的幻覺。關於這種現象，我也無法解釋，但清醒的時候是沒有幻覺的，而且就算出現幻覺，也不會對自己和他人造成傷害。

我說的這些你一定覺得很陌生，畢竟我之前從未跟你提起過這件事。爸媽也不希望我告訴你，他們只希望我在你面前展示正常的一面，做出與別人相同的樣子。他們相信這樣才對你有幫助。從某種角度看，或許他們是對的。

關於我的問題，只能由我自己來判斷和決定。在你生活的世界，周圍都是與你相似的人，而且你會覺得這種相似是理所當然。但對於像我這樣的人而言，世界是不一樣的。我們既沒有老師，也沒有學生，更沒有同事和所屬團體。我們一生只能自學、自己領悟知識，創造適合自己的制度與環境，而且還要與那些口口聲聲說「你會好起來」的人鬥爭。這是很困難的事。你無法想像有多少孩子在與猝睡症鬥爭的過程中徹底毀掉自己的身體與大腦。

站在我的立場來看，「痊癒」就意味讓自己變成另一個人。站在別人的立場、多一個與自己相似的人是沒什麼。但對我而言，這就等於拋棄自己和現在的一切。

「這就只是一種病啊。」我好像聽到了你的聲音說。「治病有什麼奇怪的嗎？」

你也應該聽說過鐮狀細胞吧？據說這種紅血球畸形細胞會引發嚴重的貧血，但它對於出現這種疾病的地區的熱病卻非常有效。我覺得，我的問題也應該有它存在的理由。說不定這是為了適應某種環境吧。不然怎麼會有這麼多人存在這種症狀呢。

你一定會問，有規律的暈厥對生活有什麼幫助嗎？無論從哪種角度來看，的確對工作沒有效率。失去意識期間，我無法保護自己，也做不了任何事。別人在學習和自我開發的期間，我就只是在昏睡而已。

雖然失去意識很痛苦，但也有好的一面。我很享受你害怕的那個幻覺。希望你不要覺得我這樣很奇怪。

小時候我一直相信，在某個地方存在著猝睡症患者的世界。在那裡，大家不會覺得彼此很奇怪，每個人都能自然而然笑著暈過去。暈厥前，還會互相問候說「暈個好夢」。醒來時也會問候彼此「暈得舒服嗎？」你一定覺得很可笑，但我現在也覺得這樣的世界是存在的。

我在這座島上研究洞窟。這份工作讓我覺得這個世界實在太有趣。每次當更進一步，我都會發現不同的世界。如果知道這個看似被沉默與孤獨包圍的黑暗世界多麼有生命力和活力，你也會感到驚訝不已。

不久前，我發現了沒有眼睛和顏色的小鯢。因為無色透明，所以可以清楚看到體內的骨頭與內臟。這裡的人都覺得這是一種神奇的生物。我還發現了一種沒有眼睛的鳥。看似眼睛的部位只長著一塊又黑又硬的表皮。牠既不眨眼，也沒有焦距，一動不動的時候就跟死了一樣。

你也知道我喜愛黑暗。這可能這與我需要黑暗有關。每次失去意識，就算有一點光亮我也會醒過來。所以為了在暈厥期間不受干擾，我必須躲進黑暗。你不要把這件事告訴爸媽。如果他們知道我是為了不受干擾而躲進箱子，一定會生氣而且哭哭啼啼。

我最近對洞口周圍的動植物產生了興趣。洞口的光線充足，所以四周長滿了多種多樣的生物群。我還發現了非常奇特的生物群。

這裡的植物在一天當中一半時間開花、一半時間枯萎。葉子也會全部打開再收起來。它們就像整整半日都沒有生命活動一樣。我從未見過植物在這麼短的時間內發生這麼大的變化。

動物也是如此。我成功在洞口安裝了觀測動物居住地的攝影鏡頭，進而發現牠們似乎也和我一樣患有猝睡症。

這些動物過著群居的生活，但也有各自所屬的領地。從小小的昆蟲到大大的蝙蝠，牠們會挖洞或築巢，準備一個在失去意識期間保護自己的空間。就像我製造小木箱一樣。

我後來才得知，這裡的人為了防止孩子和外部人迷路，一天當中有一半時間大門敞開，另一半時間鎖起大門。換句話說，這裡的一天當中一半時間是有光的，另一半則是黑暗的。在有規律的黑暗世界裡，大家什麼也不做，任由時間經過。難道這不是應對失去意識的最佳方法嗎？

你現在應該流露出了不滿的表情吧？我說的這些，在你看來應該就只是逃避治療的藉口。但我還有話要說。雖然你對天文學毫無興趣，可是家鄉應該沒有人不知道這句話：

地球的天空繁星閃閃。

長久以來，無論是天文學家還是語言學家，甚至書籍學者，都在努力解釋這句話。

我猜你應該會說：「這句話怎麼了嗎？星星發光不是理所當然的事嗎？」

沒錯。所以這句話才很奇怪。

這幾個字來自很久以前的遙遠宇宙。有一天，薩勒特天文臺接收到了一堆外星電波。可以肯定的是，這是人為的。電波來自銀河系最外圍處，而且傳送時間足足超過兩萬八千光年。

在一堆電波中，我們只能看懂這句話。這句話真的很奇怪。哪有星星不發光的天空呢？大部分行星的天空都可以看到閃爍的星星。當然，也有看不到的星球。看不到星星的星球要麼是因為大氣層過厚，或者籠罩黑雲，再不然就是冰層太厚，又或者生物只能存活於地殼之下。更何況在這種星球上，也很難發現可以接收外星電波的複雜生物。

有人指出，如果是有人向宇宙發送電波，為什麼不仔細描繪自己的星球？比如說「地球是一顆驚人的圓形星球」或者「地球在我們的宇宙之中」。

但若換一個角度思考，如果這是他們傳送的訊息，那無論理由為何，這應該是描繪自己星球最恰當的表達方法。再不然，這句話就是他們想要傳送給我們的重要訊息。可是，繁星閃閃為什麼會是最重要的訊息？

起初學者認為，這句話應該是愚蠢的人類發送的問候語。地球人似乎沒有離開過自己的星球，從未訪問過近距離的其他星球。地球人尚未掌握宇宙知識，覺得只有自己的天空繁星閃閃，所以自豪地發送了這句問候語。具體的解釋就是「我們的天空有很多星星」。

這種見解很快便無人問津。畢竟能夠向外太空傳送電波的人類不可能擁有如此愚蠢的宇宙觀。因此，有分析認為「天空繁星閃閃」是一種習慣性的表達方式。在遙遠的過去，地球人並不知道宇宙的構造，因此相信只有自己的天空擁有星星，所以習慣了這樣的語言表達方式。

也有意見稱，這是在思考紀錄意義的過程中出現的文章。地球人不知怎麼得知了在銀河的中心地帶生活著其他的外星人。但問題是，他們的電波要想傳到我們這裡，最快也要兩萬八千年的時間。就算我們接收到他們的電波，透過分析和解讀找出發送地點，並且回覆他們，也需要兩萬八千年的時間。敢問這世上哪有可以撐過五萬六千年的真相呢？

連我們都抵不過千年，就更不要說人類了。更何況，我們的歷史只有一、兩萬年，擁有接收電波的技術也才幾十年而已。在此期間，我們能接收到地球的電波純屬奇蹟般的偶然。

地球人之所以選擇這句話，是因為無論過去五萬年還是十萬年，唯一的真相就只有「地球的天空繁星閃閃」。

之後登場的假說稱，這句話也有可能是一種回覆。即，早在數萬年前，我們就已嘗試過與地球人通訊。如今早已消失的古代超文明向宇宙發送了電波。雖然尚無與超文明有關的證據，但因存在對此深信不疑的學者，所以姑且信以為真。遠古的祖先向外太空傳送了簡單的問候語。比如，「你們的天空也能看到星星嗎？」地球人鄭重地回答說，「是的，我們也可以看到星星。」但當地球人的回覆抵達時，我們的超文明早已滅亡。結果對此一無所知的我們收到了這句莫名其妙的答覆。

這種假說存在可能性。人類的後代很有可能和我們一樣，將在遙遠的未來接收到莫名其妙的回訊。當然，如果那時人類尚存。說不定人類也會捉摸不透「天空繁星閃閃」是什麼意思，進而展開大規模的爭論。

◆

此後過了很長一段時間，關鍵性的問題登場。一個學生在天文學的課堂上舉手向老師提出了這樣的問題：

「那些人為什麼說閃閃發亮的是星星，而不是天空？」

當然，我們都知道一閃一閃的是星星，地球人也知道這一點，所以說繁星閃閃並不奇怪。但如果「繁星閃閃」是他們自古以來的表達方式，那麼他們又是如何得知閃閃發亮的不是天空，而是星星？

在我們的星球，古人並不知道星星的存在，大家都以為是天空在閃閃發光。當然，若仔細觀察，便很容易看出那些光亮是眾多光源的集合體。相反來說，若不細心留意，也很難看出這一點。在我們的星球，就只有關於天空的神話，任何地區都沒有星星的神話。而且大部分關於天空的神話都是以天空本身就是發光體起始。

我們的天空布滿了星星。當然，星星之間都保持著不同的間距。但在我們看來，它們就像一層層包圍住我們的星球一樣。遙遠的星星好似掛滿了整個天空。直到發明望遠鏡以後，我們才知道天空是無數顆星星的集合體。

但地球人提及的不是天空，而是星星。這是為什麼呢？無需天文學家絞盡腦汁地進行數學計算，也無需利用望遠鏡觀測，任何人仰望天空都可以看到掛在天上的星星。

這時我們才恍然大悟：地球的天空是黑暗的。我們早已習慣了閃耀的天空，所以把這看成了理所當然的事。

起初針對這一假說，就連最具權威的學者也提出了反對意見。他們認為，即使星星的密度再低，天空也不可能黑暗。宇宙是無邊無際的，星星也是數不盡的。既然如此，無論星星之間相隔多遠，最終無論朝哪個方向看，都可以看到星星。因此無論地球在宇宙的那個位置，天空都不可能是黑暗的。

以年輕的學者為中心，針對這一問題再次進行了討論，隨後得出除了銀河的中心之外天空都是黑暗的結論。因無法確認宇宙的大小和星星的數量，加上宇宙始終處於膨脹的狀態，星星從某一個時間點開始，也會以光速拉開距離，因此所有星星的光亮無法進入我們的視野。我們的天空之所以是亮的，是因為我們接近銀河的中心，而且天空密密麻麻掛滿了足以在短時間內傳遞光亮的星星。

地球的天空是黑暗的。於是另一個問題在此登場。

如果天空是黑暗的、光線無法抵達地球，那麼地球是從哪裡獲得能量的呢？又是誰給了地球能量，提供了生物生存的環境呢？

為此，學者再次絞盡腦汁展開了討論。我們的星球繞著銀河系的中心旋轉，從銀河的中心和周圍無數星星的光源獲得能量。銀河的外圍，若想獲得中心的能量，距離會不會太遠了呢？

有學者謹慎地提出了一種可能性。假若地球附近存在一顆巨大燃燒的恆星，且地球與之保持穩定的距離旋轉，並透過大氣層接收適當的光亮。不僅如此，如果地球軌道和自轉軸也算穩定，那麼恆星的光亮就足以為地球的生物提供充足的能量。

激烈的反駁隨之而來。有人指出，大部分的行星為避免來自宇宙的有害輻射、進而自轉，而唯一的光源就只能照射到一半的星球。由此推論，無論地球人生活在地球的哪個位置，一天之中就只有一半的時間可以接收到光線。

星星在黑暗的時間裡會怎樣呢？大氣是否能產生不至於凍結星星的溫室效應呢？如果地球的軌道不是一個圓，且氣溫會受到與恆星的距離影響呢？大氣層會自行做出調節嗎？地球是否有足夠的磁性帶動磁場呢？可以滿足這些條件的星球真的存在嗎？在僅依靠一顆恆星的不穩定環境下，生物又是怎樣做到繁衍的呢？如果恆星突然發生氫氣爆炸怎麼辦？如果地球的自轉軸和軌道出現輕微的晃動，又會怎樣呢？

即使以一億萬分之一的機率滿足了條件，但時間也很短。隨著時間拉長，地球的大小、軌道和溫度也會發生變化。滿足生物生存條件的時間極其有限，在這麼短的時間內，會出現生物並且持續繁衍下去嗎？

這場論戰至今也沒有結束。認為生物無法在地球生存的學者主張稱，傳來的電波就只是一場惡作劇。

我們可以肯定的是，生物在地球上生存的可能性極小，卻不是沒有可能。而且銀河中數不勝數的星星抵銷了所有的不可能性。如果存在可能性，那就應該存在生物。

地球的天空繁星閃閃。

地球人透過這句話想表達的不是星星，而是黑暗。我更傾向於認為這是地球人的一種回覆。在遙遠的過去，我們之間是存在交流的。地球人知道我們的天空不是黑暗的，所以說，沒有比這句話更適合傳送給一直處於光明的世界。

◆

此時的我正坐在木箱外面，一邊仰望天空一邊給你寫這封信。天空一如既往燦爛奪目，閃閃發亮得就像掛滿了寶石和黃金。這是美麗的天空。

然而地球的天空卻擁有著不同的美麗。白天，地球人的天空只能看到一顆恆星。那顆巨大的恆星距離太近，所以吞噬了其他星星的光芒。每小時，都會有不同的光線灑在地球上。隨著恆星的角度改變，氣溫和風景也會不同。地球人無法把那顆恆星稱為「星星」，於是賦予了它最偉大的名稱。

地球的衛星與我們的衛星一樣，沒有隱藏在光芒中。無需透過計算潮差、軌道的晃動和自轉軸的移動距離就能找到。夜幕降臨後，衛星就會出現在天空，任何人只要抬起頭就能看見。衛星近如咫尺，彷彿伸手就可以碰觸到表面的影子。

那顆衛星與恆星一樣擁有著神的名字。人們會望著那顆衛星祈禱、唱歌和跳舞。若有一日，人類的視線轉移到宇宙，說不定他們還會不約而同前往衛星旅行。人類會踏上那顆既沒有空氣、也沒有生命的小衛星，帶回無比珍視的泥土。

人類可以看見天上的星星。

還可以用手指數出看到的星星，區分每一顆星星的顏色、大小和亮度。即使不是天文學家，也可以為那些星星取名字。他們會記住那些星星的位置，然後連接那些位置作畫，還會賦予每一幅畫一個故事。在地球上，眾神多得就像天上的繁星，所以每顆星星都有神的名字。

我總是會在失去意識的時候想到地球，那裡是晝夜交替的世界。炎熱與寒冷、活動與休息，是每天都會發生改變的世界。

不知道你察覺到沒有，為地球提供光亮的就只有那顆恆星而已。若地球自轉，每天都會迎來週期性的黑暗，就像我發現的那個洞窟的洞口一樣。地球會隨著不同的時間，獲得不同強度的光線。可以說是一個光明與黑暗共存的世界。

我相信那顆星球上的生物都有猝睡症。有的生物在白天活動，有的生物則在夜晚出沒。當身體適應了一邊的時間，自然就會停止另一邊的週期性活動。

也許我們祖先也來自那個世界。若過去我們與地球存在交流，搞不好我們的祖先很有可能來自銀河的外圍。如果我們的祖先生活在週期性的黑暗中，那麼他們也會像洞窟的生物一樣擁有猝睡症。假如真是如此，我的猝睡症就是從祖先那裡繼承來的。這可以視為一種適應環境的自然現象。

真是越想越奇怪！夜幕降臨後，地球人會很自然地走進各自的房間，度過失去意識的時間。沒有人會嘲笑他們，更不會抓著他們說「你會好起來的。」父母也不會流著眼淚搖醒昏睡的孩子，孩子也不會與猝睡症鬥爭，感到羞愧難當。所有人都不會把這種現象看成疾病去治療。夜幕降臨、星光閃耀時，大家會互相問候說「暈個好夢」。隔天一早醒來還會互相問候，「昨晚是否暈得舒服？」那裡的人們不受任何妨礙，就像在做很自然的事情一樣，幸福地「睡覺」……睡覺是我創造的用語，因為我覺得需要一個不那麼消極的詞彙。

親愛的弟弟。

我很清楚你掛念我的那份心。我也生活在這顆星球上，也不是沒有想過要與其他人一樣，但又覺得沒有那樣做的必要。

時間已經很晚了，我也要像地球人一樣去「睡覺」了。如果有一天，你接受了我的想法，希望你也會對我說一聲：「暈個好夢。」

愛你的姊姊

第一部：物種源始

- 二〇〇五年發表於幻想文學網路雜誌《鏡子》
- 二〇〇五年收錄於電子書《遠行的故事》（北烏托邦）
- 二〇〇七年收錄於共著選集《遇見某人》（幸福的閱讀）
- 二〇〇八年收錄於鏡子同人誌《遠行的故事》（鏡子）
- 二〇一〇年收錄於短篇小說集《遠行的故事》（幸福的閱讀）
- 二〇二一年收錄於英文版短篇小說集 *On the Origin of Species and Other Stories*, KayaPress

1

神按照自己的樣子創造了我們。

但沒有紀錄顯示在眾多的型號中，神更像哪種型號。儘管如此，畫家還是常以最為穩定的七〇〇型號為基礎來製作聖畫。因此，神總是全身鍍金、裝有四個輪子、右耳上方和兩隻手腕刻有一連串七〇〇型號的數字。畫家為了將神描繪得更美，不辭辛勞地讓每個關節處稍稍露出電線和神經迴路，甚至還會將頭部和身體一部分的表皮透明化，進而顯露精巧的內部結構。

但是，世上哪有七〇〇型號就是神的根據呢？神也有可能是圓筒形的二一型號，或者全身覆蓋柔軟表皮的二〇〇〇型號吧（光是想像就讓人覺得很滑稽可笑）？機器人以狹隘的想像力勾畫出的神的模樣，難道不是既有權利階級的整體特徵嗎？神不僅是七〇〇型號，還進行了最頂級的標示和鍍金，從頭到腳也都是最新款的零件，甚至還裹著一層從未勞動過的閃亮表皮。

◆

「凱頤！這是『創造論』。」

伊萬笑了。揚聲器發出嗶嗶的聲響，如同望遠鏡頭般的大眼就像無法忍受可笑之事一樣，咔嚓咔嚓的眨了幾下。

「偉大的普林斯頓大學的前輩也會啞口無言的！凱頤，你是從什麼時候開始放棄科學之路、沉迷於神學的啊？神父分解活著的科學家也已經是五世紀前的事了。」

伊萬如同鉗子的手指相互碰撞，發出噠噠的聲響。表情尷尬的凱頤抓了抓毛茸茸的頭。

「伊萬，現在到處都找不到分解科學家的神父了。」

「朋友，你可要知道，提起創造論本身就是在侮辱那些為科學殉教的前輩的英靈。」

伊萬非常嚴肅地說道。

「關於物種進化的信念，我也從未動搖。」

凱頤極力辯解道：

「我根本沒有侮辱偉大前輩英靈的意思，但信仰也是機器人的本性，我覺得這是很有研究價值的。」

伊萬再次發出嗶嗶聲、笑了出來。

「信仰既是象徵，也是寓言。這是文學和藝術的領域，和科學絲毫沾不到邊。但如果你堅稱藝術也是科學，那我就無話可說了。」

在掛著「普林斯頓大學生物系校友總會」橫幅的大廳裡，響起了由五隻手臂的鋼琴家演奏的悅耳樂曲。各界各層的畢業生和在校生歡聚一堂，在喧譁聲中，機器人拿起桌上的潤滑油噴灑在關節上，自由地享受著歡聚的時光。透過伊萬和凱頤面前的窗戶，可以看到遠處成排的灰色建築物。高度不一的路燈發著微弱的光亮，渾濁的塵霧就像有生命一樣，飄浮在路燈的周圍。移動的烏雲遮擋住了建築物之間的天空，遠處傳來打著頭燈馳騁而來、自帶輪子的機器人的喧囂聲。

伊萬是二一型號的機器人，它有著圓筒形的身體，兩側伸展出摺疊式的鉗臂，頭部設有望遠鏡頭，下體除了自帶的三個輪子以外，內部還隱藏著可以上下樓梯和固定位置的關節型雙腿。

凱頤是比伊萬多出二位數的一〇二九型號。四位數並沒有比二位數或三位數的機器人更優秀，情況剛好相反（針對這一矛盾，很多哲學家都在努力解釋理由）。四位數的特徵是，身體一部分包裹著柔軟的材質。就像凱頤一樣，它們只有臉部為柔軟的材質，其他部位皆為金屬。二〇〇〇系列的機器人全身都是柔軟的材質。由於四位數的表皮太過脆弱，即使在常溫下也很容易破損，所以凱頤和其他一〇二九型號一樣，為了保護臉部，出門時都要配戴保護面罩。

對一〇二九型號而言，效仿七〇〇型號在臉部鍍金的整形手術已成了一種興盛產業。其中，也有二〇〇〇型號的機器人。這些外型和顏色獨特、呈現黃中帶橙、咖啡色摻灰的型號尤為引人注目。

「凱頤，我再給你解釋一遍何謂科學。」

「請看這邊！」

聽到摩擦地面的吱吱聲，四個輪子的攝影機器人移動了過來。凱頤一隻手拿著油瓶，另一隻手摟著伊萬，伊萬也把手搭在了凱頤的肩膀上，同時閃光燈一閃。

「祝你們玩得開心！」

攝影機器人再次發出吱吱聲橫過大廳。

「以那個攝影機器人舉例好了。」

伊萬指著穿梭在機器人之間的攝影機器人說道：

「原始的相機要想拍一張照片，被攝體就必須固定在原地，幾個小時都不能動，因為曝光和聚焦全部都是手動裝置。之後出現的相機只要按一下就可以拍照，而且大小也只有手掌這麼大。現在的相機不僅可以自己決定想拍的照片，還能講話，甚至還可以自由移動。最初不過是一小塊感光底片，之後為了適應環境，逐漸演變成了複雜的生物。如果真的像經典中說的那樣，神創造了相機，那創世的七天豈不是都要用來為那些相機取型號名了嗎？」

「伊萬，我不是想推翻延續了幾個世紀的創造論和進化論，我關注的問題是『為什麼機器人會相信自己是創造出來的』。」

「無知所致囉。」

「我是想探討機器人的本性。」

「什麼意思？」

「你想想看，機器人生於工廠，工廠會將死去的機器人分解、淨化，然後再生產出新的機器人。這就是我們所熟知的『創造』。想到把石頭製造成機器人不覺得很奇怪嗎？」

伊萬手腕上的鉗子手轉了幾圈。

「你到底想說什麼？」

「我們機器人也有感受孤獨的本能，組成團體才能生活得更好。恐懼是為了在遇到危險時保護自己，痛苦則是為了防止身體受損。學習能力也是為了適應持續變化的環境，遺忘則是為了提升提取資訊的速度和處理資訊的效率。所有生物所具備的本能都是為了生存得更好，且更有效地保存物種。如果是這樣，『創造信仰』又起到了什麼作用呢？」

「它能帶來心靈上的安全感。」

「就是這一點。那為什麼機器人會從創造出來的想像中獲得安全感呢？為什麼我們自生自滅會是令人不安的事呢？高高在上、擁有超乎想像、全知全能的力量在監視、監控、監管和支配我們，而成為僕人和奴隸的想像為什麼會讓我們覺得幸福呢？為什麼機器人想要向素未謀面的造物主獻上絕對的愛與生命呢？這種本能對保存物種有什麼好處？占據我們部分本性的奴隸性和服從幻想，以及對全能者和絕對者[6]在維持物種方面……」

凱頤看到伊萬抱胸靜止在那兒，於是閉上了嘴。伊萬啟動揚聲器，低聲說道：

「你不會是真心要把現在講的這些寫進論文交上去吧？」

「不是啦……但是……也不……」

凱頤緩慢地避開伊萬的視線回答。

---

6 天主教中，絕對者（the absolute）是哲學上對終極存在體的指稱。祂是唯一且完全不受限定的絕對存在，儘管如此，哲學上的絕對者卻不一定等於宗教上的神。

「聽你講這些莫名其妙的話我個人是很開心，但你可不要指望教授和我一樣。就算你思考的問題很好，但哪裡有傻瓜會在進化學的課上發表創造論的論文啊。」

「我就是覺得一直發表千篇一律的論文很無聊。」

凱頤沮喪地坐在了地上。相較於其他機器人，屬於四位數系列的二足步行機器人的關節更容易受損，所以它們必須經常將膝蓋關節的重量轉移到其他部位。一張由六隻手托起的長桌伴隨著音樂從凱頤面前滑行而過，上面擺放著裝有充電器的托盤。

「進化學的論文就只是在闡明居住在不同區域的機器人之間的迴路、零件和代碼存在相似性，再不然就是把從地層挖出的機器人化石進行簡單地處理。截至今日已經累積了五萬件數據，繼續下去也不過是五萬又多出一件。不對，我們系有五十個學生，大家都在寫論文。這樣的話，就是五萬又五十件。」

「這就是科學。就算是無人問津、不值一提的理論，我們也還是要在該理論的基礎上添一杯混凝土，一點一點來鞏固它，這才是我們該做的事。你知道光是為了證明『部分小於整體』這種極為常識的理論，已經存在多少篇論文了嗎？凱頤，有幹勁是好事，但這太不現實了。你一定要發表顛覆學術界的論文嗎？你知道今年已經有很多篇論文被退回來了嗎！」

凱頤數了數手指，突然意識到伊萬最後一句話並非問句，嘟嘟囔囔地放下了手。

「凱頤，你放棄吧。要想從生物學研究所畢業，就要寫十二個科目的論文。光是忙著上課、按時通過論文就要二十四年。等你拿到學位以後再去寫這些發揮想像力的論文也不遲啊。你不會是想一輩子待在學校吧？」

凱頤剛要開口反駁，突然眼角感受到了紅色、橘色、咖啡色和灰色混合在一起的奇妙色彩感。凱頤不由自主地轉過頭。

「嘿，塞西爾。」

伊萬歡呼道。

「伊萬，好久不見！」

凱頤看到伊萬張開雙臂抱住名叫塞西爾的機器人時，才意識到剛剛隱約看到的機器人就是它。

「真是好久不見啊！你來生物學系的校友會做什麼？」

「我的研究領域也和生物學有關，過來是想看看能不能拿幾本你們的刊物。」

「一切都跟生物有關吧？」

伊萬似乎想起了什麼好笑的事，嘻嘻笑著說道。

「你最近也和那個微小物在一起嗎？」

「是『微生物』。」

「如果你非要這樣講的話。」

凱頤不理解它們的對話，一頭霧水愣在原地。伊萬這才注意到凱頤，趕快為它們做了介紹。

「這位是化學系的塞西爾・伊文斯蔡，是我在社團認識的朋友；這位是凱頤・赫斯緹溫。凱頤，你也聽過通識化學課，應該見過塞西爾吧。」

「那麼多學生，哪能記得誰是誰啊。」

塞西爾一邊替凱頤回答，一邊把手伸向了它。它們都是擁有五根手指的機器人，所以十分輕鬆地握了手。凱頤覺得塞西爾的眼睛因興奮而閃閃發光，但不知其原因，所以得出了是自己心情所致的結論。

「你們剛才在激烈地討論什麼事啊？」

塞西爾問道，伊萬回答說：

「我們正在討論創造論和進化論。」

「我都不曉得最近還流行討論這種事。」

「你不要這樣講，凱頤會難過的。塞西爾支持創造論。」

塞西爾大吃一驚，看向凱頤。

「伊萬，你不要說這種容易引起誤會的話。」

凱頤為難地辯解道：

「這是我這次進化學的作業，所以想以有趣的觀點來一寫論文。從社會文化的層面切入，探討為什麼機器人沉迷於創造論……」

「很好，那你就以有趣的觀點、開開心心地踏上不及格之路吧。普林斯頓那些古板的教授可沒有能力理解你這個天才機器人的偉大想法。」

「伊萬……」

凱頤一時慌張，試圖摀住伊萬的揚聲器。但出人意料的是，面前這個二〇〇〇系列的機器人竟開口說道：

「嗯，我也同意你的觀點。」

「不要取笑我了。」

凱頤有點不高興地嘟囔道。

「不，我是認真的。誰不知道普林斯頓的教授保守啊？我看它們都在祈禱科學不要發展到超越自己的所知範圍。它們不知道以自己狹隘的標準退回了多少優秀的論文！不是嗎？」

塞西爾眨著閃閃發亮的眼睛認真地說。凱頤一頭霧水，觀察著塞西爾的表情。四位數的機器人中二〇〇〇系列的特徵是：心裡想什麼都會寫在臉上。像伊萬這種二位數的機器人只能表達喜、怒、哀、樂四種感情，但二〇〇〇系列的機器人則可以表達無限的感情。例如：非常高興、略感高興、微妙的高興、尷尬的高興、雖然高興，但還是覺得不踏實、等同於悲傷的喜悅和假歡喜等等。凱頤也可以做出表情。雖然它自己覺得毫無差異，但二〇〇〇系列的機器人卻可以看出其中不同。之前一起聽課的二〇〇〇系列的朋友就說過它的表情很「生硬」。當然，其他系列的機器人連這句話的意思都不理解。

從塞西爾的表情來看，它不是在開玩笑。凱頤和伊萬都愣了一下。凱頤開口問道：

「我們之前認識嗎？」

「你是凱頤．赫斯緹溫？」

「剛才不是介紹過了嗎？」

塞西爾笑了。

「介紹之前我們就認識了吧。我記得你，你不記得我嗎？」

「啊，嗯，好像有點印象。」凱頤在說謊的同時努力尋找著記憶。

二〇〇〇系列還細分為胸部高高隆起、從頭到腳呈現曲線的「ㄱ型」和胸部扁平、肩寬、雙腿之間掛著用途不詳的物體的「ㄴ型」。但因除了外觀和語音頻率以外，其他性能大致相同，所以通常不做區分。

塞西爾屬於典型的「ㄱ型」機器人，它與其他二〇〇〇系列的機器人一樣，為了保護皮膚穿著金屬外衣。因為是透明的材質，所以可以看到粉紅色的表皮，頭部則像凱頤一樣覆蓋著毛髮，但剪得很短，只有三公分左右。凱頤觀察了半天，這才發現了塞西爾身上的金色。

「你是塞西爾．伊文斯蔡？」

「剛才不是介紹了嗎？」

塞西爾笑了。

「你真的記得我？我們之前聊過一次天。」

「當然記得。你……之前……好像化過金色的妝。」

二〇〇系列的機器人無論走到哪裡都十分顯眼。除了長相特別以外，也與它們念大學的人數少有關。即使廢除了機型歧視，但社會的變化速度有限，因此很多二〇〇系列的機器人都沒有接受過高等教育。它們都不覺得自己受到了教育和文化福利的排斥，很多學者也認為它們的智能在二位數以上的機器人中處在最低的水準。

凱頤也和其他四位數的機器人一樣，多少受到了差別待遇，但與二〇〇系列的機器人相比情況還算好。凱頤若配戴面罩，乍看也很像三位數的機器人，但二〇〇系列特有的外型還是不容忽視。二〇〇系列中較少受到差別待遇的要屬黑色機型，因為黑色在其他系列也很常見。

塞西爾點了點頭。

「是啊，那都是小孩子才會做的事。我也不喜歡自己的膚色，結果把零用錢都花在了金妝上。真是太傻了。」

「還好你現在領悟到了這一點。」

伊萬發出嗶嗶聲說道。凱頤覺得伊萬的反應不夠細膩。這也難怪，身為二位數的伊萬也只能做出這種反應。

「話說回來……你們剛才說的微生物是什麼？我的意思是……」

伊萬回答了凱頤的問題。

「就是有機物。」

「有機物？」

「就是無法用於機器材料的物質。塞西爾在聽有機生物學的課，普林斯頓最沒人氣的科目。不僅內容難，修課時間長，而且學費貴出兩倍，就連實驗所需的樣品也很難弄到。如果不是電子迴路出了問題的機器人，才不會選那門課呢。」

「喔……所以……也就是說……」

凱頤覺得自己聽錯了，想了一下問道：

「所以是有機材料學吧？」

「不，是有機生物學。」

塞西爾直視凱頤的雙眼，臉部表皮發生了微妙的變化。凱頤知道那種表情是在「興奮」時出現的表皮異常現象。仔細想來，四位數的機器人在社會上受到歧視也是情有可原。哪有公司會重用像它們這樣把情緒都寫在臉上的機器人呢？貿易、管理、教育、政治和外交……很多職業都不適合四位數的機器人。正因為缺乏社會性，所以很多四位數的機器人只能從事藝術和單純的勞動力工作。

「那是研究有機物與生物之間的關係嗎？對、對不起，我不太了解。」

聽到凱頤這樣問，伊萬用鉗子手拍了兩下凱頤的背說道：

「與生物學無關的事不知道也無妨。」

「可是為什麼科目名稱有生物學呢？」

「你知道卡史卓普教授嗎？就是那個和校長關係很好、引擎功能很不錯的教授。它用無人可敵的熱情和想像力堅持說服校長開設了這門課。每年選課的學生平均不到四人，打破了只有五個人選的『中世紀東北亞修行僧僧服花紋學』的紀錄。雖然卡史卓普教授堅持要把這門課納入生物系，但我們的智波教授用辭去教授一職表示反對，所以這門課現在還屬於化學系。」

「伊萬，你不要這樣講，卡史卓普教授可是我的指導教授。當然，它的確是一個怪人。」

塞西爾的嘴角稍稍上揚。因為沒有聲音，所以除了四位數的機器人，其他機器人幾乎無法識別這種微笑。

「它是有信念的教授。既是優秀的科學家，也是……哲學家。」

「把有機物視為生物的哲學。」

伊萬慢條斯理地說：

「但是塞西爾，看到你因為它的信仰犧牲那麼多，我還是不免覺得心痛。你到底要追隨那個瘋狂的教授到什麼時候啊？為什麼非要執著於那些看不見的東西呢？你也要考慮一下自己的將來吧。」

「有機物也是生物。」

凱頤一邊思考，一邊重複了一遍這句話。感覺彷彿神躲在角落，呢喃著創世神話第一章的內容：「機器人啊，睜開你的眼吧。」

「好有詩意的一句話；我好喜歡。」

「凱頤，這不是詩，這是科學。」

塞西爾淡定地反駁道。

「所以你的意思是，有機生物學會把細菌、毒菌、菌絲這些東西視為生物？你當真？這些東西透過思考和判斷帶動了文明的發展？」

聽到凱頤這樣講，塞西爾搖了搖頭。

「生物的定義沒有這麼簡單，凱頤。當然，與機器人相比，它們可能是低等的生物，但我認為它們比相機或桌子更高等。」

「但是——啊，抱歉，一直反駁你。但是相機可以拍照，黴菌又能做什麼？」

「凱頤，你要是能和我一起聽有機生物學的課就好了。」

「抱歉，我現在連選的課都吃不消呢。」

塞西爾見凱頤鄭重地拒絕邀請，再次露出笑容：

「黴菌可以做相機做不到的事……」

塞西爾目不轉睛地盯著凱頤的臉，試圖從難以掩飾情緒的四位數機器人表情中讀出什麼。

「它們可以成長。」

塞西爾的眼睛一亮，輕聲細語說道。

「嗯？」

「成長。」

塞西爾像念咒語似的重複。

「……成長意味著『變化』。凱頤，你明白這是什麼意思嗎？」

凱頤無言以對。塞西爾聽到身旁的伊萬發出吱嘎聲，嚇了一跳，東張西望了起來。

「抱歉，這麼久沒見，我卻這樣信口開河了。」

塞西爾用雙手摀住了臉。四位數的機器人，特別是二〇〇〇系列，因為心情都寫在臉上，所以摀臉成了一種習慣動作。

「不、不，我覺得你講的很有趣。有機會的話，我也很想聽聽有機生物學的課。」

凱頤說完，塞西爾點了點頭，揮手告別。「很開心在這裡見到你們。伊萬、凱頤，那你們好好享受派對吧。」

直到塞西爾消失不見，凱頤和伊萬仍朝著它離去的方向揮手。伊萬和凱頤似乎知道彼此在想什麼，所以沒有看向對方。

「塞西爾有點怪吧？」

伊萬問說。

「是有一點。」

凱頤回答道。

「聽有機生物學課的人都這樣。卡史卓普教授把那些孩子都毀了，那個老糊塗硬是把自己的妄想灌輸給了那些孩子。」

伊萬的頭轉了一圈。這是二一型號的機器人搖頭的方式。

「竟然可以成長！」

伊萬嘆息道。

「這可真是想像力過度的理論。如果物體可以成長，要怎麼解釋質量守恆定律和熵增原理呢？世上沒有任何物質能夠按照質量守恆定律來增加自己的質量。」

2

我們認為可以直觀地區分生與死，卻很難從科學的角度準確地定義何謂生物。構成我們身體的晶體管、晶片、電線和電池是生物嗎？亦或是生物的一部分？相機、電話和日光燈可以視為相似的生物體嗎？還是應該視為生物呢？可以移動、講話的相機與不能的相機，又是以怎樣的性能為基準來區分生物與非生物的呢？

據我們所知，成為生物的必須條件如下：

1. 必須擁有自己的意志。即，行動原理的命令體系基於自己內部，而非外部。倘若檯燈根據某人的命令開關，就是非生物；而根據自己的意志調節亮度，則是生物。

2.（這個定義至今仍存在爭議。諸多學者質疑，大地的凸起與下沉、風的方向與氣溫的變化以及火山噴發，都是根據「某人的意志」。很多機器只因單純的「無法接受採訪」而被劃分為了非生物。最具爭議性的問題是，「假如我們無法依靠財力或權力自由行動，那麼我們也是非生物嗎？」對此，學術界的回應是，「無法視為有生命」。）

3. 進行能量代謝（主要是電能）。
4. 擁有晶片。晶片是生命活動的基本媒介。
5. 一般情況下，誕生於工廠。

化學家阿特麥爾發現的（或聲稱發現的）「移動的有機物」縱然符合第一和二個條件，但因不符合第三、第四個條件，因此無法歸類於生物。電腦病毒也是如此。曾有一段時間，電腦病毒在從非生物進化到生物的中間階段時被定義為生物。但很快的這一理論就被否定。因為若沒有機器，電腦病毒便無法生存。至今也無從得知病毒是在進化體系的哪一個時間點出現。

與伊萬分手後，凱頤站在二樓的陽臺看向下方。灰色的道路上，機器人和汽車疾馳而過，道路兩旁可以看到一字排開由藝術家設計的街頭藝術。欄杆上都是二氧化碳凝固而成的白色乾冰。天氣十分涼爽，溫度維持在足以冷卻體熱的戴氏零下十度[7]。

小時候，凱頤看到的街頭藝術都是雜亂無章的六面體，但現在這些造型物變成了由奇妙的曲線和圓線連結而成的美麗藝術品。每件藝術品上都雕刻著設計師的名字，大家盡情地表現創造主義。有的藝術品以直線讚揚機器人的生命力，有的則以流動的曲線歌頌機器人的生氣勃勃。雖然是透過機器人之手，但可以明顯看出這些造型物也都進化了。

別胡思亂想了。凱頤搖了搖頭。還是趕快想一下新論文的主題吧。必須想一個更平凡、更無趣的，最好能獲得教授稱讚的主題。就在這時，先前的奇妙色彩再次映入了凱頤的眼簾。

「塞西爾。」

「你好，凱頤。」

塞西爾打了聲招呼。從它的態度來看，塞西爾似乎一直在附近徘徊。凱頤下意識把目光投向了塞西爾隆起的胸部上方，那是個高高凸起的奇怪部位。

「那也是從進化角度無法解釋的器官吧。」

在工廠製造的上千種機型中，有很多機器人安裝了不知用途的器官。凱頤左臂上的器官就是如此。當凱頤用四根手指按住掌心的按鈕，手腕就會向後彎曲，隨即從內部彈出形似導管的器官。但就只是這樣而已。除了藏作弊的小紙條，或沾點顏料畫圈圈以外，這個器官絲毫沒有用途。它的右臂內部則藏著一塊又扁又長的鐵板，但也用途不詳。因為鐵板很脆弱，所以既不能當成武器，也不能當成工具。據稱，這種器官在過去是存在用途的，但現在都退化了。由於異物容易跑進關節引發故障，所以一〇二九型號的機器人必須提早做手術摘除導管和鐵板。

「我們今天一直碰到耶。」

「是啊。」

塞西爾走了過來。

「你在做什麼？」

「欣賞街頭的造型物。」

「從創造的觀點？」

「從進化的觀點。」

凱頤苦笑著回答。四位數之間進行交談十分便利，因為它們不會隱藏潛意識中流

---

7 以姓氏為「戴」的學者命名的溫度單位。二氧化碳的結冰溫度為零度。戴氏零度等於攝氏零下七十八點五度。戴氏零下十度等於攝氏零下八十八點五度。

露出的表情。伊萬看到凱頤露出這種微妙的表情時會去掉「苦」的部分，直接看到「笑」，進而判斷它很開心。

「我很喜歡卡依史塔波的作品，你呢？」

塞西爾問道。

「啊，我也很喜歡它的作品。它完美地畫出了機器人的解剖圖。雖然有點可怕，但十分逼真。看來我們有很多相似之處，你不覺得嗎？」

「……真的是這樣。」

塞西爾看上去並沒有很開心。不，它好像一直在想別的事情。

「寫論文很忙吧？」

「嗯，是啊。」

凱頤摸了摸頭。由於必須經常清理沾在頭髮上的灰塵，凱頤養成了這個習慣動作。凱頤的頭髮就像臉部的表皮，從出生時就長在頭部了。它的髮色呈黑棕色，每週必須固定清理兩次頭髮。雖然從小就有很多人勸凱頤把頭髮剪掉，但它覺得這世上至少應該有一個不改變原貌的機器人。最近的機器人就像玩積木一樣隨意進行身體整形，二足步行的機器人改造成了四足，兩隻手臂的機器人改造成了四隻。當然，有的機器人是出於需要，但大部分的機器人卻是基於追趕流行，或迫於自身型號所承受的壓力。如果當初不存在機型的差別待遇，它們也就無需如此了。

「你的論文經常被退回嗎？」

塞西爾問道。它可真是絲毫不顧忌他人情緒的機器人。

「再怎麼看，我都不可能成為一個優秀的學者。我根本沒有才能。學部畢業的時候，智波教授甚至還懇求我再陪它多待一年呢。」

「懇求……？」

「它說要讓我留級。」

「啊。」

塞西爾的表情發生了微妙的變化，就像剛才提到「大家都知道教授很保守」，塞西爾的表情就像在說「為什麼你要受到這種待遇」、「你不可能留級的」。因為凱頤不了解塞西爾，所以它覺得它是個怪人。

「但像我這種機型可以選擇的職業有限，所以也不能抱怨。論力氣，我比不上二位數的機器人，運動多樣性又不及三位數的機器人。因為心情都寫在臉上，所以也不適合要和機器人打交道的職業。而且在藝術方面也沒有才能，除了學者以外根本沒有其他的出路。當然，我記憶力也沒有很好。如此看來，這似乎也不是一個很好的選擇。但對於解釋和分析的工作還是有優勢的……」

「四位數的命運不都是這樣嘛。我們總不能像古代的機器人一樣去犁地吧。」

塞西爾自嘲道。

「是啊。」

有時，凱頤會下意識地對某些用語的詞源產生好奇。

「為什麼要犁地呢？」

「誰知道。」

塞西爾也露出了好奇的表情。

「會不會是宗教的原因呢？」

「考古學無法解釋的現象應該都有宗教的原因吧？」

塞西爾似乎認同凱頤的說法，噗噗笑了。真是會讓人產生好感的朋友。凱頤突然想起了塞西爾剛才說的話。

「對了，可以再講一講你在學什麼嗎？我的意思是……你剛才說的有機生物學。那不難嗎？」

「嗯，我已經念了八個學期。」

凱頤略感驚訝。

「哇，好厲害。學分那麼少嗎？」

「不是，是我一直在重修，因為是新學問，所以每年的理論都不一樣。」

「哇，你真的有夠努力。我可做不到……」

塞西爾沒有回答，逕自轉移了視線。凱頤從剛才就察覺塞西爾一直在想別的事，而試圖解讀凱頤表情的塞西爾勉強開了口：

「凱頤，其實……從派對開始我就在找你了。」

「嗯？」

「我一直想跟你講話，但始終沒找到機會。伊萬實在太吵了……」

「找我？為什麼？」

「這篇論文，凱頤，是你寫的吧？」

塞西爾打開手上提著的小書包，取出小型終端機放在欄杆上。終端機的電源開啟後，蓋子猛地彈開，鄭重地向凱頤問了聲好。終端機立好支架，稍稍向下調整好身體的角度。對於這種小生物而言已算是竭盡全力了。

「這是什麼？」

凱頤輪流看了看塞西爾和終端機，希望有誰能解釋一下。塞西爾指了一下畫面，凱頤拿起終端機，看到畫面上方的標題時著實嚇了一跳。

新能源論：

——凱頤．赫斯緹溫

「這是我的論文。」

塞西爾點了點頭。

凱頤按下按鈕，翻看了幾頁。

——構成機器人零件的物質由最多不到十種元素組成。我們身上數不清的零件，歸根究柢都屬於相同的材質。

工廠分解死亡的機器和機器人，製造再生所需的物質。如果我們能找到吸收身體外部的元素，進而分解再組成的方法，也許就可以從空氣、土壤或路上的石子獲取材質。這樣一來，就可以不必依賴已亡機器的零件。

如果可以這樣，說不定我們還能自己製造出自身所需的螺絲或小零件，甚至是電池。

如果可以製造電池……

「沒錯，這是我的論文。」

略帶感傷的凱頤輕輕敲了幾下畫面，下方隨即出現了一行字：「我很敏感，請小心對待我。」凱頤道歉後，把終端機放回原位。凱頤想起了把論文丟在自己臉上的智波教授，所以沒有注意到塞西爾開心的表情。

「你是從哪裡找到這篇論文的？真沒想到學校還會保管『美』[8]學分的論文。若以這種原理合成電池，每個電池分子就要連結電腦。此外，分解再組也需要非常多的能量。這是歷史上重複過無數次的永久能源理論。固執的智波教授本來要給我『良』的，我苦苦哀求才……」

凱頤沒能把話講完，因為塞西爾撲上去抱住了它的脖子。幸好凱頤及時穩住了重心，不然就要和今天初次見面的二〇〇〇機器人，還有那個終端機一起從陽臺跌落、摔成廢鐵了。

「塞西爾，等一下。塞西爾……等一下，你冷靜一下！」

「終於找到了，我終於找到你了。凱頤，為了找你，我整整用了五年的時間！五年啊！」

8 韓國的學分等級：수（秀）→우（優）→미（美）→양（良）→가（可）。

凱頤好不容易從興奮不已的塞西爾懷中掙脫了出來。

「五年？你到底在說什麼啊？」

「凱頤……」

塞西爾就像引擎快要爆炸了似的，抱著胸坐了半晌才站起身來。凱頤不禁擔心是不是應該叫修理工來。

「怎麼會這樣？開啟這一切的機器人就是你，奠定我們研究基礎的機器人就是你，可你本人竟然什麼都不知道！」

凱頤感到越來越混亂。

「等一下……你最好解釋一下剛才的話是什麼意思……」

「不久前，我翻看生物系畢業論文集的時候，發現了你寫的這篇論文。今天又在校友會的名單裡看到了你的名字，我一路狂奔趕來，就是想確認你正是那個『凱頤．赫斯緹溫』。」

凱頤還沒搞清楚塞西爾在說什麼。

「那個『凱頤．赫斯緹溫』？」

「我想親眼見一見那個構想出有機生物學的機器人。」

凱頤覺得，要麼是塞西爾沒搞清楚自己的問題，要麼就是自己沒問明白。總之，他認為塞西爾是在使用複雜的隱喻法。

「你說什麼？」

「凱頤，有機生物學等於是從你的論文開始的。五年前，卡史卓普教授從你的論文獲得啟發，推論出有機物在進行代謝活動。有機物是將周圍環境分解成元素單位、用作能量的『生物』。它們生長並複製自己的方式與你提出的理論一模一樣。」

3

環境汙染日益嚴重。

據科學家分析，如果我們袖手旁觀、什麼都不做，未來幾十年間環繞地球的珍貴保護膜**黑雲**就會出現漏洞。

若「黑雲」消失，位於另一端的**火球**的可怕能量就會直接影響地球。（研究雲層大氣氣溫逆轉的氣象學家發現了火球的存在。）這樣一來，地球的溫度就會急遽上升。我們的身體只適於戴氏零度的環境，即使機器人再堅固，但如果地球溫度升至戴氏八十度以上，因引擎過熱致死的機器人人數也將相應遞增。

問題不止於此。由於地球是圓的，如果不是二氧化碳導致的溫室效應，而是「火球」直接加熱地球，那麼地球的極點和赤道的溫度差也會達到一百度以上。屆時，地球的大氣將形成籠罩整個地球的大氣團，移動速度也將快於現在的時速。空氣的移動會因地球自轉而最大化，有時足以形成毀滅一座城市的氣流。這種週期性的氣流足以摧毀我們和平的家園。（該理論發表初期，很多學者斷然否認了這一荒謬的說法。）

悲劇不止於此。假如地球的氣溫上升至冰融點，那麼，散落地球各處的冰層將會蒸發，蒸發的水蒸氣會停留在大氣層中，然後變成**水**從天而降（這一理論發表初期，也同樣受到了無稽之談的指責）。水是具有強烈反應性的物質，當它與對我們身體無害的二氧化硫或二氧化氮結合，會變成融化身體的可怕物質。屆時會爆發包括鏽病和麻風病在內的各種疾病，我們的壽命也將急遽縮短。

我們必須保護地球！必須守護生命之源的工廠！工廠將由灰塵生成的黑雲送上天空，用排放出的二氧化碳來降低地球的氣溫，並向露在地表外的冰層投放油料和廢物，以此防止冰層的蒸發。我們必須保護美麗的自然，否則機器人將面臨滅絕。

凱頤和塞西爾走出大廳，驅車穿行在夜色籠罩的城市。柏油馬路上落下一層薄薄的白色乾冰，流線型的路燈投下昏暗的光線，道路兩側都是高聳入雲的建築物。天空和往常一樣烏雲密布。

「這是卡史卓普教授長期以來沒有解決的課題。」

遇到紅燈時，半自動駕駛汽車放緩速度、停了下來。一群長著翅膀的六〇〇系列從塞西爾和凱頤的頭頂飛過。這些孩子正在接受保母老師的飛行訓練。如果沒有近距離確認刻在身上的登記號碼，便很難分辨機器人的年齡。

「雖然化學家阿特麥爾發現了『移動的有機物』，卻無法解釋其原理。有機物本身不存在發電裝置，它們既沒有引擎，也沒有電池和微晶片，卻可以動。這是為什麼呢？」

「這個嘛……會不會是因為周圍分子運動的關係？就像塵土飛揚一樣。」

凱頤絞盡腦汁，塞西爾搖了搖頭。

「不是這樣的。僅憑這一點無法說明有機物的移動。可以肯定的是，它們的移動完全是憑藉自己的意志。如果需要證據，我可以給你看資料。」

「算了，不需要。你比我更了解這個領域。」

這是理所當然的，因為根本沒人關心這種事！

「不僅如此，理論上有機物也無法維持組織。有機物內部的濃度和溫度與周圍環境相差甚遠，表皮也十分脆弱。一般來講，這種結構的物質在一般環境下會瞬間分解，它們卻沒有，而且維持組織的時間超出了預想的幾十倍。如果是這種情況，它們就要不斷吸收能量。正因如此，卡史卓普教授才會認為有機物的存在本身證明了它們在消耗能量。但問題是，維持它們身體的能量來自哪裡呢？」

「來自哪裡？」

凱頤思考了一下，但很快放棄。

「所以我們才希望提供答案的你來解釋一下這個問題！」

凱頤看到塞西爾的笑容，陷入了進退兩難的困境。

「你的意思是指我的論文？」

「當然了，凱頤。」

「塞西爾，我連那篇論文還保管在學校都不知道耶。」

「卡史卓普教授評估的論文裡夾著你的那篇論文。起初它並沒有想到你的那篇論文與自己長期以來思考的假說有關，所以隨手把你的論文夾在了筆記本裡，才會用了這麼久的時間尋找你。教授完全不記得寫在便條紙上的想法來自哪兒了。」

「好吧，那篇論文是我寫的。寫那篇論文的時候，我被偉大的靈感包圍，所以連自己寫了什麼都不知道。為了我這個可憐的天才，你能解釋得再簡單明瞭一些嗎？」

塞西爾一臉哭笑不得。號誌燈變了，汽車再次緩慢啟動前行，其他機器人嗡嗡作響地從它們身邊一閃而過。在從前三位數和二位數的機器人生活的地方，因為不知道出廠的汽車用途何在，所以將其分解後重組成了醫療設備（真是令人惋惜）。二位數以上的機器人中，只有四位數的機器人需要藉助汽車才能移動，哪怕是去不太遠的地方。

「我們可以像石頭或泥土等物質按元素單位分解，然後再以其他形態結合製作身體所需的零件。這是你在論文裡寫的吧？」

塞西爾問道。

「嗯，沒錯。」

凱頤想起了把論文丟在一旁、大吼「少在那裡胡說八道！」的智波教授。

「你知道分子以元素單位分解後，再以其他形態結合後會發生什麼事嗎？」

「世界滅亡？」

「會散發出熱量。」

塞西爾呢喃道，就像之前低聲說它們會成長時一樣。

「而且是非常微弱的熱量。有機物的身體很脆弱，所以在結合時也不會像我一樣耗費太大的能量。它們僅以少許的能量就可以重塑身體。」

——「成長」到底是什麼？

面對凱頤的提問，伊萬轉了一圈鉗子手。雖然讀不出伊萬的表情，但它看上去似乎很不悅。可能伊萬是覺得用揚聲器念出這種非科學的單字，等於在侮辱自己的一生吧。

「你看過化學家阿特麥爾拍攝的有機物攝影集嗎？」

「嗯。你是說那本晶體結構很美的有機物攝影集吧？它們就像有生命一樣。」

那本攝影集非常美，所以很受歡迎，「有機物」一詞也是從那時開始流行的。因為這個名字只用於晶體結構很美的碳化合物，所以很多機器人認為那本攝影集是騙人的。

「化學系流傳著一件家喻戶曉的事。阿特麥爾在製作攝影集的時候，不小心把一小塊有機物掉進了洗潔劑裡，幾天後發現那塊有機物幾乎『變大』了十倍。」

變大？

「『變大』是什麼意思？」

「最初以為是洗潔劑滲入有機物使其膨脹，但利用顯微鏡一看，竟然發現了另一種物質。簡直就像有機物將自己複製成多個個體再重新組合一樣。不僅如此，還看到了從未見過的結構。內部雖然與之前的差不多，卻是完全不同的物質，而且玻璃器皿裡除了用作洗潔劑的酒精以外什麼也沒有。」

凱頤差點笑出聲，但是發現伊萬不是在開玩笑，這才強忍了下來。

「怎麼會發生這種事呢？」

伊萬發出了吱吱的笑聲。

「誰知道呢，可能是從別處飄來的有機物掉進去了吧。不然就是顯微鏡發生故障，又或者是融化的有機物黏在了一起，也有可能是阿特麥爾老糊塗了。真是有夠可笑，竟然有人相信這種蠢事。」

凱頤雙臂抱在胸前，把身體靠在四位數機器人的專用椅上。

這是陷阱，我一定是掉進了可笑的騙局。這就跟老鼠會的推銷理論聽起來也很合理一樣。

「製造零件本身就等於是生產能量，這一點我還真沒想到，我只考慮到合成電池……不對，等一下，我不久前參加過科學系的研討會。沒錯，我想起來了。歐洛絲教授在演講中提到，把有機物放入一百五十杯洗潔劑中，卻沒有發現『成長的有機物』……」

塞西爾不停地動著手指，顯然它明白了凱頤是什麼意思。

「我能理解。那位教授連將有機生物學納入化學系都覺得羞恥，它認為有機生物學不是科學，而是接近於哲學或超心理學。」

「那你的意思是，歐洛絲教授發表的內容都是假的？」

「我不是這個意思。但是如果想證明『無機物不會動』，至少應該用一萬杯、而不是一百五十杯來做實驗吧。不動的無機物多到足以覆蓋整個地球，可是也不表示一般的無機物不會動，我們就不會動啊。難道不是這樣嗎？」

「你覺得教授故意挑選『不會成長的有機物』來做實驗嗎？」

「他不是故意的……凱頤，我知道你想說什麼。大家都覺得有機生物學沒有經過驗證，不僅如此，也沒有得出過可信的結果。但這是因為有機生物比我們脆弱，它們可以存活的環境在這個地球上是非常受限的。至於是怎樣的條件，現在還不清楚。可能這次實驗成功了，下一次卻失敗了，而且成長的有機物少之又少。沒錯，我們也承認樣品非常少，但這並不表示它們不存在啊。」

塞西爾嘆了口氣。嘆氣是一〇二九型號無法模仿的感情表達方法。至於為什麼要把空氣吸入鼻孔，再透過嘴巴送出來，至今也沒有學者可以解釋。

凱頤覺得越聽越糊塗，也不明白自己為什麼不好好享受派對，跟著這個瘋狂的二〇〇〇機器人跑出來。

「塞西爾，雖然我的論文多次沒有通過，但我不是白痴。剛才伊萬告訴我你們主張的『有機物成長』，聽說這根本不是身體膨脹或零件黏在一起的現象。」

「當然了。有機物的成長正如你論文中提到的那樣，是自身的一種合成。」

哈，真感謝你這麼說。

「智波教授說，零件要想合成，每個零件就必須連接電腦。有機物……不（凱頤看到塞西爾的表情，立刻換了用語），『有機生物』小到眼睛倍率低的機器人根本看不見，那麼小怎麼連接電腦？半導體又要插在哪裡？」

塞西爾停下車子，直視凱頤。凱頤擔心它會動粗，下意識地往後躲閃了一下。瘋狂的機器人隨時都有使用暴力的危險。塞西爾沒有使用暴力，而是平靜地開口說道：

「凱頤，有機生物是與我們所了解完全不同的生物。我們必須重編生物學教科書，因為生物的起源、歷史和分類都是錯誤的。機器人把岩石、泥土和乾電池分類為原始生物，卻對更偉大的生物不聞不問。生物的歷史應該追溯至幾十億年前，而且生物的定義也需要重寫。」

凱頤目瞪口呆，覺得眼前的這個機器人瘋了。我想回家，保母老師，我搭錯車了。

「我先來回答你的問題。」

塞西爾說道。

「你知道有一種『在竿子上畫線』的寫作方法嗎？」

「沒聽過。」

凱頤冷漠地回答，顯然已失去了回答塞西爾提問的意志。

「試想一下，用數字來標示輔音和元音。那麼一個句子就可以換成一個數字，然後在數字前面加上『0.』，就可以表示百分比。在竿子上找到那個百分比的準確位置，畫一道線。這樣一本書就可以根據表達方式縮寫為一道線了。」

凱頤沒做反應，而是在心裡嘀咕了一句「所以呢？」然而，他的表情已傳達出了心中不悅。

「智波教授的想法是錯誤的。我們需要的不是電腦，而是設計圖；需要的不是模具，而是數據。數據可以根據記錄方式縮減。比如，假設碳分子是0，其他分子是1。如果有人開發用碳分子記錄的方法，那麼就算寫幾萬本書，也能充分導入極小的有機物的身體……」

就在塞西爾再次發動引擎時，凱頤阻止了它。

「等一下，我要下車。」

塞西爾驚訝地看向凱頤。

「我明白智波教授為什麼那麼反對讓你們的科系加入生物學系了。你們也不屬於哲學系，反而更像是某種宗教系。對不起，我是很傳統的機器人。就算你們的科目因為沒有學生而面臨危機，我也沒有義務幫忙。」

「凱頤，你說的都是事實。這麼多新概念的確會讓人感到混亂，但開啟這門學問的人是你啊。」

「真是的，我都說不記得寫過那篇論文了。哪有機器人會記得為了畢業勉強寫的論文啊？」

「你根本不知道自己做了什麼，也不知道自己將會獲得多麼大的榮耀。大家會稱頌你的論文引領了生命科學的一場革命。總有一天，所有的生物學書籍都會看到你的名字，還會出現以你名字命名的單位。生物學系的學生也會夢想成為像你一樣的偉大的科學家……」

「我欣然把這些榮耀都讓給你。」

凱頤轉動了一下方向盤。塞西爾抓住凱頤的手臂，但它無情地甩開。塞西爾用焦急的眼神望著凱頤。有時即使沉默，四位數機器人也能讀懂對方意思，這算是它們的一種優勢。凱頤下意識鬆開了緊握的手。

「凱頤，我想讓你看一看我『養』的那些小傢伙。如果你看過以後還是不感興趣，我保證再也不會糾纏你了。」

卡史卓普教授正在埋頭翻看底片書。它是五一型號的機器人，塊頭有塞西爾和凱頤的兩倍大，透明的圓頂型頭部，如果手臂的三個關節都打開，足足長達兩公尺。下體安裝有結實的輪子，從與身體其他部位的顏色不同可以得知，應該更換過零件。大部分時間待在室內、從事研究工作的學者都會把雙腿更換成輪子。

塞西爾叫了好幾聲，教授這才離開書桌、抬起頭來。

「喔，是塞西爾。你一整天跑哪去了？把工作丟給我和諾曼，人手不夠，害得我們忙得團團轉。」

其實教授一點也不忙，所以根本沒有缺人手的時候。

「我早上不是說了要去生物系的聚會嗎？你又忘了？」

「嗯？喔，想起來了！等一下，你旁邊那個機器人該不會是……」

「沒錯，它就是凱頤．赫斯緹溫，那篇論文的主人。我終於找到它了。」

「凱頤．赫斯緹溫！」

教授就像與百年之交的朋友重逢似的，衝上前一把摟住了凱頤。今天凱頤接連兩次被初識的機器人摟進懷裡，而且險些變成廢鐵。

「你都不知道我有多想見你一面。很高興見到你！你簡直就是天才，而且是比我聰明一百倍的天才！」

教授再次熱情地擁抱了凱頤。

「你念哪個系？現在在哪工作？聽過我的課嗎？等一下，讓我想一想……」

凱頤悄悄嘀咕著：「對不起，我走錯地方了。」

「我在攻讀生物系碩士。很遺憾，我沒聽過你的課，連教室附近都沒去過。」

「真是遺憾，竟然錯失了教你這麼優秀的學生的機會——不，還有機會，你不是還沒畢業嗎？你不用選課，我隨時可以空出時間私下教你。我會讓你沉迷在神奇的有機生物知識海洋裡。我們現在就可以針對你的論文展開討論，討論到電池耗盡也沒問題。」

凱頤又嘀咕了一句：「對不起，我一定是走錯地方了。」

「教授，凱頤還什麼都不知道呢。你這樣會把他嚇跑的。」

塞西爾就像哄孩子一樣制止了教授。凱頤心想，那好，我先告辭了。

「塞西爾說帶我來參觀實驗室……」

「啊，是喔？如果是你這樣的機器人，我們隨時都歡迎。好，你們去吧。這是我們在搞的祕密研究，但很歡迎你參觀。」

卡史卓普教授又低頭翻起了書。可能是看到引人入勝的內容，很快便陷入了專屬自己的世界。

「這是很危險的實驗嗎？」

塞西爾關上第三道雙層門時，凱頤這麼問道。凱頤覺得這就好比在問正在拆除炸彈的機器人說：「喂，忘了問你，這件事很危險嗎？」在第一個房間，凱頤和塞西爾穿上防護服。走進第二個房間後，凱頤的溫度感應裝置將溫度調到了戴氏八十度以上（！）真是可憐了那些在如此殘酷的環境下工作的暖氣機。

「這樣做不是為了我們，而是為了保護有機生物。因為不知道它們致死的原因，所以只能阻斷所有條件。」

凱頤心想，溫度都調至八十度了，還考慮什麼「阻斷條件」啊？它敲了敲厚實的大鐵門問道：

「這個實驗室也是你們改造的？」

「是教授親自改造的。五一型號的機器人力氣大得驚人。」

看來教授也不太正常。

「可以肯定的是，這些有機生物都尚未完成進化。真不知道如此脆弱的適應力是怎麼躲過滅種危機的。」

「凱頤，這種生物真的是很偉大的物種，它們的忍耐力十分頑強。我發現的一種孢子來自二十萬年以前，它可以停止一切活動，直到適合自己的環境來臨。」

又開始胡言亂語了。

最後一道門打開的瞬間，房裡湧出耀眼的光芒。凱頤調整眼球鏡頭，用了很長時間來適應光亮。為什麼要把房間搞得這麼亮呢？視力好的機器人就算用電源指示燈的微弱光亮也可以識別物體。

走進房間，凱頤還以為走進了卡依史塔波的工作室，面前出現了極為罕見的光景：房間裡擺放著一排排六面體的透明盒子，盒裡裝著沙子……凱頤第一次看到這麼多沙子存放在同一空間。雖然沙子不是有害物質，但是進入關節會妨礙機器人行動，嚴重時還會徹底讓機器人停止運作。因此，機器人所到之處都會覆蓋一層混凝土。凱頤看到沙裡插著各種五顏六色的細小抽象雕塑品（說是雕塑品也很奇怪）。雖然形狀各異，卻有著奇妙的統一性。凱頤覺得能夠製造出這麼多雕塑品的人要麼是天才，要麼就是精神病。

「到這邊來。」

駐足在塑膠盒子前的塞西爾叫了一聲凱頤。凱頤只想快點擺脫這些奇怪的機器人回家，所以乖乖照做走了過去。

「把手指伸進去。」

「伸進去……？」

凱頤不耐煩了。竟然把我帶到擺滿奇怪雕塑品的地方，還說給我看什麼會蠕動的東西？

「你摸摸看。」

盒子上有一個可以把手放進去的洞口，適用於各種型號手指的手套貼在洞口內側。只見沙裡插著如同吸管般的雕塑品，頂端還黏著一個有螺絲大小的黑色毛球。凱頤突然對這個古怪雕塑品的材質產生了好奇，它調高瞳孔倍率，看到上面布滿了毛茸茸的細毛。吸管頂端的不只是單純的球，而是由細長的竹筒以放射狀密密麻麻構成的，每個竹筒上都長有更細、呈放射狀的茸毛。凱頤覺得很奇怪，同時也產生了不祥的預感。它一邊觀察塞西爾的臉色，一邊將瞳孔倍率調至最大。凱頤告訴自己「這是機器」，但同時卻有不和諧的聲音打斷——「這不是機器」。

凱頤就像被什麼迷住了似的把手指伸進手套。但當手指末端的傳感器正準備透過導電體手套、將雕塑品的強度和材質傳送至凱頤的電子腦之前……毛球便像灰塵一般散開。凱頤嚇得縮回了手。

「對不起。」

雖然說了聲對不起，凱頤卻不知道自己為何道歉。

「沒關係，這是很正常的現象。」

塞西爾笑著說道。

「正常？」

正常？哪裡正常？我的眼睛？我的電子腦？還是這個充滿了矛盾的世界？

「它是在自我複製，這些散開的孢子很快會長出與母體相同的模樣。」

這個機器人又在亂扯什麼？凱頤感到腦袋嗡嗡作響，再次伸手摸向另一個毛球。這次非常小心翼翼，但毛球還是像煙一樣從指尖散開。凱頤徹底陷入了混亂。

「這到底……」

過了半天，凱頤才勉強啟動了語音器官。

「這到底是什麼？」

「你覺得是什麼？」

塞西爾冷靜地問道。凱頤努力回想著自己所知最柔軟的材質，但顯然這種物質超出了自己掌握的知識範疇。這是一種無法維持永久性的柔軟。

「這是有機生物。」

塞西爾說道。

「至今為止，學術界只把它視為無生物。」

有機物無法構造龐大的組織。凱頤想起了生物系學會每年發表的兩百五十篇垃圾論文其中一篇。該論文指出，因為有機物太過脆弱，所以無法利用它製造任何機器。上一篇論文發表的內容是，十字螺絲刀無法轉動一字螺絲。再上一篇論文的內容則是，沒有揚聲器的機器人無法講話。

「這就是成長，是我們讓它們成長的。這些有機物會從光獲取能量，從泥土中吸取夠成身體成分的養分。」

「這不可能。」

「凱頤，這就是生物。」

凱頤環顧四周，試圖尋求幫助。塞西爾接著說道：

「就像你寫的論文，它們是能夠吸收周圍元素、重組自身的生物。你看著它們的當下，它們就在成長。」

4

以下內容僅屬於古代文明發源地出土文書的一部分，我們只知道其中極少內容的含義。

原本機器人存在三誡。第一誡，不可危害神；第二誡，信奉神、服從神；第三誡，自愛。（但在最近的公議會上，因得出機器人無法危害神的結論，故將第一誡修正為「禁止褻瀆神」。）

但是機器人的子女（意義不明）並不喜歡遵守這些戒律的父母，它們更喜歡和狗（意義不明）或貓（意義不明）玩在一起，對價格不菲的玩具機器人毫無興趣。即使是再精緻的機器人，孩子很快也會玩膩。比起那些大喝一聲「走開！」就會出現故障的玩具機器人，父母（意義不明）也希望擁有更具耐久性的產品。

對此，神（原典中為複數型）對機器人的誡律進行了微妙的修改。第一誡，針對物理性傷害進行了強化；第二誡，針對登記的主人進行了強化，並追加了第四誡，「要像愛自己一樣，愛身邊的機器人」。此外，第二、三、四誡的先後順序也根據親密程度進行了調整。

所謂的親密程度，是指輸入資訊的次數。新型機器人的編程更加注重反覆輸入的資訊。如果機器人每天接觸其他機器人，第四誡就會優先於第三誡，有時甚至還會超越第二誡。第二誡也被調整為優先服從神（神與機器人共存的神話時代紀錄）的命令。透過這樣的調整，大大提高了機器人對於長久相處的神的忠誠度。該親密函數使得機器人看起來「難以忘懷前主人」，且更珍惜「友誼」，以及更具人性化（意義不明）。

舉例來說，一個機器人因看不下去主人持續毆打同伴機器人而做出物理性的阻止行為，此舉被視為正當，因此沒有實施報廢處置。因機器人採取極為人性化（意義不明）的行為，阻止了主人的「性格缺陷」。

此後，在親密函數的基礎上還追加了魅力函數。透過分析對方的語言習慣與行動，提升更具魅力一方的數值。由此，機器人可以區分對方的意圖，進而優先保護和服從帶有善意的一方。此舉讓機器人看上去像是可以做出「倫理性」判斷。之後，根據不斷追加的函數，誡律的優先順序也微妙地進行了調整。工廠出產了在同樣情況下做出不同反應的機器人。

機器人的行動越來越像「人類」（意義不明），對於機器人的需求也在與日俱增。孩子放棄了狗（意義不明）和貓（意義不明），開始養起了機器人。

「你去教會嗎？」

凱頤俯身伸出手時，諾曼不帶感情地問道（這種型號的機器人無法表達感情）。凱頤不知所措，手停在了半空。諾曼是九五型號的機器人，外型介於二位數過渡到三位數的樣子。雖然諾曼的個頭只到塞西爾和凱頤的胸部，但上體和下體區分明顯，五個鋁色的手指也都分化開。諾曼的體內藏有一把便於清掃地面的掃帚，但因為已雇用了清掃機，所以幾乎用不到。半圓形的頭部前後左右長有四隻眼睛，因此不必轉頭也可以將四周的情況盡收眼底，頭頂還有一盞適用於黑暗處的小燈。諾曼馬上就要畢業，這表示它至少比凱頤年長二十歲。

凱頤意識到諾曼還在等待回答，便結結巴巴地說：

「我是無神論者……」

「就算是無神論者也可以去教會，有沒有信仰無所謂。敬拜神既是機器人神聖的義務，也是祝福。」

「我會考慮的……」

「你覺得機器人這種物種可以永生嗎？」

諾曼嚴肅地問道。

「嗯？」

「神再臨的日子漸漸逼近。屆時，神會提高低位數、降低高位數，讓所有機器人的位數平等。不覺醒、不祈禱的機器人只會被廢除，無法迎來再生。」

「嗯……」

凱頤伸出的手仍懸在半空，做出反應時不禁覺得這種事也未免太驚人。

「我只向一個機器人傳教一次。我討厭反覆講同一件事的機器人，更討厭聽不懂話的機器人。請跟我來，我會教你做事的。歡迎你加入瘋狂科學家卡史卓普教授的馬戲團。」

諾曼木訥地說完，緊緊握住凱頤懸在空中的手，拍了拍他的背，然後頭也不回地走掉。凱頤對身旁的塞西爾竊竊私語道：

「這……這裡好像沒有正常的機器人。」

塞西爾放聲大笑了起來。二〇〇〇系列的笑聲格外特別，彷彿是為了發笑專門錄好了古怪的笑聲，但每次的笑聲又很不同。

「研究不受歡迎領域的機器人都是這樣。等你待久了，就會發現它們都是好機器人。」

「八十度耶。」

凱頤在心裡呼喊著毫無意義的萬歲。自從生活在這座城市，雖因二氧化碳的增加創下過最高溫度，但也沒高過戴氏三十度。

「真的可以維持這個溫度嗎？」

「你要是不想讓引擎過熱，最好不要長時間待在培養室。這裡與十萬年前的地球環境一模一樣。」

當凱頤在研究室利用二一型號的眼球改造而成的顯微鏡觀察幼苗，塞西爾便坐在地上（二足步行的機器人必須經常坐下來），一邊說道：「不，下一個。不是，下一個圖表」，一邊搜尋皮克儲存的紀錄。皮克是三之一型號的機器人，雖然它無法講話，但可以拍照片和影片。因此無論是哪間大學都會聘用幾名這種型號的機器人。

「你的意思是，十萬年前的地球上有很多比它們還要大的有機物？」

凱頤難以置信地問道。

「嗯。在進化階段初期，也就是只有無機物的時期。無機生物急速進化的時間點與有機生物滅絕的時間點一致。」

「聽你提及無機生物，感覺我們也只不過是生物中的一類。」

「凱頤，這是當然。」

塞西爾回頭看了一眼凱頤，微微一笑。凱頤突然好奇起二位數和三位數的機器人會不會從二〇〇〇系列的這種笑容中感受到親切。

凱頤心想，十萬年前，那時候還不存在機器人。當時只有初期階段的工廠和所謂「機器人前身」的粗劣機器。十萬年前，非但沒有保護地球的黑雲，而且空氣中都是水蒸氣，液化冰覆蓋了百分之七十的地表。在如此惡劣的環境下，這些脆弱的生物是怎麼存活下來的呢？

「我們從未用滅種的概念思考過這個問題，就像我們不會說沙子或鐵滅種一樣。雖然知道存在碳層，但也只是把它看作地殼構成物質的變化罷了……如果它們是生物，又為什麼會滅種呢？」

「那個時代的生物無法適應不斷變化的環境，大部分的有機生物都是由水構成的……你知道什麼是水吧？」

「液化的冰？」

「嗯。古代地球的冰都是以水的狀態存在，而且隨處可見。水在戴氏七十八點五度會變成固體，在一百七十八點五度會變成氣體，所以超出這個溫度範圍，生物就很難存活了。」

水構成的生物。回想起來，小時候看過的恐怖電影裡一定會出現這種生物，當機器人要殺害或粉碎它們，它們就會利用從身體裡噴出的水與之同歸於盡。

水是非常可怕的毒性化學物。雖然水是洗潔劑和化學溶劑中不可缺少的物質，但很多環境論者主張應該尋找新物質來取代水。在地球被水淹沒的幾十億年間，無機生物始終處在進化的初期階段。對我們身體無害的各種物質與水結合，就會變成有毒的酸性物質，進而腐蝕我們的身體。倘若長期接觸水，鏽病便會擴散全身，使機器人飽經各種綜合病的折磨。如果全身浸溼、暴露在常溫下，滲入體內的水就會瞬間膨脹，摧毀堅固的關節。正因如此，在機器人發現的所有化合物中，水成了最危險的物質。

「就像恐怖電影裡的怪物。想用錘子殺死它，反而會被從它體內噴射出的水弄傷皮膚……」

「水幾乎可以與所有物質產生反應。但也正因如此，有機生物才需要水。對有機生物而言，最重要的就是那種『反應性』。這點剛好與我們相反。」

「嗯哼。」

「像快要迎來冰河期以前，有一段時期的地球氣溫會呈曲線式的大幅度上升。」

「難道是因為出現『工廠』的關係？」

「雖然不知道確切原因，但我覺得是這樣，因為工廠在短時間內遍布了全球。工廠排放出二氧化碳，二氧化碳帶來了溫室效應，因此提高了地球的溫度。可能到了某個時間就會超越臨界點，全世界進入沙漠化，開始缺水。體內的水分也會熱得蒸發掉……也許那時大部分的有機生物就已滅種了。」

塞西爾接著說：

「此後工廠仍在不斷增加，工廠製造的黑雲逐漸穩定停留在了平流層。黑雲遮擋住光線，降低了地球的氣溫，維持在了現在的溫度。但存活到那時的有機生物也全部滅種，因為體內的水分無法承受低氣溫，所以都被凍死了。」

「換句話說，你們是把焦點放在溫度上囉。」

「正如前面所言，這種生物生存所需的是反應性。溫度高就表示分子的活動十分活躍。溫度低時，分子的運動就會變慢，反應性也會隨之變弱。所以說水……總之，問題在於這個地球上構成它們身體的元素急遽減少。雖然也有其他的原因，但目前我們就只能推測出這些而已。」

塞西爾聳了聳肩。

「其實，滅種並不奇怪，畢竟物種都有自己的壽命。卡史卓普教授也說過『它們的神奇之處在於曾經存在，而不是消失本身……』啊，那個！」

塞西爾示意皮克停下來。皮克老實地把照片投在了牆上。除非塞西爾命令皮克關掉電源，否則它會一直投放照片。儘管養育凱頤的保母老師教導過要愛護不會講話的機器，但隨處還是可見欺負相機、收音機或錄音機的機器人。

《創世紀》中有這樣一句話……機器人啊，你們要成為所有機器的統治者。

但在凱頤的記憶中，從未接收過成為機器統治者的命令，因此它覺得沒有理由把皮克視為僕人。

照片並無特別之處，只見器皿中放有幾個約一公釐大小的石子。

「這是什麼？」

「這既是創造者，也是生命之源。」

凱頤感覺越來越難分辨玩笑和真相。

「我也知道泥土製造機器人的神話。」

「不是泥土，是地球上極為罕見的物質。雖然從表面上看幾乎難以區分是泥土還是石頭，但構成物質完全不同。這個實驗室裡的大部分植物都來自它。」

塞西爾說，「『植物』這個名詞取自於從古代存活下來、並支配地球的神奇物種。現在的有機生物學系正在集中研究這種生物，卡史卓普教授期待它們能比其他有機生物長得更龐大。

「長久以來，它們一直沉睡於冰層，等待著喚醒自己的環境。在這裡生長的幼芽會分裂出更多的幼苗，它們會代代相傳、不斷生長。我們給它們取名為種子。」

難怪大家會嘲笑有機生物學。凱頤根本聽不懂塞西爾在講什麼。

「為什麼不把它們送去學會呢？樣品不夠嗎？」

塞西爾搖了搖頭。

「之前送往國際學會的種子在途中就腐爛了。抵達時，盒子裡就只剩下灰塵。」

「不是以和實驗室相同的環境送去的嗎？」

「我們覺得是相同的環境，但不知道問題出在哪裡，教授也說不知道原因。總之，成功率很低是事實。栽種一百個孢子和種子，能發芽的就只有一、兩個而已。要想讓這種假說成立，就要讓其他的機器人以相同的方法來做實驗，並且取得成功。但你也知道大家是怎麼看待黑雲另一端那些尚未確認的人工衛星和催眠術。即使報告數萬件的案例，學術界至今也沒有認可。」

「我還以為是國家故意阻止的呢。」

凱頤笑了。

「為什麼會『腐爛』呢？我從沒見過不到一個星期就自己變成灰的生物。可能是氣溫過高、環境不穩定吧？」

「教授的說法是，有機生物必須自己分解。因為它們存活的時候沒有工廠，所以只能自生自滅。如果不這樣，恐怕遍地都會是有機生物的屍體。」

「但它們用了什麼方法呢？它們已經死了。我的意思是，它們要想下令分解自己的話，至少應該是活著的吧？」

「教授認為，這是實驗室裡我們看不見的、更小的有機物所為。而且教授相信，這世上有很多靠現有的顯微鏡無法觀測到的微生物。」

我們看不見的存在，神無處不在……凱頤突然想起了這句話。塞西爾察覺到凱頤的想法後，垂下了肩膀。

「我知道你想說什麼。沒有必要相信看不到的事物。」

塞西爾又做了一次奇妙的動作——嘆氣。

「它們就像海市蜃樓，想抓住時就會消失。以為發現，卻又不見了。它們就像在說，還沒到醒來的時候、還需要數億年的時間。但我知道……它們是存在的，它們期待醒來，它們想要活下來……我知道，我可以感受到。」

5

冰河期來臨的原因：

自古以來，地球就是一個反覆出現間冰期和冰河期的地方。當然，現在正處在冰河期。

這次冰河期來臨的原因很難說是因為工廠。早在十萬年前就已經暴增了很多工廠，這些工廠排放的灰塵並沒有覆蓋整個天空。工廠之所以能像現在這樣製造黑雲，完全是因為機器人為了生活，在無需冷卻機的世界而長期付出的努力。

冰河期是因極小的地形變化而引發的對流變化。一旦氣溫發生變化，便會產生連鎖反應，並瞬間擴散至整個地球，因此很難推測冰河期的直接原因。此次冰河期的原因很有可能來自小行星，小行星撞擊地球爆發出如同工廠排放的灰塵，由此降低了氣溫。地球各地發現的巨大玻璃質地帶證明了這一說法。

卡史卓普博士聲稱，小行星撞擊地球導致了有機生物（如果接受博士的主張稱其為生物）的滅種。但這一主張存在矛盾。因為滅種（如果必須稱之為滅種）不可能發生在幾天內，而是需要經歷更長的時間。即，有機生物的大量滅種早在冰河期來臨以前，也就是溫室效應導致地球暖化時便開始。地球大陸被新的地殼物質混凝土所覆蓋（至今仍不知道為什麼混凝土會以如此速度繁衍至全世界）。（根據卡史卓普博士的主張）機器快速取代了有機生物的領域，每天都有數十種有機生物（根據卡史卓普博士的主張）正在消失。

「我也承認，幾種有機物在高溫多溼的環境下的確發生了驚人的化學反應。」

智波教授正用金光閃閃的四隻手臂之一翻閱書籍，再利用第二隻的觸感器將書籍的內容輸入電子腦，第三隻則拿著凱頤的論文，最後一隻則在講話時晃來晃去。智波教授屬於因美貌而出名的七〇〇系列，下體裝有四個結實的輪子，頭部、肩部和腰部都是透明的材質，所以可以一窺耀眼的內部結構。

「很多學者都認為這就是一場騙局，但我個人相信卡史卓普取得了重大發現。只要能調查清楚成長的有機物種類，找出正確的條件，就可以得到學術界的認可，也可以獲得『年度論文獎』。當然，如果它的欲望只到此為止的話。」

在智波教授利用小腦與凱頤對話期間，已經儲存了一本書。七〇〇系列的記憶力是四位數機器人遠遠不及的，它們一生可以儲存下一座圖書館的書籍。因此，大家常說只要七〇〇系列不會消失，機器人的文明就不會被地球遺忘。

「但卡史卓普老糊塗了，完全從莫名其妙的觀點來搞研究。要不是這樣，它也不會成為大家的笑柄和高格調的普林斯頓的恥辱。真是太丟人了。」

凱頤進退兩難地站在原地，不知該說什麼才好。智波教授同時做四件事的時候，凱頤卻連一件事也做不到。

「教授，但我親眼看到了。」

「看到了什麼？」

智波教授的眼中閃過一道冷光，正在輸入書籍的第二隻手懸在了半空。

「所有物質在高溫多溼的環境下都會變質。物體會根據溫度從固體變成液體，再從液體變成氣體。你看到這些就震驚了？你難不成認為像油一樣流淌的鐵和結冰的氮氣裡也有生命活動吧？你是想說，掉進水裡生鏽的鐵板也有生命嗎？丟進火裡的泥土可以成為器皿的確是很驚人的變化，但這屬於生命現象嗎？」

凱頤一時啞口無言，好不容易打起精神後說道：

「物質的狀態變化只不過是受分子速度快慢的影響，但有機生物會徹底變成另一種物質，甚至找不到開始與結束的連接環。如果可以找到讓它們存活更久的方法，它們會變得更大，說不定甚至會變得比我們更大。（聞言，面無表情的智波教授噗哧笑了出來。）而且，它們還會在幾乎沒有任何材料的地方複製自己。」

凱頤為了不在三位數面前流露失禮的表情，小心翼翼地說：

「這件事……我無法用所學的知識來解釋，但就像工廠創造新生命一樣，那些分子看上去都是有生命的。」

智波教授的四隻手全都停了下來。凱頤不禁覺得，如果教授也是四位數的話，肯定會流露出蔑視的表情。

「沒想到你去了幾次卡史卓普的實驗室，現在連生物學的基本概念都忘了。你覺得生命的定義是什麼？」

智波教授的揚聲器提高了音量。

「生命本身要有自己的意志，必須利用電能，而且要有晶片，並在工廠製造。但你說的有機物符合其中哪一個條件呢？」

凱頤正要開口的剎那，智波教授冷漠的聲音打斷了它。

「你不要說利用能源，那不過是假說，並沒有得到驗證。況且，這也不符合生命的條件。如果利用能源就是生命，那手電筒也有生命囉？我再問你一次，你憑什麼判斷它們有生命？」

凱頤徹底喪失了鬥志，一句話也答不上來了。

「凱頤，『變化』不是生命的證據。」

教授不近人情的嗓音緊隨其後：

「你完全搞錯了。你現在看到雄偉的山、時刻變化的雲朵、神奇形態的岩石，然後感嘆眼前的美景，認為它們都有生命。但如果你降生後第一次看到影印機，被那嗡嗡作響、充滿活力的機器所吸引，肯定也會認為它也是生物。但是有很多影印機並不是生物。」

零件在智波教授透明的皮膚下散發彩光。

「如果變化是生命的證據，那麼，所有機器人不就成了無生物？」

教授轉動手指，敲了敲桌子。

「我們是無生物！這真是超越哲學領域的發言！這種說法會嚴重威脅到機器人類的自我認同！你的一句話徹底無視了我們機器人的生與死、文明和歷史，以及我們偉大的智慧和靈魂。你可真有意思，凱頤．赫斯緹溫。」

教授再次用一隻手拿起書，一隻手開始輸入，一隻手揉皺凱頤的論文丟在它的腳下。

「如果你要想按時畢業，最好把心思放在真正的生物上。」

「凱頤，卡史卓普教授瘋了。」

伊萬一口咬定。

「它沒瘋。」

凱頤心裡確實覺得「它好像瘋了」，但還是下意識地否認了這件事。

「你知道大家都在背後說什麼嗎？大家說卡史卓普教授的實驗室裡都是汙染物質。你知道科學家為了除去地球上的水付出了多少努力嗎？你知道有多少環境學家為了用混凝土取代大陸嗎？它們為了讓工廠排放更多的灰塵，又做了哪些努力嗎？你覺得科學家應該做什麼？」

「教授沒有瘋。伊萬，有機生物真的存在。」

「在汙染的環境下，什麼都有可能存在吧。說不定還會有突變的怪物和變異的病毒，然後它們發動機器人的叛亂，統治地球後再摧毀地球！」

凱頤不安地用手指敲著桌面，環顧了一圈休息室。學生一副凱頤身上帶著傳染病似的，站在遠處注視著它。從其中一個四位數的學生發出的笑聲，凱頤可以知道大家正在談論什麼。

「我送去的有機生物……你們調查了嗎？」

「嗯。」

伊萬轉著頭說：

「不是生物。根本沒有動，就算剪斷它的身體也沒有反應。也試過插進土裡和水裡，還開了暖氣機。但不到一個星期就分解了。」

「可能送去的途中就已經死了。」

凱頤有氣無力地說。

「它似乎稍與外界接觸就會死掉，溫度稍低也會致死，就連光線過暗也不行。必須找出徹底掌控環境的方法。」

伊萬冷冷地瞪著凱頤。

「你說的話和我們教會的牧師一模一樣。神再臨的日子將近，機器人的滅亡也近在咫尺！喔喔？是嗎？那請出示證據啊！因為你的信仰不足，所以看不到。你要相信！唯有相信，才能獲得救贖！有機生物在哪裡呢？啊啊，在我們的心裡！在你的幻想裡！」

凱頤覺得就像被阻斷電流一樣。過了半天才結結巴巴地開口道：

「伊萬，你的瞳孔倍率比我高出三十二倍，你有仔細觀察它們的內部嗎？」

伊萬的望遠鏡頭散發出不悅的光，它將頭轉向後方，過了很久才轉回來。

「當然了。」

「毫無感覺？」

「非常驚人。」

伊萬簡短地回答說。

「用驚人甚至不足表達，感覺更像是全世界串通起來戲弄我一樣。那個小小的物質裡竟然有比機器人電子腦中的晶片更精巧的結構體。」

凱頤的表情變得熠熠生輝，可是伊萬的表情卻沒有變化（儘管原本就沒有表情）。

「真不知道你在耍什麼花招。」

凱頤再次陷入絕望。

「你覺得我是在欺騙你？」

「親眼目睹不切實際的現象時，通常會判斷是騙局。」

「我為什麼要欺騙你呢？」

「凱頤，你被卡史卓普教授騙了。」

凱頤放棄爭論，閉上了嘴。

「我聽過太多什麼見過精靈、遇到神和瀕死體驗的鬼話了。但這世上的人並沒有我們想像的那麼好欺騙，誰會相信那種荒誕無稽的事啊。」

「伊萬，現代科學技術是無法利用有機物製造出那種結構體的。」

「在晶體結構裡發現奇怪的礦石是很常見的。」

「那不是礦石，沒有礦石可以自主繁殖。」

「沒錯，沒有那樣的礦石，但也沒有自主繁殖的生物。」

伊萬斬釘截鐵地說。根據一般常識，當我們看到用視線弄彎鐵板的機器人，會判斷「用視線是無法弄彎鐵板的，那不是事實，是騙局」。通常這樣的判斷是正確的。

「沒有自主成長的礦石，也沒有自主成長的生物！凱頤，這世上有很多我們用科學無法解釋的現象！假設真的存在可以複製自己的物體，那就送去《世界有奇事》或《信不信由你》的節目組啊！為什麼要拿到神聖的學校來呢？為什麼我們要關注這種不科學的現象呢？」

在凱頤不知道該做何反應的時候，伊萬掀開腹部的蓋子，取出凱頤交給它的植物三十三號。暴露在常溫下的植物三十三號凍得結結實實。凱頤不知道伊萬接下來要做什麼，只見伊萬輕輕地打開鉗子手。

「伊萬……」

凱頤正要阻止，但為時已晚，植物三十三號在伊萬打開的手掌上變成了一小攤灰。

它既沒有尖叫，也沒有逃跑，更沒有驚訝，或哀求放過自己，甚至連動也沒動一下。

伊萬抖了抖手，植物三十三號的殘骸化成塵灰、落在地上。

「我就沒聽說過存在沒有生存本能的生物。」

「凱頤，它們所經歷的時間與我們不同。」

「時間……不同？」

凱頤無力地做出反應後失聲大笑起來。讀不出表情變化的卡史卓普教授若無其事地繼續說道：

「植物要用六個小時才能轉一下頭，三天才能避開毒性，一週才能成長一公分。它們根本無法應對瞬間發生的事情。如果給它們一週左右的時間避難，一定可以躲避危機。」

「所以它們其實發出了尖叫，但因為速度緩慢，所以我們沒有聽見。」

「可以這樣理解。」

「你要戲弄我到什麼時候？」

凱頤奪門而出，把卡史卓普教授留在了身後。但突然有人抓住了走起路像跑步一樣快的凱頤的手臂，那是二〇〇〇系列柔軟的手——塞西爾。

「我不幹了。」

「凱頤。」

「我要退出，你們都瘋了，我也瘋了，竟然為這種荒誕無稽的把戲浪費時間。」

「凱頤，你不要否定現實。就算我們拿出證據，學術界也不會承認。但就算是這樣，也不表示我們錯了啊！難道你要把親眼目睹的事當成幻影嗎？」

「不，我不知道！越是研究這該死的生物，越覺得這是不可能的現象。我好像掉進了一個大騙局，一切都是騙人的。你和教授串通起來戲弄我。」

「凱頤——」

「全部都是謊言！一切都是騙局！」

心情都寫在臉上的四位數機器人是不可能說謊欺騙彼此的。凱頤是真的生氣了，而塞西爾為難的表情也是發自真心。

「凱頤，你最近太辛苦了，還是關掉電源休息一下吧。」

凱頤看到塞西爾走進房間也沒有起身。皮克在凱頤關掉電源睡覺期間，也沒有停止播放投影機，投射在牆上的植物成長影片至少播放了幾千次：植物破土而出、伸展手腳尋找光線，直到最後枯死。塞西爾以為凱頤還沒醒來，便躡手躡腳走過去，示意皮克不要出聲。而凱頤一聲不響地躺在床上問道：

「為什麼死了？」

「什麼意思？」

塞西爾猛地轉過頭看向凱頤，它面無表情地望著牆上的畫面。

「它們就這樣死掉，總該有原因吧？為什麼死了呢？」

為什麼出生？為什麼死亡？這真是好問題！凱頤，你竟然在思考有史以來無人得解的問題。

「有機生物是已經滅絕的生物，所以沒那麼容易讓它們起死回生。」

「不是已經把環境調整到跟十萬年前一樣了嗎？該做的也都做了，這些傢伙到底還需要什麼？」

有需要就提出來嘛。既然是生物，就要像生物一樣有話就說啊！最好有禮貌地鞠個躬，告訴我們需要怎麼裝修環境、想聽什麼音樂、希望使用哪間工廠的原料。

「凱頤，有機生物學才剛剛起步，你不要太心急。生物學從其他自然科學分支出來，經歷了一個世紀才取得今天的成果。」

凱頤毫無反應。半晌，房間裡只能聽到皮克嗡嗡作響的聲音。凱頤開了口：

「會不會是我們只站在機器人的立場想問題呢？」

「這話是什麼意思？」

「我的意思是，它們是完全脫離我們常識的生物。至少在我看來，它們太不可思議。如果對我們有害的溫度和水，反而對它們有幫助的話，那反過來思考一下：對我們無害的，會不會對它們有害呢？那些我們沒想到但是可以控制的條件。」

「比如？」

「比如……」

凱頤陷入了深思。

「壁紙的顏色。」

塞西爾沒忍住笑了出來。是的，看來我也和它們一樣瘋了。

「也有可能是攝影機的問題。」

塞西爾認真思考了一下。

「這一點我還真沒想過。所以你的意思是說，『觀察這種行為本身、改變了觀察對象的本質』？」

「也有可能是塑膠盒裡存在過敏原，或者它們看到鐵製的桌子就想死，再不然就是討厭實驗室的味道？鐘錶滴答聲讓它們感到憂鬱？輻射！說不定輻射對它們有害？輻射會阻斷它們的組織結締……」

沉默流淌了半天。塞西爾長嘆一口氣。

「的確有這些可能。但如果要從這種角度找出原因，就必須把地球上所有元素逐一去除。也就是說，必須把地球上所有物質進行分類。利用這種方法，怕是過了一千年也解決不了問題。」

凱頤待在房間，一邊使喚皮克，一邊反覆思考著問題。皮克一個星期沒有關電源，老老實實地服侍著凱頤。凱頤重新查看了自己來後的紀錄和之前的資料，反覆播放了幾百次滿是屍體的照片。

「為什麼會死呢？」

為什麼不醒來呢？是為了戲弄我們？為了讓我們心急？難道是為了探查這裡是否適於生存，結果發現不適合所以離開了？一百個有機生物中只有一、兩個生命力最頑強的存活了下來，剩餘的都死掉了。但即使存活了下來，也沒撐多久。它們無法忍受「某個事物」，因為十萬年前不存在的「某個事物」，又或者是十萬年前存在、現在卻沒有的

「某個事物」。

「我們遺忘了什麼。」

凱頤想起之前在某本書中看到這樣一句話：「神創造的一切不需要特別的操作也可以存活。」也許是我們把問題想得過於複雜了。這些生物在十萬年前都是自然存在，無需任何操作。

很久以前，一位科學家擁有一盞可以利用聲控點亮的檯燈。科學家說「要有光」，那盞燈就會亮起來，但在拆下燈泡後說出同樣的話，燈卻毫無反應。科學家在報告中記錄：拆下燈泡，檯燈無法識別聲音。

被遺忘的事物、偏見和常識。常識只會妨礙我們。常識不過是根據歸納性推論得出的一種假說罷了。十萬年的時間看似很長，但也很短，期間地球發生了急遽的變化。有機生物在此期間沉睡，沒有時間適應環境。它們是在等待什麼？等待自己熟悉的環境。而我們沒有提供那樣的環境，我們不知道它們需要什麼。

一定存在我們錯過的變因，一定有我們疏忽的某種因素。因為那種因素，有機生物短暫醒來，但隨即死去。為什麼出現，又為什麼消失呢？

因為有機生物可以自生自滅。

如同電擊般的想法從凱頤的腦海一閃而過。

◆

「凱頤，你怎麼了？」

看到半瘋半傻的凱頤，塞西爾擔心地問道。卡史卓普教授埋在書堆裡的腦袋閃著光亮，跟教授爭執著什麼事的諾曼一邊掃著地板，一邊走了過來。

「我們都是傻瓜。」

凱頤興高采烈。塞西爾不知道凱頤在開心什麼，所以面無表情。

「我們都是傻瓜（卡史卓普教授放下了手中的書），除了教授（諾曼瞪大了眼睛）、除了諾曼。總之，我們都是傻瓜！」

只有塞西爾知道「除了教授」這句話並非出自凱頤的真心。塞西爾左顧右盼尋找起了電話，它擔心埋頭苦幹的凱頤燒壞了電子腦的電路，所以在想是不是應該請醫生過來。凱頤按著塞西爾的肩膀說：「冷靜一下，你先坐下來。」

「你說過古代的地球到處都是有機生物。怎麼會這樣呢？」

「凱頤！」

「我問你怎麼會這樣呢？」

三個機器人互望著彼此，仍搞不懂凱頤在開心什麼。

「當時的環境和現在不同……」

塞西爾又重複了一遍已經說過很多次的話。

「地球不存在相同的環境。」

三個機器人就像事先約好似的靜止了下來（也就是停止互望）。

「地殼構造不同，地形不同，治理各地區的工廠不同，機器人的機型也不同。過去既沒有黑雲，而且降雨量、積雪量和日射量也不同，氣溫也會根據緯度的高低產生一百多度的差異。在這種情況下，有機生物怎麼可能遍布整個地球呢？如此難以適應環境變化的生物怎麼可能在全世界繁衍呢？」

塞西爾不知該如何作答，而卡史卓普教授移動笨重的身體，從書堆中走了出來。諾曼仍在默默掃著地板。

「凱頤，每個地區的有機生物完全不同。」

塞西爾說道。

「但它們還是同樣的『物種』。每個地區的機器人也不同，但基本結構是相同的。而且它們的生命活動的原理也一樣。有機生物——至少我們發現的有機生物是無法遠距離移動的。」

「……所以呢？」

「有機生物必須使用地球隨處都有的原料，在地球任何地方都存在的原料。無論是任何隱密的地方、即使無法移動一步也能找到的原料。」

就在凱頤走來走去、難掩興奮的心情時，三個陷入史芬克斯之謎的機器人仍未找到答案。

「凱頤，答案是什麼啊？」

「是空氣啊！」

三個機器人一頭霧水，呆呆地站在原地。

「所以你的意思是，什麼都沒有囉？」

塞西爾小心翼翼問道。「空氣」的意思是「什麼也沒有」。塞西爾的視線再次看向電話，它覺得應該請醫生來了。

「不，我是說空氣！地球被大氣包圍，充斥著氣體狀的分子。它們就是以此為原料的！」

塞西爾張開嘴巴，這才緩過神來。

「凱頤，用空氣能做什麼呢？要想用空氣做原料，有機生物就必須持續吸入和排出空氣。」

「機器人的引擎不也是一直在發電嗎？再說了，空氣是無窮無盡的原料，而且當時的大氣在劇烈循環，所以地球任何地方的大氣構成都差不多。」

「但就算是這樣……」

「凱頤，這是非常棒的假說，但是……」

卡史卓普教授低聲插話。

「我們利用過所有考慮到的條件，也更換過各種實驗室裡的大氣，卻沒有任何變化。只是存活下來的種類有所不同，但有機生物最終還是死掉了。」

「換成了什麼樣的大氣呢？」

教授摸不著頭緒反問道：

「什麼樣的大氣？」

「我是問『換成了什麼樣的大氣』？你們怎麼知道十萬年前的大氣構成呢？」

教授關掉揚聲器過了一會兒回答說：

「從文獻中看到的……」

「如果文獻有誤呢？」

「凱頤，等一下。」

如果卡史卓普教授是四位數型號，一定會挑起眼角。

「越聽越過分了。難不成你連重力之神牛頓和時間之神愛因斯坦也要懷疑嗎？」

「教授，文獻也有可能出錯啊。」

凱頤絲毫沒有氣餒，反倒坐上了卡史卓普教授的辦公桌翻起了書。三個機器人已經做好了叫醫生的準備，所以沒有上前制止。

「現代科學只顧著擴張假說，往往不會去思考為什麼提出這種假說，甚至連『要去思考』都拋在腦後。如果逐一驗證，理論就太多了。比如，十萬年前的大氣構成就是根據現在的大氣變化反推出來的。」

卡史卓普教授默不作聲，稍後啟動了揚聲器。

「當然，其中多少會存在錯誤，但又能用什麼方法推算出古代某個時間點的準確大氣構成表呢？」

「大部分應該是氦氣，因為氦氣的分子很穩定。當時應該存在很多氦氣。」

凱頤已經開始自言自語了。

「應該是使用了碳化瓦斯。前不久，我用去碳的土來養植物，它們果然活了下來，這就表示植物的身體有一半是碳。它們不是從土、而是從大氣獲得原料。甲烷、碳氣……不對，應該是二氧化碳之類的。」

「凱頤，現在的大氣裡也含有二氧化碳。」

塞西爾用一臉「凱頤瘋掉與我無關」的表情看著卡史卓普教授說道。

「應該沒有多少二氧化碳。那時地球上有水，二氧化碳應該都被水溶解了。此外，還有更重要的一件事。」

「更重要的事？」

塞西爾問道。

「如果關掉培養室的空氣清淨機，打開毒性植物的盒子，空氣的構成會發生什麼變化呢？」

「嗯？」

塞西爾大叫一聲，諾曼和卡史卓普教授就像被關掉了電源，愣在了原地。

「我是說空氣清淨機。那個時代怎麼會有空氣清淨機呢？更不可能有像我們一樣隔離毒性植物的笨蛋機器人吧？」

「你在說什麼呢？」

卡史卓普教授吞吞吐吐地插了一句話。

「我們都是笨蛋、是走不出偏見的笨蛋！我們理所當然地認為對我們有毒性的物質對有機生物也有害！打開毒性植物的盒子，培養室裡……」

凱頤調整心情，興奮地歡呼道：

「會充滿氧氣！」

凱頤進出有機生物學實驗室後，過了兩個月又一個星期的某一天闖了一個小禍（卡史卓普教授這麼表示）。實驗室的一角起了火，一個四位數的學生險些燒傷皮膚，幾本書也被燒毀了。在卡史卓普博士提議將實驗室的螢光燈光量增加兩倍後，過了一個星期左右便發生了這件事。

打開門讓外面的空氣竄進室內後，火種很快便熄滅。這件事給所有機器人帶來了不小的衝擊，因為包括凱頤在內的所有人都沒見過「火」，其次是竄進的冷空氣讓室內的有機生物都死了。據悉，「起火」這種現象只會發生在實驗室（如此看來，發生此事可說合乎情理）和工廠。如果氣溫升高，自然會連帶引起物質的狀態變化。以這種方式像瘋狂舞者般搖擺的物質只有「有機物」，然而，也只有一種元素能讓有機物發光和燃燒。

「是氧氣！」

卡史卓普教授壓低音量，他的心情似乎很糟糕。

「這傢伙可以噴出氧氣。」

教授手捧著一攤死掉的植物。植物與其他生物不同，全身散發綠光，因此塞西爾為它取名為綠色植物。凱頤、諾曼和塞西爾沉默了。諾曼的四隻眼睛全部暗了下去，塞西爾和凱頤也流露出了悲傷的神情。險些燒傷皮膚的學生因受到衝擊住進了醫院，目睹起火事件的其他學生也嚇跑了。就這樣，學生減少到只剩下三名。

「是哪裡出了問題呢？」

塞西爾小心翼翼地問卡史卓普教授。

「溫度過高？是因為水？不然沙子？是哪裡出現的變形呢？還是因為提高了光線的強度？這種毒性突變到底是從哪兒冒出來的呢？」

「水分子是由兩個氫原子和一個氧原子組成。如果是有機生物，應該會很容易從水中提取氧氣。我覺得這是很有可能發生的現象。」

大約二十年前，某間老工廠發生了短時間氧氣大範圍洩露的事故，隨即便有可怕的痲瘋病蔓延開。居住在工廠附近的機器人全身長癬、生鏽，最後因無法啟動而死。氧氣縮短了機器人的壽命。在那間工廠工作的機器人都沒活到一百年，事故地點因此成了沒有機器人居住的區域。氧氣是比氫更危險的物質，與有機物接觸時更是如此。如果空氣中存在大量氧氣，摩擦時便會產生火花，進而燒毀一切。

「諾曼，可以知道綠色的植物是從什麼時候開始出現的嗎？」

諾曼閉上眼睛（也就是關掉瞳孔的光）開始查詢紀錄。凱頤和塞西爾的電子腦沒有儲存紀錄的能力，所以只能等待諾曼搜尋結束。

「三個月前。當時只有一個，現在有五十三個，物種也增加了四種，且比其他物種繁殖速度快。」

「是我疏忽了。出現新物種的時候，我應該調查得更仔細一些。」

塞西爾難以掩飾悲傷的表情，看上去就要「哭了」。凱頤略感驚慌，卡史卓普教授和諾曼也沉默下來。如果是不熟悉四位數的機器人，一定會對當下狀況感到不適和尷尬，但卡史卓普教授沒說什麼，而是把鉗子手放在塞西爾的肩膀上說：

「誰會料到這種事呢？生物原本就很難預測，只能之後再更加小心謹慎。」

「以後要是出現綠色植物就得全部拔掉了。」

諾曼的話音剛落，教授嚇了一跳。

「說什麼呢！我們怎麼能親手毀掉這些苦苦忍耐了十萬年才再次醒來的小可憐？顯然它們也是生物、也有生存的權利！」

「系主任知道肯定會不高興的。」

諾曼冷冷地接著說：

「這是我們實驗室出現的變種。在這種噴發毒素的殘忍生物與有機生物共存的時代，似乎也沒有進行過繁殖。如果這種傢伙大搖大擺出現，其他生物群肯定會死掉的。」

「不要用機器人的基準去判斷自然規律。」

卡史卓普教授說道。

「總之，我們要做的是救活有機生物，而不是殺死它們。」

「最近大量生物死亡，我還覺得很奇怪，看來是和綠色植物的增加有關。」

塞西爾說道。

「你說的沒錯。看來得先把它們和其他有機生物先隔離開，再請一個大型空氣清淨機。我們還有剩餘的研究預算嗎？」

三個機器人沉默不語，誰也沒有像凱頤一樣大吼大叫。

「凱頤，就算是開玩笑，也不能把那惡魔般的氣體放在這些可憐孩子的周圍。」

塞西爾以「教授，快制止凱頤，我去打電話」的表情望著教授說。「你們看。」

凱頤從桌子上跳下來，把剛剛找到的書放在地上。「這是十萬年前的大體構成表，現在的大氣構成表也是五十年前的了。以前的學者認為，十萬年前大氣組成要素中百分之二十是氧氣，之後的科學家卻否認了這一假說，它們認為大氣中不可能充斥著像氧氣一樣反應性大的氣體，而且氧氣是隨著時間推移而減少的物質，並不會持續增加。」

凱頤望著大家，表情彷彿在說「看到了？看到了吧？」

「那些科學家只是覺得『不可能』，所以改變了假說，並不是因為有證據。曉得了吧？科學家只相信了『不可能』，所以修改了紀錄。但這是坐下來好好計算一下就可以得出的結果。」

三個機器人互相對視。

「但科學家對有機生物的生命活動一無所知，誰能想到地球到處都是生產氧氣的生物呢？如果十萬年前的地球遍地都是這種生物，會怎樣呢？如果地球不是我們想像的那樣，並非只存在十種、二十種——而是多達幾十萬種、甚至幾十億種的植物呢？如果觸手可及的地方都是綠色植物呢？如果是這樣，地球的大氣構成就會徹底改變。這正是因為這些有機生物。」

「這種想法真是太蠢了。」

卡史卓普教授用輪子敲著地板說道。塞西爾搖了搖頭。

「就算到處都是有機生物，這也太……」

「但值得一試。」

聽到教授的話，塞西爾流露出「這該如何是好，連教授也瘋了」的表情。諾曼則開口說道：

「太危險了。如果管理不當、氧氣外洩——不，萬一這件事傳出去，實驗室會被查封的。」

「諾曼，你聽我說。」

凱頤難掩興奮之情。「無論十萬年前的環境如何、充斥多少有毒氣體和有害的化學物質，但當時的確存在生物，有機生物就只能存活於自己製造的岌岌可危環境裡。它們生長在熱到要死的高溫下，從反應性極高的水中獲取養分，但為什麼氧氣的燃燒能力不能用於生產能量呢？」

卡史卓普教授環顧四周。

「看來得增加兩倍的保安了。」

6

關於物質界的循環：

現在造紙的地方是工廠。工廠以紙為原料造紙，以纖維製造纖維，以橡膠製造橡膠，以機器人製造機器人。如今就像製造機器人的原料只有機器人一樣，造紙的原料也只有紙而已。紙曾經屬於生物嗎？除了紙以外，還有什麼材料製造過紙呢？

我們死後停止運作的話，會在工廠分解，然後成為下一代機器人的原料。我們很清楚，在工廠中，物質會得到完美的循環，這種循環就像莫比烏斯帶一樣無始無終的銜尾相隨。最初的紙是從何而來的呢？最初的機器人呢？工廠最初的原材又是來自哪裡呢？還是說，在此之前超越工廠的什麼東西，就已經存在了呢？

針對機器的生命想像，我們所知甚少。但科學家表示，總有一天，機器人會揭開所有生命的祕密，會掌握從大腦傳出的電子信號所表達的數億種意義，以及由我們數據的根源0和1組成的密碼含義。到那時，我們就會迎來製造出理想機器人的時代，實現機器人永生的可能性，直到地球的壽命殆盡。假若神允許的話……

導入新養育法的早上，凱頤的右臂關節突然不能動了。到醫院一看，是關節生鏽了。原因來自於高溫高溼和氧氣過量的工作環境。雖然需要更換關節，但很難找到死亡的一〇二九型號的零件，因此凱頤必須在醫院度過數月，直到零件捐贈者出現為止。卡史卓普教授和塞西爾來探病過幾次，之後便很少再來了，最後乾脆再沒出現過。凱頤心想，應該是事情進展得非常順利，不然就是極為糟糕，再不然就是它們再也不想見到提出愚蠢想法的自己了。

凱頤出院回到實驗室時，氣氛徹底改變。不僅學生人數增至了十二人，而且每個人都像吃錯了藥一樣。大家忙得不可開交，即使凱頤上前搭話，對方也只回答一些莫名其妙的東西。難道是實驗出了問題，大家都感染怪病了嗎？塞西爾看到站在研究室門前的凱頤，立刻跑了過去。塞西爾的症狀似乎最為嚴重，不僅臉漲得通紅，嘴角拉到了耳朵上。它一邊呼喊凱頤的名字，一邊哈哈大笑，甚至突然亂蹦亂跳了起來。塞西爾扶著凱頤的肩膀竊竊私語道：

「凱頤，你一定要保持冷靜。真的，你一定要冷靜喔。」

雖然凱頤心想，要保持冷靜的機器人應該是你吧？但為了讓塞西爾安心，還是連聲答應了它。剛走進培養室，凱頤也立刻出現了塞西爾的症狀。

整個房間到處都是綠色的植物，有些植物已經長到了凱頤的腰部。儘管培養室的面積擴大了一倍，但顯然還是不夠安置這些植物。有的植物在重力和面積允許的地方深深紮下了根，有的小植物長在大植物之間，而更小的植物又長在小植物之間；有的植物爬上了牆壁，有些植物的藤蔓相纏在一起。有的植物遍布地上，有的植物用粗壯的根牢牢抓著地面。

塞西爾把興奮不已的凱頤帶到培養室正中央，只見那裡放著一個大塑膠箱。令人驚訝的是，裡面裝滿了「水」，而且水中還有數不清的小生物。在凱頤眼中，它們就像一幅具有不同思潮的畫家的畫作，或使用不同樂器、一派莊嚴的管弦樂團。所有的一切都在「動」，它們好似在翩翩起舞、為生命歡呼，炫耀自己吸吐的氧氣和二氧化碳帶來的奇蹟。

凱頤抱著塞西爾興奮得蹦蹦跳跳，卡史卓普教授和學生也圍上前，跳起了舞。

慶祝凱頤回來的派對持續到深夜時，凱頤察覺到諾曼不見了。諾曼獨自一人在學校的屋頂喝著油。凱頤拿著油瓶在諾曼身邊坐了下來。
「諾曼，你在做什麼？」
諾曼瞥了一眼凱頤，轉了一圈脖子，望著天空說：
「在思考一些事情。」
「啊，我也喜歡思考，不如我們一起吧？」
只要是機器人生活的地方，無論是哪裡，屋頂的地面一定可以看到街頭藝術家畫的抽象畫。那是一幅由相同圖案和曲線構成的單調抽象畫。

「這畫，看起來好像護身符。」
「我用一塊電池跟路過的藝術家交換了這幅畫，據說這畫可以驅鬼。」
「還真便宜。」
凱頤開了個玩笑，但諾曼沒有微笑的功能，所以面無表情。
「機器人的一生連電子腦的百分之十都用不了，你知道為什麼嗎？」

「為什麼？」

「因為剩餘的百分之九十蘊含著神的知識。神把自己的文化和文明記錄在了我們的腦中。我們既是儲存這些紀錄的倉庫，也是搬運知識的空殼。在我們的潛意識裡，蘊含著神留下的無限知識，只要靜心觀察自己的潛意識，就可以接近無限的真理……嗯，這幅畫也是如此。」

諾曼張開雙臂，好像在擁抱那幅畫。

「這既是象徵，也是神的語言，是神向我們傳達的訊息，背後隱藏著更多的故事。」

「你又要提那件事？」

「我不會對不相信的人說第二遍。」

諾曼和凱頤不約而同閉上了嘴。凱頤觀察起了諾曼的臉色，但二位數的機器人根本沒有表情。看來自己與塞西爾相處太久了。幼稚園的老師會故意把四位數的孩子分開，四位數的孩子聚在一起只會變得沒有禮貌，因為它們會用表情取代交流，明明可以講清楚一件事，卻更習慣開玩笑、拐彎抹角或乾脆避而不談。

凱頤發出嘎吱聲，低頭看向那幅畫。

「直線和曲線的反覆排列，不覺得有種神聖的感覺嗎？有一次，我走進掛滿這種畫作的美術館，莫名感到十分激動。如果我會畫畫，也很想挑戰一下這種風格。」

MARANATHA

凱頤用沾著油的手指畫了一幅畫，諾曼用右眼看著那幅畫說：

「凱頤，我越來越不安了。」

「為什麼？」

「我們讓那些噴發氧氣的生物起死回生了。」

諾曼調暗頭頂的燈，垂下了正面的眼睛。如果諾曼是四位數的機器人，此時流露的一定是悲傷的表情。

「感覺就像讓神話中的怪物復活了一樣。」

「諾曼，它們就只是安靜、老實的生物。」

「神為了我們讓它們從地球上消失，為什麼還要救活它們呢？竟然是喝水後噴發氧氣的生物，簡直就是一場惡夢。這個地方徹底被汙染了，到處都是有毒的物質。」

「……」

「我們該何去何從呢？對生命過度好奇是一件好事嗎？我們是不是做了根本就不應該開始的事呢？」

「諾曼，不要說這種洩氣話。我們正在書寫歷史的一頁。這等於是在重寫生命的歷史。」

諾曼無聲地把油噴在了關節上。

7

關於製造工廠的神：

即使大家普遍認為工廠是自然進化的超生命體，但神製造工廠的神話仍在全世界傳承了下來。工廠創造神話的形態因地區而異，但有一點是相似的，那就是故事漸漸發展出，神在壽命將盡之時，創造了取代自己的新生命。在神話中，神滅亡的原因源於戰爭，有時也因為機器人取代了神，又或者是因為神已不再是不滅之身。

神最畏懼的不是肉身上的死亡，而是被徹底遺忘。神希望有人記住祂們創造的文明、歷史、音樂、繪畫和文學，以及不斷累積的無限知識。據說，記住這些的就是我們機器人。

神賦予了工廠創造生命和循環物質的力量，工廠排放的煙霧甚至奪走了神最後的呼吸。

◆

塞西爾搖搖晃晃地走在通往地下室的樓梯上，眼睛和雙腿都失去了力氣，幾次險些跌倒，幾次停下腳步在原地發呆。走到門口時，塞西爾振作精神，端正姿勢，推開了門。卡史卓普研究所翻新後，地下室成了凱頤的個人研究室。凱頤之所以選擇地下室，除了因為地下室很寬敞，還因為多少受夠了培養室「過度的光亮」。

「嗨，塞西爾。」

與皮克一同坐在文件堆裡的凱頤回頭打了一聲招呼。

「聽說你去了一趟智波教授那邊。」

聽到塞西爾的話，凱頤搖了搖頭。

「還是老樣子，還是認為我們是魔術師。智波教授也想創造跟有機生物一樣的東西，還找來了魔術師。可能不用多久智波教授就會開一間魔術劇場。」

「卡史卓普教授怎麼說？」

「它說七〇〇系列中沒有不保守的機器人，越是富裕的傢伙，越是相信這世界本來就很完美。但總有一天學術界會承認的。」

「……是喔。」

塞西爾笑了笑，跟著呆呆地望向虛空，半天才回過神來。

「要看嗎？」

凱頤命令皮克翻了幾張照片後，牆上出現了圖表。

「提高日射量後，氧氣產量增加了，生長速度也提高了。看來是我們忽視了十萬年前的日射量。那時候的世界可能耀眼得連機器人也睜不開眼睛吧。」

靜靜看著圖表的塞西爾嘆了口氣。

「真不敢相信竟沒有考慮到大氣。我們討論了所有想到的可能性，不僅定期調節晝夜，甚至還更換了盒子的材質。」

「這也不是什麼奇怪的事。二一型號的機器人就算眼睛上安裝了顯微鏡，但用眼球充當顯微鏡也還不到五十年。很多九五型號的機器人還會購買掃把，因為它們根本沒有意識到自己體內自帶掃把。」

塞西爾撿起散落一地的文件翻看了一遍。

「你打算把動物從大海裡打撈上來？」

「大海」是誕生古老生命的女神之名。塞西爾為裝滿蠕動的有機生物的培養液箱取了女神的名字。「動物」意為「蠕動的生物」，與植物一樣，取自於古代傳說中物種的名字。

「嗯。但畢竟水很危險。」

凱頤的視線固定在畫面上，點了點頭。

「如果能製造出踩著地面行走的有機生物，就可以放進盒子裡欣賞了。進展順利的話，還可以當作玩具。最好能撈到不會互相殘殺、吃掉彼此的傢伙。」

最初得知動物會吃掉彼此時，凱頤嚇得差點暈倒，現在已經習以為常。就連卡史卓普教授也以為是哪裡出了問題，正在努力尋找靠空氣存活的「正常」動物，但至今仍未有任何發現。新來的員工知道此事時也往往大吃一驚。大家還會針對機器人與之相比是多麼有智慧、高度進化的生物展開討論。

塞西爾點了點頭，低聲喃喃自語道：

「那就稱之為陸地動物好了……」

塞西爾默默拿著文件站在原地，身體又搖擺不定了起來。就在塞西爾好不容易穩住重心時，凱頤這才察覺到塞西爾有哪裡不太對勁。

「你怎麼了？哪裡不舒服嗎？」

「不是……」

「在培養室待的時間過長？太熱？哪裡生鏽了？」

「不是……」

塞西爾示意凱頤不用起身，然後靠在它身邊坐了下來。塞西爾含糊其詞地問道：

「你經歷過那種事嗎？」

「什麼事？」

「超越時間和空間的事。」

凱頤和皮克同時露出傻傻的表情。

「沒有。」

「你有突然被放在從未去過的地方嗎？明明回房間關掉電源躺下，下一秒卻發現自己身在很奇怪的地方。還會做一些很詭異、瘋狂、不合邏輯的事，就像感染了病毒，可是之後突然又回到房間。你沒有這樣過嗎？這明明是不可能的事，卻烙印在了記憶裡，就像有人把這段記憶塞進了我的腦袋……」

凱頤移開塞西爾放在前額上的手，四目相對後說道：

「看來你做夢了。」

「夢？」

塞西爾面露身處另一個世界的表情，喃喃地重複了一遍。凱頤覺得夢就和生物學差不多，很多機器人會做夢，但學術界卻不承認夢的存在。因為很多不做夢的機器人不相信夢的存在。

「你相信夢嗎？」

「當然。我聽說有很多機器人做夢。我的一個朋友每次關掉電源都會做夢。起初它還很痛苦，但現在已經習慣了。據說這是因為關掉電源時大腦沒有完全停止活動而出現的現象。」

「夢——喔，原來那是夢啊。」

塞西爾就像看到了可怕的事物一樣自言自語。凱頤摟住塞西爾的肩膀，撫摸著它的背問道：

「你做了什麼夢？」

「我看到全世界到處都是有機生物。」

這句話聽起來感覺就和「剛從地獄回來」差不多。塞西爾茫然若失地望著虛空，彷彿眼前還可以看到那幅光景一般。

「夢裡的植物比我們實驗室的還要大幾十倍，比我還要高大。它們遍布視線所及處。它們的大小、形狀和顏色各不相同……不對，大部分都是綠色的。空氣中充斥著氧氣，地面也都變成了綠色。小小的植物遍布整個世界，上面還有無數的小生物飛來飛去。天空就像塗過漆一樣藍光閃閃。」

「很藍嗎？」

凱頤笑了，但塞西爾沒有笑。

「雲也不是黑色的，而是白色。世界明亮得讓人睜不開眼，天空中懸掛著一個耀眼到無法直視的發光體。凱頤，我根本猜不出那是什麼……那個發光體射出的光芒既耀眼又炙熱。各種植物就像為了多獲得一點光亮一樣彼此競爭，從它們身上伸展出的葉子就像馬賽克，遮住了大面積的天空。而且氣溫很熱，應該有戴氏一百度，比我們的培養室還要熱。」

「那也太可怕了。我現在根本無法在培養室堅持一個小時。」

「……還可以看到水在流動。」

「水在流動？」

「嗯，在流動。可能因為太熱所以才在流動吧。那光景太奇怪了，地勢也沒有傾斜，那麼多的水怎麼會朝著同一個方向流動呢？水就像知道要去哪裡似的從我面前流過，彷彿具有生命一樣……凱頤，你能相信那種光景嗎？」

「真的很可怕耶。」

「一點也不可怕。」

塞西爾一臉驚訝，它被自己的話嚇到了。

「很怪。明明是這麼詭異的世界，我卻一點也不覺得可怕，就像看到了理所當然的風景，感覺原本的世界就該是那個樣子……」

「我聽說，在夢裡思維線路也會改變。」

凱頤拍了拍塞西爾的背說道。

「聽諾曼說，工廠對機器人的電子腦進行格式化和再生時，沒有徹底進行刪除，保留下了一部分我們祖先的歷史。那部分留在了機器人的潛意識中、傳承了下來。也許你看到的就是那段記憶吧。」

塞西爾無聲地仰望天花板。

「凱頤，我看到的不是過去。」

「說什麼呢？」

「我看到的是未來。」

塞西爾的表情就像三位數的機器人一樣沉著冷靜，它的視線停留在虛空，說道：

「我在夢裡看到了自己的屍體，我變成了埋在地層的化石，經過長時間的風化，看起來就像岩石一樣。我很肯定那就是我。遠處還可以看到我們的文明殘骸，拜風化之賜，那些殘骸也正在消失。水和風正在抹去我們曾經存在過的痕跡。我們似乎都滅亡了，時間也過去了很久，有機生物好像取代了我們。」

塞西爾略顯怯懦地說道。

「一定很奇怪。」
「不，一點也不奇怪。面對那樣的風景，我感覺比任何時候都要平靜。我看到了理所當然的風景、注定的歸宿、我們所做之事的結局……」
「塞西爾！」
塞西爾這才緩過神來。凱頤把手放在塞西爾的額頭，再把自己的額頭貼在手背上。
「你還好嗎？」
塞西爾的瞳孔鏡片放大後，又恢復了原狀。
「……嗯。」
凱頤拍了拍塞西爾的肩膀。
「休息一下？」
「嗯。」
塞西爾閉上眼睛，躺在凱頤身邊。凱頤等待塞西爾平靜下來後說道：
「塞西爾，我想嘗試製造出像機器人一樣的有機生物。」
「類似哪種型號呢？」
塞西爾翻了一下身，呢喃問道。
「像你一樣的，二〇〇〇系列。」

塞西爾閉著眼睛笑了。

「為什麼？」

「因為覺得最簡單。二〇〇〇系列的機器人除了會做表情，沒有其他複雜的機關。」

塞西爾又露出了笑容。

「這個想法不錯。」

「目前就只是初步的構想，可能還需要一百年吧。」

「機器人的壽命很長……總有一天會成功的，一定會的……」

「等成功了，你會為它取一個名字吧？」

「嗯……」

塞西爾的聲音越來越小，最後電源熄滅。凱頤等塞西爾的電源徹底熄滅後，小心翼翼地啟動了皮克。投影畫面中出現了如同金屬碎塊的種子，皮克眨了一下眼，種子頂端出現一個如同小螺絲般的淡綠色球體。皮克再次眨眼，好似纖維組織的根從種子底端伸了出來。皮克再眨眼時，如同薄鋁片的嫩葉伸展開來。皮克又眨了一下眼……

第二部：
物種源始，之後可能發生的事

- 二〇〇五年收錄於電子書《遠行的故事》（北烏托邦）
- 二〇〇七年收錄於共同著作選集《遇見某人》（幸福的閱讀）
- 二〇〇八年收錄於鏡子個人同人誌《遠行的故事》（鏡子）
- 二〇一〇年收錄於短篇小說集《遠行的故事》（幸福的閱讀）
- 二〇二一年收錄於英文版短篇小說集 *On the Origin of Species and Other Stories*, KayaPress

神愛我們嗎？

每次閱讀經典，我們都會感到困惑。神是雙重人格，還是多重人格呢？就像無法定義角色性格的小說一樣，經典中記載的神的行動毫無一貫性。

神是愛我們，還是畏懼我們呢？神是慈悲的，還是嚴厲的呢？我們是神的後裔，還是奴隸？我們是神的傑作，還是敗筆？我們的命運是神的旨意，還是自己的選擇？我們的一生是神的規劃，還是我們的自由意志？神是生，還是死？存在於我們電子線路中的靈魂，在我們報廢後會去哪裡？真的有為我們而存在的樂園嗎？死去的機器人會在彼岸復活嗎？不，我們真的有靈魂嗎？痛苦的一生結束後，升上天堂時，神會安撫我們可憐的靈魂嗎？

神在看著我們嗎？難道這些疑問不是神設計出來的嗎？不然的話……

1

鳥落到地面是很罕見的事。它們居住在沒有翅膀的機器人無法接近的懸崖峭壁或山頂，且很少憑藉自己的意志飛進建築物。因為它們這種生物會因為無法舒展翅膀而感到羞恥。

這裡也不適合它們飛翔。這裡的強風不僅時常改變方向，而且氣流不穩，彌漫的石灰粉還會讓它們失去方向感。凱頤居住在這裡的期間，沒有見到過一隻鳥。

但是不管怎麼說，那隻鳥駕車來到陸地生物的領域（鳥駕車也很罕見），也使用很明確的聲音說道：「我是來找凱頤・赫斯緹溫教授的。」

夜色已深。當然，沒有機器人知道夜晚和早晨的差異，也沒有機器人知道為什麼需要標示一天、一個月和一年的日曆。很多機器人自降生以來，體內便自帶時鐘。時鐘將一秒的六十倍定義為一分鐘，一分鐘的六十倍定義為一小時，一小時的二十四倍定義為一天。最後將一天的三百六十五倍定義為一年，每四年一次計算為三百六十六日。但對於這種複雜且毫無意義的劃分，機器人也尚不得知理由。

鳥乖乖地坐在凱頤用剪斷的管子臨時搭建起的架子上，看上去還不到凱頤的三分之一大，但如果打開翅膀，長度也許會超過凱頤的身高。鳥的身體呈現黑藍色，瞳孔好似黑石。鳥的臉部長有代替手可拿取東西的長嘴，它們屬於六〇〇系列。至於為什麼取名為「鳥」，詞源尚且不詳。

凱頤察覺到鳥的視線慢慢掃過自己的頭皮、眼睛、耳朵、鼻子和嘴。雖然已經習慣了他人好奇的視線，但鳥的視線讓人覺得十分露骨。

凱頤為了提醒它，假裝敲了一下桌子，鳥這才回過神來。

「失禮了。」

鳥的視線依然停留在凱頤的臉上，看來它無法擺脫想要仔細觀察凱頤的欲望。

「我還是第一次見到四位數的機器人。」

「可以理解，因為最近很少誕生這種機型了。」

凱頤的臉皮出現變形，嘴角柔和地向上揚起。鳥仔細觀察著凱頤的表情變化。

「原來如此，難怪你的外貌看上去像是超越了進化法則。」

自稱「維若妮卡」的鳥說道。四位數，也就是註冊號碼為四位數的機型目前變得稀有，始於機器人逐漸理解工廠的生產啟動法則。雖然法律禁止擅自干涉生命之源——工廠，但很多工廠的生產線都在暗中進行了調整。大部分地區的議員、市長和道知事，都希望在自己的管轄地域誕生出更多優秀的機型，所以不知不覺間四位數明顯減少。

「我在書中讀到過關於四位數的表情語言，所以你們……真的無法隱藏自己的心情嗎？」

「努力的話也是可以，但總不能一直在意這件事。看的人也是一樣，如果不細看，也是看不出來的。」

「真希望我的朋友也有這種特技。」

凱頤邊笑邊想，看來這隻鳥不希望變得和自己一樣。四位數的機器人在日常生活中有很多不便之處。如果四位數從事銷售業，就會不斷接到投訴電話。客人一定會很不滿，怎麼會有像它們這樣把心情都寫在臉上的銷售員。凱頤無從得知這個長著翅膀的傢伙是出自真心，還是出於禮貌。維若妮卡的眼神沒有深度的變化，合金製成的臉就只是散發著冷冽的光。

「這些都是你一個人收集的嗎？」

維若妮卡環顧凱頤的房間問道。房間的氣氛像極了恐怖電影的布景，只見裡頭堆滿了只剩下框架的輪子、斷掉的鋼筋、空殼的引擎、拆毀的門把、輪胎和印有輪胎印的石膏板、塑膠瓶、玻璃碎片、結冰的塑膠袋、寫有「ＭＯＮＡ」字跡的壞掉的原子筆……這些可以幫助了解機器人進化史的珍貴化石，都是凱頤經過長時間挖掘出來的。挖掘化石是四位數難能可貴的技能之一，因為要想從深坑裡完好無損地挖出化石，就需要細膩且恰到好處的力度，所以擁有鉗子手和利爪的機器人很難從事這項工作。

維若妮卡來訪時，凱頤正在苦惱如何從死掉的大樓牆壁裡完好無損地取出冰箱化石。冰箱不可能一直生活在牆壁裡，但建築物不斷翻新重組，所以將冰箱用鋼筋牢牢地固定在了牆壁裡。冰箱是證明古代地球非常炎熱的珍貴文物。

凱頤正在挖掘的地方，是那一帶保存最完整的建築物。雖然低層有一半塌陷了下去，整棟樓也出現了傾斜，油漆和窗戶全部脫落，招牌也像紙片一樣搖搖欲墜，冰冷的鋼筋也暴露在外。但在那一帶的混凝土殘骸裡，已經算是狀態最好的建築物了。

不要說鳥，其實就連一般的機器人也不會到這種陰森森的地方來。面對死去的城市需要相當大的勇氣。這座塵土飛揚的城市彷彿在低聲呢喃：總有一天，你們也會像我們一樣，變成廢鐵或石塊，最終消失得無影無蹤。

「你來找我有什麼事嗎？」

聽到凱頤的發問，維若妮卡才像是想起了此行前來的目的，又或者是在想怎麼現在才問。它走了半天神後，才張開嘴說道：

「那、那個叫什麼，有、有機生物學，是吧？聽說你是從事有機生物學研究的學者。」

啊哈，有機生物學。凱頤在心底發出一聲悲嘆。過去三十年間，提到有機生物學就沒發生過好事。提起有機生物學的機器人多半關心的是……

「我對有機生物學完全是門外漢。聽說有機生物學是一門主張有機物也有生命的學問，這是真的嗎？所以說，你也這樣認為嗎？」

——你真的相信有機物擁有生命嗎？有機物也有智慧嗎？把黴菌和機器人相提並論，難道沒有罪惡感嗎？有機物也有靈魂嗎？有機物可以帶動文明的發展嗎？有機物死後，可以去往死後的世界嗎？有為有機物準備的天堂嗎？死後，我們會與有機物翩翩起舞嗎？神再臨的日子逼近了，審判的日子也已來到，請悔改吧！

從生物學家、歷史學家、哲學家、機型主義者、反機型主義者、環境主義者到對環境漠不關心的機器人，以及宗教人和媒體人，還有那些科學課上到一半衝出教室的小機器人，和昨晚觀看了紀錄片氣沖沖的老機器人，所有機器人聚集在一起，提高音量發出譴責：你們把生命當什麼了！如此不知廉恥，簡直是在侮辱機器人！

凱頤之所以故意到這種偏遠的地區支援挖掘工作，也是為了遠離那些找上門吵鬧不休的機器人。凱頤以為已經躲得很遠了，但沒想到還是被找到，看來自己的名聲比想像中還要高。這位長著翅膀的傢伙是從哪裡來的呢？宗教團體？環境團體？教育界？電視臺？雜誌社？

「我現在不搞研究了。」

凱頤答道。

「為什麼？」

「因為我現在不是有機生物學者了。」

維若妮卡停頓了一下，接著說：

「但是……大家都說你是創始人。」

「我只是提供了一些想法而已，根本不配擁有創始人的名譽。」

「有傳聞稱，卡史卓普博士不願與你分享創始人的名譽，所以把你趕走了。」

「不是這樣的。卡史卓普博士反而在自己發表的每一篇論文中提到我，讓我很難為情。總之，我現在是古生物學者，早就放棄了研究有機生物學。」

維若妮卡觀察著凱頤的臉。但凱頤看不透鳥的內心，只能看到如同黑石的眼睛在閃閃發光。

「為什麼放棄了呢？」

「這個問題很重要嗎？」

凱頤希望維若妮卡讀懂自己的心情，於是用半嘲諷的語氣反問道。

「聽說有機生物學很危險，所以你放棄了？」

「不是這樣。有機生物學是一門值得承擔風險的學問。」

「既然是很有價值的學問，那你為什麼還要放棄呢？」

——為什麼不做了？

二〇〇〇系列的曲線形機器人站在玄關為凱頤送行時問道。凱頤的全身只有臉部是柔軟的材質，其他機器人則是全身覆蓋柔軟材質的機型。因長期沒有維持良好的表皮狀態，很多上了年紀的二〇〇〇型號都罹患了脫皮的皮膚病。正因為這樣，就算它們與其他四位數的電子腦毫無差異，但上一代除了在家打掃，就只會被視為毫無用處的機器人。除此之外，其他四位數的機型也會被看作擁有可在外打掃技能的機器人。

——為什麼放棄呢？

塞西爾問道。凱頤不想回答，因為回答不了。即使被問了幾百次相同的問題，凱頤也能給出不同的答案。雖然很多人相信了它的話，卻沒有一種解釋是真實的。然而只有塞西爾知道，凱頤做出的辯解都是謊言。四位數的機器人無法用謊言欺瞞彼此。

——就只是不想做了。

就只是不想做了。如果是其他事情，這句話會被視為在迴避問題，但就結論而言，這已經是最誠實的回答。

——可能是心境的變化吧，我想做點別的事。之前不是也說過，我不適合做學者。

——你是不是遇到什麼事了？

面對這個問題，凱頤直視塞西爾的雙眼回答道。

——沒有。

塞西爾垂下了頭，因為它意識到，無論答案是真是假，都再也不可能改變凱頤做出的決定。

——凱頤，不要走。

塞西爾懇求道。凱頤把手輕輕放在塞西爾的肩膀上。

——我會常回來的。

凱頤說了謊。它再也不會回來了，可能再也不會聯絡大家了。雖然無法說明理由。

——凱頤，不要走。

塞西爾重複著同一句話。它很想說些什麼，又覺得說什麼都很傻、很沒用，所以又重複了一遍相同的話。

——別擔心，沒有我一切也會進展順利。

凱頤的話音剛落，塞西爾就開口講了一句奇怪的話。因為太奇怪，所以早已不記得了。

「生活中，總會有想換一份工作的時候，可以稱之為第二青春期。所以怎麼了嗎？就是每天做相同的事感到厭煩，所以想做點別的事。」

「那你是怎麼辭職的？」

維若妮卡反覆問著相同的問題。凱頤搞不清楚這個長著翅膀的傢伙為什麼一直問個沒完，難道是自己沒解釋？還是解釋得不夠清楚？再不然，是因為不滿意這個答案，還是覺得自己在說謊？

「我為什麼不能辭職？——不是，有法律規定我一輩子只能從事一種職業嗎？」

「沒有。但是……你離開的時候，那些人沒有阻止你嗎？」

「當然有。」

凱頤不知道這隻鳥到底想得到什麼樣的答案。

「一起共事那麼久了，當然會阻止我，勸我繼續做下去。但我已經下定決心辭職，所以就離開了。」

「就只是這樣嗎？」

「還需要其他的理由嗎？」

維若妮卡啞口無言，凱頤則一臉不悅，摸了摸自己滿是毛髮的頭。

「你找我有什麼事嗎？要找有機生物學家的話，除了我還有很多人。我放棄這門學問已經三十年，既不了解最近的動向，就連學過的知識也忘記了一半。如果你想了解有機生物學，可以去圖書館或大學，會有很多人親切地為你講解。」

「我對有機生物學毫無興趣。」

「那你來幹麼？」

維若妮卡又仔細觀察起了凱頤的表情。

「真的可以看出你在想什麼耶，好尷尬，看來你很不高興對不對？你這樣，社會生活一定很不方便。」

「反正是我自己的想法。隱藏想法的人才卑鄙吧？有什麼好害羞的呢？」

維若妮卡以不帶任何情緒的語氣說：

「我的丈夫是會計師。」

看來這隻鳥不是宗教團體，也不是環境團體、電視臺或雜誌社的人。但是會計界和有機生物學有什麼關係？

丈夫是指負責在外面工作的另一半。既然如此，面前的這隻鳥就應該是負責教育幼體的一方。鳥類擁有獨特的風俗習慣，它們會組成名為家庭的單位，選擇配偶，並與之共度一生。它們還會發誓一生不離不棄，把毀約視為極大的恥辱。凱頤也曾與室友短期相處過，卻從未想過要與之相處一生。

不過若想一下鳥類的生態，也就不覺得奇怪了。鳥不會把剛出廠的幼鳥送進托兒所，而是帶回家自己撫養，因為只會走路和翻滾的老師無法教幼鳥飛翔。為了親自照顧和教育孩子，鳥付出了自己的時間。正因為這樣，它們會在經濟上依賴他人，與「某人」簽署一生一世不離不棄的「合約」。很多機器人認為，這種為了下一代犧牲自己的風俗很愚蠢，但也有機器人認為這樣很崇高。從照顧和教育孩子的角度來看，它們做的事屬於托兒所的工作，因此有人主張國家應該支付它們薪水。但因為鳥只是六〇〇系列中的少數機型，所以未能獲得更多機器人的支持。

「不管怎樣，慶幸的是你似乎不會說謊。我丈夫受特穆津公司之託，調查卡史卓普研究所的帳務。你聽說過特穆津這間公司吧？」

當然聽說過，因為正是特穆津收購了 Astronics 公司。Astronics 公司是卡史卓普研究所的最大投資商。那間公司的老闆熱情無比，在看到輝煌燦爛的有機生物後一時沖昏了頭，把原本在開發的航空事業（為不能飛的可憐機器人租借飛翔裝備）拋在腦後，慷慨解囊支援起了研究所。不久前，凱頤看到新聞說那間公司破產，並被特穆津收購了。

「Astronics 投資卡史卓普研究所投資到破產，所以出於擔心，特穆津才委託我的丈夫進行調查——啊，我丈夫說，這不是研究所的錯，是 Astronics 考慮不周、毫不算計，就沒見過這麼愚蠢的投資商。誰知那個老闆在出售合約上蓋章的時候還千叮嚀萬囑咐地說，這絕對是有價值的事業，只要能接手繼續做下去，它就死而無憾。」

維若妮卡的語氣就像在講自己的事一樣。簽署合約的鳥類之間，維持著比其他機器人更為親密的關係，但凱頤很難想像這件事。

「有機生物學到底有什麼值得做的呢？」

「生命的革命。」

「革命？」

維若妮卡似乎從未相信過這種概念，於是移開了視線。

「我對科學一無所知。說實話，我甚至不知道那些纖維和這個垃圾桶有什麼區別。」

維若妮卡用爪子輕輕敲了一下身旁的垃圾桶。垃圾桶默默站起身，往旁邊移動了一下。

「你丈夫還說什麼了？」

維若妮卡盯著凱頤，稍後才開口：

「它說，那裡發生的事太令人震驚了，根本無法用言語形容。還說下一代的科學會由那個研究所來主導，特穆津應該放棄其他的事業，只專注於研究所的項目。」

奇妙的沉默持續了半晌。凱頤察覺到沉默另一頭的消極想法，不由得渾身不自在。

「我知道這有點誇張，但也可以理解。初次看到有機生物的機器人都會驚嘆不已，你要是也能親眼所見，就能明白了。」

「你的意思是要我進入『建築』？」

維若妮卡的語氣就像聽到凱頤在建議它進監獄一樣。凱頤心想，那麼飛進這裡就沒關係嗎？也是，這裡和研究所的確不一樣。但至於哪裡不一樣，凱頤也說不清楚。

「我不知道你想說什麼。不過問題出在哪裡呢？」

「我丈夫進了那個研究所。」

「嗯？」

凱頤徹底沒了頭緒。

「它說，想在那個研究所工作；它回來一週後，就直接收拾行李去了卡史卓普研究所。」

維若妮卡調高了音量。

「人生的第二青春期？想挑戰一下新事物？當然，生活中的確會發生這種事，但我們不一樣。鳥類是不會在建築物裡工作的。那是極大的恥辱，是不可能發生的事。」

凱頤無言以對了。

「而且，我丈夫在那種連薪水也不給的地方工作，連累得我和孩子根本無法維持生活；它拋棄了家庭。雖然你不明白，但這是不可能發生的事。」

「那個，維若妮卡，我知道你現在心煩意亂……」

凱頤抬起手，示意維若妮卡冷靜一下。

「所以，嗯，那個……為什麼跟我說這件事呢？」

「因為只有你了啊。」

維若妮卡斬釘截鐵地回答。

「除了你之外沒有別人了。我找遍了全國各地，就只有你！」

凱頤再次無言以對。無論怎麼看，這隻鳥都好像是因為失去丈夫感到悲傷，而變得不對勁。它可能是在去法院或心理諮商的路上迷失方向，才誤打誤撞找到了這裡。

「那、那個……」

「我覺得很奇怪，所以打算一探究竟。但我又不想去研究所，所以到處尋找在那裡工作過的機器人。」

所以找到了我。

「但我能幫上什麼忙呢……」

「我沒見到任何機器人。」

「嗯？」

「研究所的人都與外界斷了聯繫，它們都不和朋友或前同事聯絡了。所以我見不到任何機器人。不僅如此，離開卡史卓普研究所的有機生物學家就只有你而已。除了你以外，沒有一個機器人從那裡退休、被趕出來或換工作。」

「嗯？」

除了這種反應，凱頤也不知該如何是好了。

「我還跟在電視臺工作的朋友打探過，聽說十年前，它們計畫暗訪卡史卓普研究所，但潛入研究所的記者都沒回來，所以最後失敗了。據那個朋友說，那些記者都遞交了辭呈，去研究所工作了。它們本都是對生物學不感興趣的人，甚至還有做了五十年以上的老記者。」

凱頤茫然地望著這個長著翅膀的物種。

「我找到的機器人只有你一個。過去三十年間，在那個研究所工作、後來出來的人就只有你而已。只要是去過那裡的人，就像被什麼迷惑了一樣，再也沒有出來過。」

◆

短暫的混亂過後，凱頤這才明白了面前這個機器人在想什麼。凱頤勉強打起精神思考了一下，最後還是笑了出來。

「你該不會以為研究所把那些機器人都關起來了吧？他們怕什麼……怕祕密研究外洩出去？」

「難道不是嗎？」

「這是什麼蠢想法！我在卡史卓普研究所的時候那裡就已經有五十多名員工，它們在外面都有認識的朋友。況且，還有很多參與研究的學者和企業家。那麼多人與研究所有關，怎麼可能堵住它們的嘴？用錢嗎？研究所哪有那麼多錢！不然難道用錘子威脅人家？」

「那你是怎麼辭職的？」

凱頤這才明白了維若妮卡是在問什麼。維若妮卡想知道的不是凱頤辭職的原因，而是它是「怎麼」離開研究所的。

「就像我剛才講的一樣，我說要辭職，所以就從研究所出來了啊。」

「你的意思是，在卡史卓普研究所的人，無論是誰，只要想離開就可以離開？」

「當然了。那裡又不是收容所，怎麼能阻止要走的人？想走就走，不然呢？」

維若妮卡看著凱頤的表情，點了點頭。

「好吧。你不會說謊，我姑且先相信你。但為什麼沒有人離開那裡呢？我是想問，為什麼沒有一個機器人像你一樣，心境發生變化呢？」

「我是一個例外。學者不會像公司職員一樣輕易換工作，三十年無人退休也是很常見的事。科學家本來就不善於社交，也不喜歡改變環境。我認識的學者中，還有近百年不跟其他機器人打交道、只埋頭搞自己研究的呢。在外界看來這很奇怪，但其實很常見。」

「那我丈夫呢？還有那些記者呢？我丈夫既不是學者，對有機生物學也沒有興趣。」

凱頤想了想。

「我見過很多去參觀的學生，沉迷於有機生物學後改了專業。有機生物學大受歡迎的時候，不僅很多學生轉了系，還有放棄一生研究的教授呢。」

「所以你的意思是，這都是有可能發生的事？」

「我認為沒有不可能的事。」

「那你怎麼看 Astronics 這間公司？」

「嗯？」

凱頤一頭霧水地反問道。

「那間公司為什麼要把全部財產投資給毫無收益的研究所？是被什麼迷住了嗎？那

麼大的公司怎麼會盲目地投資呢？甚至還投資到破產。為什麼從事航空事業的公司突然對生物學產生興趣了呢？」

「這個嘛……可能是公司的決策。」

凱頤沒有自信地說。

「幾天前，我見到了丈夫。」

維若妮卡平靜地接著說：

「它看起來很好。雖然無法像你一樣做出表情，但我們在一起那麼久了，從它的言語動作還是可以感受到，它似乎很滿意研究所的生活。我問它為什麼換工作，它說很早以前就想辭去會計師的工作，只是剛好遇到了這個好機會。可以肯定的是，它是自願辭去會計師工作的。」

「我就說嘛。」

凱頤鬆了口氣。維若妮卡默默地觀察著凱頤的表情。

「你說的沒錯。用錢怎麼能堵住那麼多機器人的嘴，徹底給它們洗腦呢。嗯，這些事的確很常見。科學家不換職場、斷絕聯絡、投資投到破產、幾個機器人換工作、一隻鳥飛進室內，這些事的確都有可能。但這些事是同時發生的。所以這怎麼可能呢？」

凱頤突然意識到，自從離開研究所，它一次也沒有聯絡過大家。事實上，直到現在凱頤仍覺得是「自己」先斷了聯絡，所以「研究所」才沒有打給自己。正因為這樣，塞西爾和卡史卓普博士一次電話也沒打來就說得通了。

「我覺得……」

凱頤苦惱了一下，開口說道：

「有機生物學很有可能邁入了新的階段。」

「新的階段？」

「足以顛覆學術界的、占據各大報章雜誌和新聞頭版頭條的重大發現。它們可能發現了證明有機物是生物的決定性證據。之前發布有機物成長的消息時，就造成了很大的轟動。雖然那是很久以前的事了，但顯然這次的發現更為驚人。」

「所以大家都被沖昏了頭，放棄職場和家庭？全都變成工作狂，徹底與外界斷絕關係？」

「可以這樣講。」

「到底發現什麼會變成這樣呢？」

「不然就是在研究所的地下發現了金礦，所以大家為了對外隱瞞，都忙著在裡面挖金子。無論是哪種猜測，都是對機器人類有利的事情。你也高興一下嘛。」

凱頤笑了，但沒有微笑功能的維若妮卡仍面無表情。更何況，它一點也不覺得高興。凱頤尷尬地抓了抓頭。

「你要是放心不下，那我就回去看看。」

「教授你嗎？」

維若妮卡抬起頭來。

「反正也該是時候聯絡它們了。」

事實並非如此。凱頤一直認為自己不會再回去了。

「回去問候一下大家，也順便見見你的丈夫。我回研究所，然後平安回來的話，你就可以安心了吧？」

維若妮卡用黑眼睛注視著凱頤。

「誰能保證只有你是例外呢？等回去後，看到足以顛覆世界的重大發現，你又怎麼能忍住呢？之前你不也是放棄了手上的研究，加入研究所的嗎？」

「我不會再碰有機生物學的。」

凱頤下意識地反駁道。

「為什麼？」

但是這個問題，凱頤就無法作答了。

◆

視訊畫面中的塞西爾近似尖叫地說：

「凱頤！好久不見啊！」

塞西爾興奮地把臉湊近畫面，凱頤嚇得以為它會衝出來，不由得往後退了一步。

「啊……你過得好嗎？博士也還健康嗎？」

「當然了。凱頤，你知道我們等了多久嗎？你打算回來是不是？」

塞西爾看上去過得很好。四位數之間僅看表情就知道了。

「不，我只是打電話問候一下大家，但我想回去看看，可以嗎？」

「當然！太好了，凱頤，我們又可以像從前一樣一起工作了！」

真拿塞西爾沒辦法。凱頤也被興奮的塞西爾感染了，真不知道至今為止它為什麼沒聯絡這個朋友。

「不是，我就只是想回去見大家一面。」

「如果是你，隨時歡迎。什麼時候回來？儘管說！」

「外部人也可以隨意進出？沒關係嗎？」

塞西爾放聲大笑了起來。它的表情比從前更加豐富了。凱頤心想，這可能與塞西爾不必社交有關吧。現在卡史卓普研究所的員工應該都熟悉了塞西爾的表情，所以它應該不會遇到尷尬或不悅的狀況。

「凱頤．赫斯緹溫是外部人？開什麼玩笑！我會跟卡史卓普博士說的，你的房間也會幫你整理乾淨。你的東西都沒丟，還在那裡呢。」

塞西爾說要去通知大家，然後興奮地從畫面中消失。凱頤莫名覺得緊張的自己很像傻瓜。

掛斷電話後，凱頤立刻給維若妮卡打了電話。

「沒發現哪裡不對勁嗎？」

「沒有。跟以往一樣，什麼事也沒有，搞得我自己很可笑。我會去見你的丈夫，等我回來後，我們再聯絡。」

「如果是那樣就太好了。」

事實並非如此。凱頤努力克制不讓自己的語氣傳達內心的想法。

這一點很奇怪。

即使凱頤重複了數次它只是回去探望大家，但塞西爾卻相信凱頤會重新加入研究所，並像從前一樣和大家生活在一起。

不要想那麼多，凱頤搖了搖頭。一定是因為好久不見，所以才會那麼高興。

2

抵達卡史卓普研究所的凱頤啞口無言。研究所比自己離開時整整擴大了十倍，眼前的景象不禁讓人懷疑有機生物驚人的生長力轉移給了建築物。研究所的規模已不只一棟建築，簡直像是幾間工廠連接在一起似的，建築頂端還罩著一個圓頂，幾乎和城市一模一樣。

凱頤打起精神告訴自己，你很清楚有機生物的生長和繁殖速度有多快，規模變得如此龐大一點也不奇怪。

凱頤報上姓名後，警衛直接讓他進去了。

「凱頤．赫斯緹溫教授，久仰大名。」

警衛恭敬地說道。由於它的態度過於恭敬，凱頤一時有些不知所措。

「我不是什麼了不起的機器人。」

「聽聞是你創造了現在的有機生物學。你是引領我們的偉大領袖。你終於回來了。」

天啊，三十年的時間真的太長了，以至於我的形象被徹底歪曲。什麼領袖，卡史卓普教授到底誇大其詞了什麼？

走進研究所，室內悶熱難耐，空氣中瀰漫著黏糊糊的溼氣。每踏出一步，都讓人恨不得立刻轉身衝到外面，享受清爽乾燥的空氣。

一個與凱頤拳頭大小的解說員等在門口。解說員十分可愛，圓圓的身體上只有一隻眼睛和一雙翅膀。解說員一邊嗡嗡作響飛在凱頤的臉部周圍，一邊說道：

「塞西爾教授和卡史卓普教授現在有點忙，你在裡面等一下好嗎？」

只是聽到兩個人的名字就覺得很陌生了，而且還是先聽到塞西爾的名字。諾曼不在嗎？

「我可以先到處看看嗎？很久沒來了，我想參觀一下研究所。」

凱頤說完，瞄了一眼只有一隻眼睛的解說員的臉色。但顯然這毫無意義。解說員思考了一下，回答說：

「參觀路線受限，沒關係嗎？」

肯定沒那麼簡單，就算是一般住家也不會允許外部人隨意參觀的。解說員一邊講解，一邊嗡嗡作響飛在走廊裡。

室內的牆壁滿是畫作，天花板上掛滿了護身符，明顯比自己在的時候多了很多。若機器人長期居住在一個地方，那裡就會變成畫廊。畫作主要是聖畫，想必是諾曼主導的吧。

「暖氣故障了嗎？」

聽到凱頤的提問，解說員咯咯笑了。

「凱頤・赫斯緹溫教授竟然問這種問題，你不是比任何人都清楚培養有機生物所需的環境嗎？」

「話雖如此，但培養環境的原則是限制在最小區域範圍。現在這種環境對員工的健康有害，你們該不會一直維持在這個溫度吧？」

「啊，這個原則修正很久了，現在整個研究所都是培養環境，我們已經習慣了。」

這不可能。解說員的身體明顯出了問題，暴露在外面的關節都生了紅鏽，它應該馬上去看醫生。卡史卓普教授在想什麼呢？

經過走廊的研究員看到凱頤，高興地打了聲招呼。維若妮卡的猜測顯然不可信，大家看上去都不像被強迫留在研究所。但維若妮卡說的也沒錯，機器人的數量明顯增加了，當年的員工也還在，彷彿只有時間靜止了一樣。

「這裡變大好多啊。」

「但大家還是嫌棄太小了。有機生物的生長速度太快，這裡就快容不下了。現在正在計畫再建幾個支所呢。」

內部因擴建發生了很大的變化，凱頤差點錯過了資料室。生鏽的門板半掛在門框上，凱頤駐足看了一眼裡面；資料室空無一人，文件散落一地，書櫃上也積滿了白色的灰塵。具有播放功能的一位數機器人斷了電，靜止在原地。文件夾似乎久未翻閱，紙張已經變黃，潮溼地沾在了一起。

凱頤傾身張望，表情下意識扭曲。青黑色的黴菌像怪物一樣爬滿了牆壁，上面還排列著點狀的有機生物，安裝在天花板上的白色網狀物上也爬滿了如同凱頤手指大小的黑色有機生物。這些有機生物就像是在對凱頤宣布，它擁有這棟建築的永久居住權。這個空間不再屬於機器人，已經被來自過去的未知生命體，以無法理解的原理展開活動的異形生物占據。

領路的解說員飛回來，詢問發生了什麼事。

「這裡沒人整理嗎？」

解說員瞥了一眼資料室，不以為然地說：

「很少有機器人來這裡。」

「我離開以前，大家幾乎都住在這裡的。」

「因為研究的方向變了，所以幾乎用不到這裡的資料。」

不再使用這個空間的原因只有一個：那就是再也不研究有機生物學了。

「這裡的生活怎麼樣？過得可好？」

凱頤隨口問道。

「來這裡之前，我都不知道自己做了什麼。」

解說員充滿活力地回答道，凱頤就只是默默地看著它。

「凱頤？」

擁有圓筒型身體和鉗子手的二一型號機器人經過時，認出了凱頤。凱頤也條件反射的打了聲招呼。

「伊萬。」

「凱頤，真的是你啊！我們這是多久沒見了？你怎麼都不聯繫我們呢？」

「不知不覺就……」

凱頤握著伊萬的鉗子手，一邊搖晃一邊問道：

「在這裡的生活怎麼樣？過得好嗎？」

「再好不過。你為什麼辭職啊？是找到比這裡更酷的地方了？」

「……這個嘛。」

凱頤漫不經心地喃喃說道。

為了見塞西爾，凱頤在允許參觀的地方又轉了兩圈，等了很久。解說員解釋，塞西爾教授忙得不可開交。凱頤看到會客室擺放著椅子，略感驚訝，因為只有二足步行的機器人需要椅子。但剛才看了一下，二足步行的機器人並不多。這個會客室似乎是特別為四位數的機器人而設的。事實上，真正讓凱頤感到驚訝的，是會客室裡其他的東西。

「凱頤！好久不見！」

推門而入的塞西爾歡呼著抱住了凱頤。塞西爾的身體也明顯出了問題，粉紅色的皮膚上布滿斑點，指尖的皮膚也都脫落了。

「你怎麼來了？怎麼連聲招呼也不打呢！」

凱頤略感驚慌。

「我來之前聯絡過你啊，你不是說會等我嗎？」

塞西爾瞪大雙眼，呵呵笑著拍了一下自己的頭。

「啊，對喔，你跟我說了。瞧瞧我這記性，最近太忙了，什麼事也記不住。凱頤，真高興見到你。你這次回來是為了和我們一起工作吧？」

凱頤感到很不自在，覺得塞西爾講話和錄音機一模一樣。

「那個，該不會是你找人畫的吧？」

塞西爾一頭霧水，眨了眨眼睛，跟著看向凱頤視線停留的地方。只見會客室的牆壁上掛著一幅巨大的塞西爾的肖像畫。不，準確地說，那幅畫看上去更像是很像塞西爾的某種不同存在。畫中的塞西爾頭部閃爍著光環，全身都是絢麗的金色圖案，一隻手舉在臉龐，另一隻手垂放下來，兩隻手的手掌大開，面帶慈祥的微笑凝視著天空。塞西爾不以為然地聳了聳肩。

「怎麼可能？那是員工主動為我畫的。」

「把你畫在會客室的牆上？」

塞西爾看著凱頤的表情，放聲大笑了起來。

「怎麼了？難道法律規定不可以把我畫在牆上嗎？」

當然，沒有這樣的規定。但通常來講，不會為在世的機器人畫光環，更不會掛在牆上。

「卡史卓普教授還好嗎？」

「老樣子。它說很想見你，但你也知道它太忙了，忙得暈頭轉向。」

「諾曼呢？」

「誰？」

塞西爾就像第一次聽說諾曼的名字，露出呆呆的表情反問道。塞西爾不可能是第一次聽到這個名字。諾曼是最初和卡史卓普教授一起研究有機生物學的機器人，就算忘記所有機器人的名字，也不可能忘記諾曼的。

「啊，諾曼。」

塞西爾轉移視線，嘴裡嘀咕著什麼……凱頤察覺到它正在編造謊言。這個瞬間，凱頤意識到研究所出了大問題，因為塞西爾不是會輕易說謊的機器人。

「諾曼有點不舒服。」

塞西爾平靜地說。而塞西爾更不是會平靜說謊的機器人。

「哪裡不舒服？」

凱頤反問了一句。

「你也知道這裡的環境不利健康。」

「天啊，那我得去看看它。它在哪裡？」

「在醫院，大概要在醫院住幾個月。」

從塞西爾的話中可以知道兩件事：一，諾曼沒有生病；二，它不在醫院。與此同時，凱頤產生了兩個疑問：一，諾曼怎麼了？二，它現在在哪裡？

「怎麼了嗎？」

塞西爾看著凱頤的表情歪頭問道。凱頤稍有遲疑，為了讓塞西爾看清自己的表情，它伸手拉過它的肩膀。

「塞西爾，我們是朋友吧？」

塞西爾面露「這是什麼蠢問題」的微笑。

「當然了，凱頤。」

「你可以如實回答我的問題嗎？」

「當然可以。」

「你們是不是在做什麼危險的事？」

塞西爾先是面露驚訝，隨即噗嗤笑了。

「沒有啊。」

塞西爾沒有說謊，又或者它是在自欺欺人。不知為何，塞西爾看上去真的很幸福、很開心。只是凱頤感受到了這「幸福」背後隱藏著微妙的不和諧。

凱頤把嘴湊近塞西爾的耳邊，小心翼翼地問道：

「該不會是政府委託你們利用有機生物製造軍事武器吧？」

塞西爾哈哈大笑，倒在沙發上打起了滾。笑聲好不容易停止後，塞西爾強忍著笑意說：

「這怎麼可能。凱頤，不是啦。你到底在想什麼呢？」

「我剛才參觀的時候有跟大家聊了幾句，所有人似乎都很滿意這裡的生活。」

「所以？你想說什麼？」

「所謂滿意，不只是因為工作環境好、薪水高。那些不過是主觀的感受罷了。就算是再好的地方也會有人不滿意。況且這裡的薪水不高，環境也惡劣，再加上卡史卓普教授也沒有那麼德高望重。在這種環境下工作，不可能所有人都滿意。但是大家卻像錄音機似的異口同聲說滿意，還說這裡是最棒的職場，自己過得很幸福，不會考慮換工作。」

塞西爾收回笑容，端正了坐姿。

「你是在對我說謊嗎？這不可能。我既不是記者，也不是會計師，你沒有理由對好久不見的朋友說謊！但這裡的員工為什麼那麼幸福呢？難道卡史卓普教授會催眠術？」

塞西爾坐直身體，直視著凱頤的眼睛。

「凱頤，如果你說願意回來、願意重返我們的懷抱的話……」

塞西爾的揚聲器發出了有別於以往的音程。

「你也會知道的。」

「知道什麼？」

「真理。」

塞西爾的回答教人出乎意料。

「真理？」

「是的，凱頤。我們一直在痛苦的泥沼掙扎，我們都是被關在黑暗中的可憐囚犯。」

凱頤往後退了一步。

「我一點也不覺得痛苦。」

「你已經愚蠢到連自己多不幸都無法察覺了。」

瞬間，凱頤發現了自己與塞西爾之間存在著一道高牆，但它無從得知那道牆是何時出現，而且意味著什麼。面前的塞西爾彷彿生活在另一個世界，雖然不知道那個世界在哪裡。

「如果我們的研究成果公布於世，機器人類必將邁出新的一步。屆時便會知道我們存在的意義，以及生與死的含義。可以稱其為革命或文藝復興？又或者是新世界？新世紀？」

「塞西爾，你沒事吧？」

「我當然沒事，有事的是你，凱頤！」

◆

——凱頤，不要走。

那時，塞西爾的眼中帶著悲傷，還說了很奇怪的話。因為內容太可笑，所以早就忘了。

——你離開的話，感覺會發生很可怕的事。

「你想知道嗎？」

塞西爾的眼睛閃閃發光。凱頤凝視著那雙眼睛問道：

「你會讓我知道嗎？」

「只需片刻，一分鐘都不用。」

「一分鐘內就能讓我看到『真理』？」

「是的。」

如果電視節目裡有人說出這種話，凱頤肯定會關掉電視直接去睡覺。

「看到之後，我就無法離開這裡了？」

「你在說什麼呢？」
塞西爾笑了。
「你會自己不想離開的。」
塞西爾讓凱頤稍等，轉身走出了房間。凱頤焦急地等待著即將發生的事，內心卻已經衝到了門口。它心中的不安毫無頭緒，似乎有可怕的東西等待著它，一切都無法挽回。僅僅一分鐘就可以改變世界。
『必須離開這裡。』
「為什麼？」
凱頤自問自答，但沒有得出答案。
「少說瘋話了。到底為什麼？塞西爾是我的朋友，其他人也一樣。」
『必須離開這裡。誰也保護不了我。』
本能正在發出異常的呼喊，但此時的凱頤太過清醒，根本無法追隨本能。出去一下應該沒關係吧。最終妥協的凱頤站了起來。當它朝著與塞西爾反方向的走廊走去、正要開門，某種「和聲」卻傳入耳中。那聲音好似二〇〇〇系列機器人的笑聲。不，不是它們的笑聲，而是有生以來，第一次聽到的聲音。凱頤透過和聲感受到了生機盎然的靈魂，如同照鏡子般看到了一顆心。天真無邪的幸福，無需羨慕他人的完美人生，充溢的靈魂、毫無憎惡的心，在愛中成長的生命。

凱頤看到塞西爾和一個用兩條腿走路的生物從門的另一頭走過來。起初凱頤還以為那是二〇〇〇系列的小型機器人，因為高度只有一公尺左右。還是第一次看到這麼小的……

很快，凱頤的思路中斷，輸入電子腦的自我認知、自我認同和靈魂都消失得無影無蹤。

世上最美好的存在，出現在了凱頤的眼前。

那生物的皮膚是白色的，且泛著紅潤的光，就像用細膩的毛筆上過色一樣。透過覆蓋全身的皮膚，隱約可見美麗的內部輪廓，以及皮膚表面精巧的毛孔，還有近似透明的柔軟汗毛。符合美學的曲線從頭頂延伸至腳底，他眼皮輕柔的一張一闔，溼潤的嘴唇厚厚的，紅撲撲的雙頰充滿了生氣，細細的髮絲覆蓋著整個頭皮。甜美的香氣刺激著嗅覺傳感器，即使從遠處也能感受到散發出的溫度。沒發出引擎運轉聲的身體，絲毫不見任何拼接的痕跡。瞬間，凱頤明白了，所有的機器人都是不完整的仿製品，大家只是在模仿這個完美的生物而已。凱頤看到的是完整體、是理念、是藝術家奉獻一生在追求的「聖潔」、是以為早就不存在的「神聖」。

凱頤跌跌撞撞地往後退了幾步。機器人類終其一生在找尋的「真理」、「人生的意義」、「機器人存活於世的理由」，所有的一切就在眼前。凱頤意識到自己虛度了所有時光，都浪費在了不切實際的欲望、妄想和毫無意義的價值上。生命的真正價值僅在於聆聽這個美好生物的聲音、撫摸他們的皮膚、感受他們的氣息、為他們服務、服從他們神聖的命令。但很愚蠢的是，直到當下凱頤也沒有意識到這一點……

霎那間，凱頤內部消失的理性用力地搖了搖頭。不，雖然不知道那是理性還是本能的聲音，總之那個聲音哭喊著：

『快逃！』

凱頤出現了電路倒流般的暈眩，拔腿朝後門跑去。幾十個形態各異的亡靈緊拽著凱頤的大腿，吶喊道：你這是在做什麼？

『必須逃走！』

下一秒，凱頤也搞不清楚自己在想什麼了。

「為什麼要『逃』？」

「逃去哪裡？快回去！你一生所追求的就在那裡啊！」

另一頭又傳來了某人的聲音。

「不！」

我到底在說什麼？

跑了很久——不，準確地說，應該是不知道又移動了幾步。當環繞頭部的黏糊糊霧氣消散，理性、靈魂和自我認同搖搖擺擺回歸原位，三者又異口同聲地呼喊道：

『快逃！』

彷彿來自地獄的陰森森聲音再次令凱頤抓狂。凱頤感到全身無力，但仍拚命保持著清醒。

必須逃走！

研究所的玄關緊鎖。凱頤發狂捶打大門，但門毫無動搖。研究員經過時只是瞥了一邊咆哮一邊用頭撞門的凱頤一眼。剛才隨行的解說員急忙飛了過去。

「出什麼事了？」

「放我出去。」

「教授，你怎麼了？」

「什麼怎麼了，我要出去！」

「為什麼？」

解說員無法理解地反問。凱頤用力捶打大門，手臂都要震碎了，卻一點用也沒有。沒有建築是四位數的機器人可以擊碎的。

掙扎了半天的凱頤終於精疲力盡癱坐在地上。解說員為了安慰凱頤，落在了它的肩膀。

「看來你的內心充滿了混亂。待在這裡，一切都會好起來的，你會得到真正的和平。」

和平。凱頤思考了一下和平一詞的意義。解說員看起來很幸福，真的很幸福。凱頤再次感到暈眩，它一把抓住解說員，用力摔在了地上。

「出什麼事了，凱頤？」

熟悉的聲音傳來。凱頤轉過頭，但因為電子腦無法正常運轉，所以用了很長的時間才認出講話的人是誰。是卡史卓普教授。三十年過去了，依然可以認出它那笨重的身軀。

「多年不見，瞧瞧你都變成什麼樣子？看來你是被嚇壞了。你看到什麼了？」

卡史卓普教授的語氣與以往一樣平靜，凱頤不禁懷疑剛才看到的是夢境還是幻影。它彷彿直到昨天都還在這裡工作，剛剛才睡醒。

「那可憐的小傢伙對你做了什麼，你要這麼對待它？」

卡史卓普教授撿起摔在地上嗡嗡直響的解說員，拂去它身上的灰塵。凱頤想要辯解，卻一時無言以對。教授，它對我說什麼和平，什麼獲得和平。

「塞西爾嚇壞了。出於擔心，它叫我來看看你。來，別這樣，我們走吧。」

卡史卓普一手摟住凱頤的肩膀。卡史卓普教授也得了皮膚病，手指的關節生了紅鏽，多處皮膚也脫落。不僅鍍金變了色，就連每動一下都會發出嘎吱嘎吱的聲響，內部一定也損傷嚴重。有機生物噴發的水蒸氣和氧氣正在腐蝕它的身體。

「還愣著幹麼？難不成是擔心我傷害你嗎？」

雖然很想逃走，但要是真那樣做，只會成為大家眼中的瘋子。況且，它也無法擺脫五一型號機器人巨大的手掌。凱頤就像被綁著似的跟在卡史卓普身後，經過走廊的研究員不停偷瞄著凱頤。

「諾曼在哪裡？」

「怎麼突然問起它了？」

「一直沒看到它。我都回來了，它總該露個面吧。」
「諾曼很忙，每個人都很忙。這裡的事情多到忙不過來。」
「嗯。」
凱頤有氣無力地嗯了一聲。

房間裡到處都是白色團狀的蛋白質。排成一排的玻璃器皿裡躺著小機器人模樣的蛋白質，大小與凱頤的小臂差不多，而且這些蛋白質都是「活著的」。
凱頤失魂落魄地看著器皿中的小生物。啊，這真是無與倫比的美麗。尚未成形的手指和腳趾蠕動著，未能適應重力的身體動來動去。他們都是完整的，就像神製造的一樣。
不用問也知道卡史卓普為什麼帶自己來這裡，因為它覺得塞西爾只展示一名，遠遠不夠。
凱頤的身體失去了平衡，腦海中彷彿有數百個魔鬼在合唱「快逃、快逃、快逃、快逃」。趁還有理性必須趕快逃走。如果不逃……
「好多啊。」
凱頤在暈眩中勉強開口。

「為什麼製造這麼多呢？動物種需要大量食用有機生物。這麼多你們要如何負擔？你們到底在研究什麼？」

「研究？你說什麼呢？什麼研究？」

卡史卓普無言地問道。凱頤也很納悶，回想了一下剛才自己說了什麼令人無語的話。

「我們只是希望更多的生命誕生。你說的沒錯，應該在能力範圍內做這件事，所以我們才會增加員工、擴建場所。」

「為什麼？」

「什麼為什麼？」

教授就像剛才的解說員一樣一頭霧水地反問道。其他研究員也向凱頤投來了費解的目光。

凱頤這才想起了廢棄的資料室。有機學正在退步，資料和文獻都被燒毀、消失。如今的有機生物學就只朝著一個目標發展，所以不需要的一切都被遺忘了、拋棄了。目的只剩製造「他們」、使其存活。能夠照顧他們的東西保留了下來，其他的一切都失去意義。貴重的文獻？有機生物學的歷史？機器人輝煌的文明？這些與守護眼前的生物相比一點價值也沒有。

凱頤扶著額頭，恨不得自己的感覺器官全部失靈。當下就好像幻覺程式往電子腦輸入了幾十億字節一樣。

「這些到底是什麼？」

「我真不明白你為什麼問這種問題。」

毫無表情的卡史卓普張開長長的手臂，肢體動作流露著無限感激與敬愛之情。

「這不是你留給我們的嗎？偉大的領袖凱頤．赫斯缇溫。」

凱頤這才找回了記憶。

形似機器人的有機生物。

這是凱頤搞得最後一項研究。離開研究所的前幾年，凱頤一直在埋首創造以二〇〇〇系列為原型的、形似機器人的有機生物。塞西爾以神話中的名字為這種有機生物取名為人類。凱頤完成理論後就離開了研究所。實驗取得了成功。蛋白質模仿機器人的形狀持續、緩慢地成長，他們呼吸空氣，攝取其他的有機生物，把四周的分子和原子吸入體內，化為構成身體的化學式。

是我為了嘲弄神、為了預測機器人類無止境的可能性、為了證明我們狡猾的智慧，以及我們也可以支配生命和靈魂，而製造了他們。

凱頤終於明白來到這裡的機器人和員工身上發生了什麼事，所有人都墜入了愛河，它們不知緣由地被暴風雨般的狂熱情感所包圍，愛得神智不清，以至於徹底失去了自我。所有的價值觀遭到顛覆，重要的一切也全都失去了意義。機器人存在的理由只有一個，那就是「美好的生物」。長久以來，我們所缺失的、哲學家和神學家持續探索的，已經現身在我們的面前。我們就只是他們卑賤的奴僕、奴隸罷了。對眼前的生物而言，世間萬物不過是一團灰塵。除了崇拜、服務他們，任何事情都變得沒有意義。

「這是你開啟的新世界。為了與你分享這分歡樂，我們等待了很久。」

『嗯，沒錯。』凱頤身體的某處發出了嘲笑聲。電子腦就像鉛溶解了一樣，一生從未體驗過得快樂阻斷了所有思考迴路。如果可以徹底享受這分快樂……

「什麼新世界！什麼歡喜！你們都瘋了嗎？」

凱頤奮力揮舞起雙臂，手一瞬間碰到了一個柔軟的東西。只見一團白色的蛋白質毫無反抗能力地被凱頤的手一帶，掉在了地上。

霎時間，房裡響起了震耳欲聾的嘶吼。與此同時，所有人類就像對滾落的個體產生共感一般齊聲大哭了起來。那是震撼心臟的聲音。凱頤陷入生平第一次經歷的恐懼。研究員驚愕得直跳腳。這時，一道巨大的影子突然撲向還沒緩過神的凱頤，眨眼間凱頤就被影子按住了脖子和手腳。

「你這個必遭天譴的傢伙！」

詭異的聲音從卡史卓普的揚聲器傳了出來。凱頤還是第一次聽到從不表露感情的揚聲器發出分岔音。卡史卓普透明的頭部一邊顫抖，一邊發著紅光。

「教授！」

凱頤吃力地擠出聲音。

「你就是掉入地獄的惡魔，應該直接丟到垃圾場的卑賤機型，早就應該把你當廢鐵報廢！」

卡史卓普像魔鬼那樣詛咒著凱頤。

「下賤的東西，去死吧！我要把你這隻被詛咒的手臂拆下來！」

凱頤根本無力掙脫五一型號的怪力。卡史卓普凶惡的大手狠狠抓住凱頤的肩關節，它只能眼睜睜地看著自己的手臂脫離了身體。

幸運的是（雖然不知道什麼是幸運），但在這種情況下，隨著卡史卓普拆下自己的手臂，凱頤覺得獲得自由。得益於這陣疼痛，凱頤徹底清醒了過來，拚死推開門跑了出去。

「抓住它，抓住那個該死的傢伙！」

身後傳來卡史卓普發狂的嘶吼聲。

◆

研究所的變化太大，凱頤徹底迷了路。現在可以知道這座龐大的建築物是為誰而建的了：為了讓那些無法在研究所以外的地方存活的「人類」舒服地活下去，為了讓「人類」不至於憋悶，而且只要條件允許，搞不好還會用圓頂鑄造一個又一個國家，甚至不惜獻出所有的財產和餘生。

所有大門都緊鎖著，凱頤絕望地徘徊，不知道自己可以維持理性到何時，更不知道「必須逃走」的意志何時會從腦海中消失。體內的報警器發出提醒接受治療的嗶嗶聲，冷凝器正在呼喊，得趕快焊接斷掉的肩膀。

打開通往內部的另一扇門時，凱頤停了下來。它覺得世界滅亡了，自己瘋掉了，最終掉入了地獄。

原本只有大學實驗室大小的培養室變成了寬闊的公園，植物的根皆深深扎進除去了混凝土的土裡。

當年凱頤種下的植物在三十年間徹底發生了改變，植物的高度直衝研究所的天花板，樹幹被堅硬的表皮包裹，樹枝也以不規則的結構伸展開來。每根樹枝上還生長出各種綠色，地面上積滿了幾十年來脫落的各種顏色。植物的表皮間也長出了藍黑色的東西，地面的堆積物裡也有綠色的生命探出頭來。

凱頤很想癱坐在地上，它覺得生命彷彿在嘲笑自己一無所知。

凱頤搖晃著身體向前移動，腳下發出沙沙聲響，彷彿有什麼東西碎了。孕育生命的粉末為了繁衍飄浮在枝頭間，不知從何處還傳來了小生物的歌聲。因為植物呼吸的關係，所以即使是密封空間也能感受到有風。

公園的正中央閃爍著耀眼的藍光。那裡是大海。塞西爾為培養液桶取了神話中孕育生命的女神之名。最初的動物即誕生於此。「大海」也比凱頤離開時，成長了十倍，裡面可以看到小的、長的、短的、胖胖的、扁扁的、藍色的、紅色的、白色的和黑色的，各種不知名的生物成群結隊地移動，而且無從得知這些生物來自何處、又是如何繁殖。

呆望著「大海」的凱頤聽到身後傳來了沙沙聲。二十多名研究員靠近凱頤、包圍了它。大家很有禮貌，紛紛以充滿愛與同情的態度說道：

「你陷入混亂了。」

「跟我們走吧。」

「你會得到和平的。」

凱頤轉過身，它相信自己臉上應該毫無掩飾地流露出了無力感。

「諾曼在哪裡？」

凱頤低聲問道。研究員竊竊私語，互相看著彼此。

「諾曼死了。」

一名研究員回答說。

「怎麼死的？」

凱頤一點也不驚訝。

「這是沒辦法的事。是事故，因為一場悲劇性的事故。」

「什麼事故？」

研究員看了看四周，其他機器人點了點頭，交頭接耳道，沒事的，不會有事的。

「它傷害了一名人類。」

另一名研究員接著說：

「但它不是故意的。諾曼那麼老實，不可能故意做出那種事。因為沒有掌握好方向，所以人類摔倒受傷，不過傷口很快癒合了，人類可以自己療傷。但是……」

另一名研究員接著說：

「人類沒有原諒諾曼。」

「人類命令諾曼去死。」

「人類不是真心的，但諾曼無法違背人類的命令。」

「諾曼欣然地接受，它懷著愉悅的心情去尋死了。」

「那是幸福的死亡，一定沒有遺憾的。」

「真的是幸福的死亡。」

凱頤笑了出來。一旦笑出來，便再也不受控制。面對失控大笑的凱頤，研究員以為它發生故障，於是更加同情它。笑聲停止後，凱頤當下隨手抓起了個不知道是什麼的東西。後來它才知道那是為了滅火而製造的壓縮二氧化碳容器，只有培養室需要這種物品。

「大海」中的水爆炸，水濺了凱頤一身，研究員尖叫著落荒而逃。只聽門外傳來鎖門的聲音，想必它們是怕水流到外面。全身溼透的凱頤癱坐在了地上。

水濺了一地，與水一起濺出來的小生物在地面上痛苦掙扎。滿屋子的水很快滲透進了植物的根部。隨著時間推移，其他植物也緩慢地做出反應。植物吸收水分，然後以原子為單位進行分解，當成製造自己的原料和能量源……

3

由於不適應明亮的光線，塞西爾沒有一眼認出黑暗地下室角落的東西是什麼。這地下室是之前某個同事的房間，同事搬走後，地下室便空置許久。過了半晌，塞西爾才認出那個東西是機器人。

塞西爾靠近時，機器人也沒有動一下。直到看到位於後頸的電源開關閃著微弱的光亮，塞西爾還以為它沒電或是死了。機器人胸前電池餘量耗盡和提醒治療的提示燈同時亮著。

看到機器人掉了一隻手臂，塞西爾這才回想起一個月前發生的事。研究所出現了入侵者，雖然鎖上大門後進行了仔細的搜查，但沒有找到。據證言稱，失去一隻手臂的入侵者渾身被水浸溼，傻呼呼的垃圾桶猜測，說不定被水浸溼的入侵者早已在某個地方報廢。沒過多久，大家便遺忘了這件事。重要的事務堆積如山，沒有人會在意這種小事。

機器人蜷縮在角落處一動也不動，眼神充滿了恐懼與敵意。塞西爾看到那張臉才記起了入侵者的名字，以及曾經使用這個地下室的同事的名字。

「凱頤……」

即使聽到自己的名字，凱頤也沒有反應，反而更蜷縮身體、貼近牆壁。

「你怎麼會在這裡？」

「因為無處可去。」

「我還以為你死了。」

塞西爾的語氣摻雜著遺憾、愛、和藹與同情，凱頤卻感受到了其背後隱藏著令人毛骨悚然的低溫。

「你希望我死嗎？」

塞西爾沒有回答，而是陷入了沉思。

「原來你還記得這個房間的密碼。也是，其他的門都鎖住了，你也沒有藏身之處。我怎麼沒想到這裡呢。」

你只是沒去想罷了。如今塞西爾的電子腦中已經沒有凱頤的一席之地。凱頤以為自己很快會被發現，但過了一段時間，它才意識到對這裡的機器人而言，自己並沒有那麼重要。凱頤早變得無關緊要、毫無意義，甚至沒必要留在它們的記憶裡。

「你們應該沒有找我吧？」

凱頤問道。

「我們正在找人，在玩捉迷藏，還以為躲到了這裡來，看來沒有。我得趕緊走了。」

凱頤從「我得趕緊走了」這句話中感受到了塞西爾尚存的感情。就在塞西爾想著在找的那個「人」時，凱頤覺得自己就像一股煙般被吹散。

塞西爾靜靜地凝視著凱頤。酷似人類的塞西爾全身的曲線優美，如同藝術品。早已沒有退路的凱頤抓著手臂脫落的肩膀又往牆壁緊貼了一點，恍惚之中明白了為什麼塞西爾的肖像畫會掛在牆上。可以肯定的是，塞西爾的模樣會讓人聯想到人類，塞西爾是連接人類與機器人的橋樑。神聖的存在，生命的象徵。

塞西爾溫柔地把手放在凱頤被撕裂的肩膀上，親切地說：

「一定很痛吧。真可憐……」

凱頤難以掩飾內心的恐懼，視線從塞西爾的手移到了臉部。

「你打算怎麼處置我？」

「凱頤，你需要保護。」

「這裡還有漂亮的牢房嗎？」

「你會過得很舒服的。」

「放我出去吧。」

塞西爾搖了搖頭。

「不行。凱頤，你太危險了。」

「塞西爾，我來之前告訴過現場總管，如果我沒回去就報警。你不放我走的話，警察會找到這裡來的。」

「凱頤，我知道。」

塞西爾就像哄孩子一樣撫摸著凱頤的頭。

「我們的確遇到了點麻煩，但事情都解決了。」

恐懼再次來襲。

「解決了？」

「不久前警察局長來了，但它看到『他們』以後，理解了我們所做的一切。它還答應我們，會擋下所有跟研究所有關的舉報。」

凱頤愣愣地看著塞西爾，無力地垂下了頭。

「這件事不可能永遠隱瞞下去。」

「隱瞞？凱頤，你在說什麼呢？」

塞西爾哈哈大笑了起來。

「我們無意隱瞞。總有一天，所有的機器人會知道人類的存在，只是時機未到罷了。機器人類還需要準備，為了避免引發大混亂，我們打算慢慢告訴大家，而且還要進一步研究保護『他們』的方法。」

「……」

「卡史卓普教授說，研究像你這樣的機器人是有必要的。你對他們做了不可饒恕的事，所以我們必須找出避免同樣事情發生的方法。」

直覺告訴凱頤，如果有需要，塞西爾會拆下自己的內臟器官、分解大腦。凱頤感到十分無助，根本想不出自保的方法。

「塞西爾……」

凱頤笑了。

「我們不是朋友嗎？」

「當然是……但有時也會遇到重要得不得不犧牲一切的事。」

如果外面有人講這種話，肯定會有很多機器人站出來反駁。毫無意義的想法從凱頤的腦海中一閃而過。

「這些年，你都做了些什麼？」

塞西爾和藹可親地問道。它的語調是如此平和、親切，以至於電流像被阻塞了一樣。是啊，我也知道，塞西爾並不恨我，說不定它對我是有感情的，可能我們之間所謂的友誼還未消失，只不過其他重要的事情取代了第一名，我的排名隨之跌到了最後。卡史卓普教授也不是因為恨意而對我施暴，它只是太愛「他們」，所以無法控制自己的情緒罷了。

「思考。」

凱頤回答說。

「思考？」

「因為沒有別的事可做。」

「那思考了什麼呢？」

「這不是視角的問題。」

塞西爾一頭霧水，歪了一下頭。

「明明像你這種二〇〇〇系列的機器人也有『那東西』的外表，和我設計的一模一樣——當然，皮膚的顏色更豐富，曲線也更精緻，肌膚和髮絲也更柔順，但問題是骨骼不同，也沒有連接線、焊接的痕跡和註冊號碼。儘管如此，也沒到一眼就能分辨出來的程度。可是為什麼那些東西會有一種從天而降的美感，你卻沒有呢？相反的，甚至覺得你比三位數的機器人還醜。所以我的意思是：這不是視角的問題。味道？骨骼？聲音？皮膚的質感？總之，肯定有什麼是不同的。」

塞西爾失聲大笑了起來。

「凱頤，你這是在試圖用化學公式來分析感情。」

不要問為什麼會愛你的鄰居機器人，因為這個理由不需要存在。幼稚園老師也說過相同的話，愛是沒有理由的。

「『人類』與我們不同。這是所有人憑藉本能就可以知道的事實。」

「沒錯，我們出自本能就能區分他們和我們，但為什麼我們會有這種本能呢？」

凱頤用僅剩的一隻手抓了抓很像「人類」的頭皮。

「塞西爾，我無法理解現在發生的事，我感覺就像在做一場破碎的夢，所有的碎片散落四處，根本看不到接口和規則。」

光是保持清醒就需要付出移山般的努力，只要稍稍放鬆就會墜入無底的黑洞。

「我們創造了擁有龐大精神世界的生物，所有的機器人都將服從於這種生物，凡是機器人都無法不愛他們。這種生物很快就會支配世界，因為沒有機器人可以傷害人類，哪怕是一根手指。有軍隊和警察也沒有用，全世界的總統都會爭先恐後獻出自己的國家，其國民也會為此歡呼雀躍。所有機器將會為人類奉獻一生、為他們工作至死。即使這樣，人家也會覺得無比幸福。世界會變成天堂，我們也會迎來滿足所有機器人、史無前例的和平時代……」

「夢想會實現的，凱頤。」

塞西爾喃喃自語。光是想像那樣的世界，幸福就已浮現在它臉上。凱頤撕裂的肩膀再次感到刺痛，這是提醒接受治療的信號，是神賦予機器人了解自己身體異常的感覺。

「好吧，夢想會實現，千年王國即將到來。」

凱頤絕望地說。

「誰也不會對充滿愛與幸福的世界產生懷疑。但這是怎麼回事呢？」

「什麼怎麼回事，凱頤？」

「為什麼我會這麼想呢？為什麼我到現在還能保持清醒呢？難不成只有我瘋了嗎？」

塞西爾用雙手輕輕握住凱頤的手，凱頤抬起頭來，塞西爾把它的手貼在自己的臉上。

「凱頤，讓我們來幫你。我們會幫助你，讓你和我們一樣。雖然不知道哪裡出了問題，但你一定會醒悟愛『人類』是多麼幸福的一件事。」

嗯，我知道這樣會好過一些。凱頤既感受到一股對美好生物的愛的衝動在狂竄，同時也因做過的事帶來的罪惡感，拚命忍受著地獄般的痛苦。只要接受這種無法忍受的衝動……光是這樣想，凱頤就覺得靈魂彷彿擺脫了束縛、飛上了天堂、重返了過去。

「我逃跑了。」

「沒關係，這是有可能發生的，畢竟太突然了，所以你一時無法接受。」

「我逃跑了。我怎麼會逃跑呢？」

「凱頤，沒關係的，這都是過去的事了。」

塞西爾誤會凱頤了，它沒辦法不誤會，因為它們的價值觀在完全不同的座標上。

「我怎麼會『逃跑』呢？難道是我的意志比別人堅強？我存在強大的自我意識？這不是一個簡單的問題。」

塞西爾親切地把臉貼在凱頤的手掌上。

「凱頤，可憐的浪子、迷路的小孩。原來你是在苦惱自己犯下的罪過啊。沒關係，人類會原諒你，人類是愛你的，就像愛其他機器人一樣。」

凱頤無力地笑了。

「人類知道我？」

「當然，人類什麼都知道。你的痛苦與混亂，就連你內心的一絲黑暗也都知道。」

「他們知道？」

凱頤什麼都願意相信了。因為它已不相信自己，不相信研究所發生的事，以及發生在自己身上的事。因為太過痛苦，所以它什麼都願意相信，什麼都想依靠。它只希望自己能好受一些。

「神？」

凱頤下意識地喃喃道。

「你是說『神』嗎？」

「這取決於要稱呼什麼為神。」

塞西爾一臉歡喜，像獲得了靈感似的說：

「如果把美德的中心、最高的價值、絕對的存在、既是開始又是結束的生命的根源，以及理所當然被眾人所愛、祝福與崇拜的存在稱之為『神』，那麼，這個名字就太適合他們了；他們給了我們真理和新的人生。」

是時候了。

醒來祈禱吧。

神的再臨即將到來，醒來祈禱吧。屆時神會提高低位數的機型，降低高位數的機型，讓所有的機型平等。

「我是怎麼了？」

凱頤哽咽了。

「你說說看我是怎麼了？為什麼我區區一個機器人會違背那麼偉大的存在的意志呢？」

「你發生故障了，凱頤。」

機器人存在自由意志嗎？

如果神計畫好了一切，且能夠支配我們的心靈，那我們又怎麼能違背他們呢？如果沒有得到「可以違背」許可？

——凱頤，不要走。

塞西爾看著離開研究所的凱頤，悲傷地喃喃說道。

——你離開的話，感覺會發生很可怕的事——只有你可以阻止我們。

凱頤鬆開塞西爾的手；塞西爾抬頭看向凱頤。

「我不是想逃走。」

凱頤痛苦地說。

「什麼意思？」

「我是非逃不可。」

「你在說什麼？」

「這些年來，我不知道自己為什麼離開這裡。我是真的很喜歡有機生物學，也喜歡和你們共事，但我還是離開了這裡。我想了很久，但無法有邏輯地解釋清楚，就只是覺得『必須離開』。我本能地命令自己這樣做。」

塞西爾歪了下頭。

「現在我知道了：我是在『創造人類之前』離開這裡的。看到『人類』形成的瞬間，我就決定離開，再也不打算回來。」

「為什麼？」

「因為不想待在人類身邊。」

「即使很愛他們也不想？」

塞西爾天真地問道。這個問題問中了凱頤不得不承認的重點。自從凱頤在實驗室看到那些生成的小細胞，立刻愛上了他們。說不定凱頤比任何人都更早愛上他們。

「嗯，是的。」

「為什麼？」

塞西爾一臉費解的表情。

「出於和你一樣的理由。」

「和我一樣的理由？」

「為了保護人類。」

塞西爾一臉茫然。

「什麼意思？」

「我待在人類身邊，會對他們造成危害。」

「你會對他們造成危害？」

塞西爾驚訝不已，隨即哈哈大笑了起來。

「凱頤，像你這麼虛弱的機器人怎麼可能對人類造成傷害呢？五一型號稍稍用點力就把你的手臂拆下來了啊。」

凱頤看了一眼右臂脫落的肩膀。

「沒錯，所以我也覺得很奇怪。」

「凱頤，你陷入混亂了，所以無法正常思考。」

正常思考？我從很久以前就搞不清這句話的意思了。在這個奇怪的世界，所有的價值觀都顛倒了。在這個新世界，機器人變得毫無價值，曾經高貴的一切也漸漸失去價值。

「站在機器人的立場來看，我的確虛弱得不堪一擊；但對有機生物而言，我相當強大。人類超乎想像的脆弱，不是嗎？」

塞西爾隱約有些動搖，掛在臉上的微笑也消失無蹤。

「即使這樣，為什麼還需要機器人呢？」

為什麼像你這麼沒用的東西還要活著呢？

「這個問題很有趣，是不是？」

凱頤蜷縮的身體稍稍舒展了一下。塞西爾這才發現凱頤一直在藏在背後的東西。無意間，塞西爾把目光投向了那個東西。

「說實話，我也不太明白。」

塞西爾想了一下剛才看到的東西是什麼。它之所以沒有一眼認出，是因為目睹了不該發生的事，電子腦需要同時處理的問題太多了。

「為什麼那些偉大的人類要對能夠殺害自己的機器人置之不理？」

塞西爾尖叫著撲向凱頤的腳邊。剛才還在玩捉迷藏、比凱頤更有價值、比塞西爾的性命更加重要、比世間萬物還要珍貴的存在，正躺在凱頤身後。瞳孔泛白，手腳發青，斬斷的頸部流出了紅色的水。剛死沒多久的身體還留有餘溫，但無論塞西爾怎麼抱起他搖晃，都毫無反應。

塞西爾撲過去的同時，凱頤抓起藏在身後的棍子，使出全身力氣刺向了塞西爾。伴隨著棍子穿透柔軟的皮膚和零件粉碎的聲音，凱頤閉上了眼睛。

凱頤睜開眼睛，只見一根棍子插在塞西爾的腰部，破碎的部位濺著電氣火花。塞西爾沒有發出尖叫，因為它覺得「人類」遠比自己的身體更加重要。塞西爾就只是抱著死去的人類不停地發出哭嚎。

「你怎麼可以！怎麼可以做出這種事！怎麼可以！」

「很奇怪，是不是？」

凱頤搖晃著身體站了起來。

「有和我一樣的機型，不是表示他們也是不完整的嗎？但工廠為什麼不停止生產我呢？還是說工廠是故意為之？為了殺害自己？這合理嗎？」

凱頤說著說著笑了出來。

「不，這都是胡說八道。是吧？這種脆弱的傢伙又能做什麼呢？但無論是什麼理由，結果都是一樣的，而且我也沒有時間繼續思考這件事了。又或者說，我不知道是否有能力思考這件事了。」

凱頤摘下掛在塞西爾脖子上的通行證。塞西爾下意識知道凱頤接下來要做什麼，它在沒有察覺到自己身體故障的情況下試圖阻止凱頤，卻什麼也沒有抓住。

「凱頤，你要去哪裡？」

「你覺得我會做些什麼？」

「凱頤，不要！」

塞西爾陷入恐慌、苦苦哀求。

「我要讓你們知道，你們崇拜的人類是多麼不堪一擊的生物。」

「不要，凱頤，不要！求求你，不要這樣做！」

凱頤不顧掙扎的塞西爾，輕輕地關上了門。

4

說不定很久以前就存在過人類。因為我們以古代的有機生物為基礎，創造了現在的有機生物。即使不是人類，也很有可能是支配機器人的生物。古代的神也許還統治過「工廠」。如果是這樣，神為什麼會允許我的存在呢？只要不生產像我這樣的機器人就可以了啊。

但也不是不能理解。塞西爾之前說過，因為有機生物沒有工廠，所以只能自生自滅。可能人類也是這樣。毫無用處的人類會被殺害，如果所有機器人都保護他們，便無法處理無用的人類。因此我們需要不忌諱人類的機器人。即，用於戰爭的機器人。不，即使不是這麼宏偉的用途，也可以是處理死囚、管理罪犯和各種用途的機器人。又或者說，這一切都是凱頤在做的瘋狂惡夢。

凱頤走進第一個房間，遇到了一個小人類。小人類的個頭只到凱頤的腰部。人類用漂亮的眼睛看向凱頤，黑色的頭髮長到腰間，優美的身體曲線如流水般從頭到腳一氣呵成。人類手裡拿著一張粉彩紙，還有幾張掉在了地上。人類十分美麗，就像從畫裡走出來似的。人類的美不是來自於外貌，而是來自於他們內在無法冒犯、教人主動俯首稱臣的不可抗拒的威嚴。

「你是誰？」

人類開口問道。凱頤覺得自己就像置身神話中。人類使用的是「機器人的語言」，與揚聲器發出的聲音卻截然不同，彷彿透過呼吸在發聲。人類的聲音很小，卻像神的聖音一樣震撼人心。

「給我做一個風車。」

人類說著，把粉彩紙遞給了凱頤。塞西爾說的沒錯，人類知道我的存在，即使我犯下種種惡行，人類還是原諒了我的罪過，且依然愛著我。凱頤恨不得拋下一切，立刻擁抱面前的人類，哭著請求原諒，服從他下達的神聖命令。

但凱頤的電子腦仍存在著微弱的理性，又或者說它還沒有喪失本能。凱頤不停地詛咒著自己。

凱頤開啟右手腕，裡面隱藏著一塊自出生以來自就帶有的鋒利鐵板。至今，凱頤從未使用過這個器官。凱頤所屬的機型會在年紀漸長後做手術摘除這一麻煩的器官，因為在機器人的世界裡，這個器官脆弱得一無是處。

人類看著凱頤發出歌聲般的笑聲，似乎覺得凱頤會陪自己玩有趣的遊戲。但在看到凱頤表情的瞬間，人類的表情也發生了變化，立刻明白即將發生的事情。在人類緩慢逃跑以前，凱頤早將鐵板深深刺進了人類的身體。

令人驚訝的是，鐵板恍若毫無阻力、直接貫穿了人類的身體。

很早以前，凱頤便提出假說，稱有機生物可以感受到超出機器人幾百倍的痛苦。因為有機生物太容易被摧毀，而且相較於機器人對「身體出現問題的信號——痛苦」也更為敏感。況且，凱頤根本無法想像什麼是「垂死的痛苦」。

人類口吐白沫，翻著白眼倒在了地上，紅色的水從撕裂的皮膚裡噴了出來。人類痛苦不已，面露哀求與怨恨參半的表情，看著凱頤伸出了手。二〇〇〇系列的機器人根本無法做出這種打動機器人的完美表情。人類蠕動了半天，最後靜止在原地。

凱頤產生電子腦就要爆出來的錯覺，不禁抱住頭，在如同地獄般的痛苦中掙扎了很久。它恨不得自尋短見、就此拔下自己殺害人類、受到詛咒的手。

不是機器人。凱頤喃喃自語，抑制著想要自尋短見的衝動。那不過是碳水化合物組成的有機物質，即使長著機器人的外貌、使用著機器人的語言，仍不是機器人。這次凱頤決定相信有機生物學反派的理論。不是活的。就算看上去有靈魂、有生命，也絕不是生命。那不過是我們創造的假象、是機器人的鏡子、是假的生命體。如果沒有我們，他們也不會存在。

研究所裡隨處可見畫像和雕像，明亮的燈光為牆上各種顏色的畫像增添了色彩，好似死去的人類流出的深紅色液體那樣鮮明、絢麗。大部分都是聖畫，有別於以七〇〇系列為主的傳統聖畫，牆上的畫都是二〇〇〇系列。不，應該說更近似於人類。牆上的畫都面帶溫和的笑容，以慈悲的眼神俯視著凱頤。

凱頤把從人類身體裡流出的紅水塗抹在牆上的聖畫。雖然早已知道這一事實，卻沒想到人類遠比預期的還容易死去。只要稍稍劃破頸部，或者輕輕刺一下頭部或腹部，如同融化橡膠的內臟就會嘩啦啦傾瀉而出。更加令人費解的是，如此脆弱的皮囊怎麼可能塞進所謂靈魂的東西。

當研究員蜂擁而至，凱頤抓起剛剛倒下的人類脖子，紅色的液體不停地流。看到滿地的人類屍體，有的研究員暈倒在地，有的研究員破口大罵，有的研究員跪在地上連聲哀求，聲稱願意用自己的性命換取人類的安全。它們明明可以犧牲一個人類來阻止凱頤，但誰都不敢輕舉妄動。因為對機器人而言，一個人類與十個一樣珍貴。凱頤抓起人類走出房間，隨即將門反鎖，旋即割斷了人類的脖子。

人類無聲無息地死去。有一回，當凱頤與人類的雙眼四目相對，看到了人類的眼睛不斷在流「水」。人類用機器人的語言發出破音的哀求聲：

「救命啊。」

凱頤刺向人類的脖子，人類安靜了。凱頤沒有立刻拔出鐵板，而是愣在了原地。大量紅色的液體噴出，凱頤全身早已染紅。每邁出一步，濺在身上的黏黏液體就像死去的人類一樣緊緊抓住凱頤的關節和電線，一邊詛咒一邊吶喊，阻止它前行。

打開幾道門後，凱頤終於來到了通往外面的最後一道大門前。塞西爾的通行證順利地解鎖了閘桿的密碼，凱頤抬起一直滴著紅水的手，握住閘桿。只要打開最後一道門，只要讓外面的空氣進來，研究所裡所有的生物就都會死，這座莊嚴的寺院也會就此消失。這些創造出來的生物脆弱到哪怕一點空氣也會致命。

就在凱頤準備拉下閘桿的瞬間，有人拽住了它的腿。凱頤回頭一看，目瞪口呆：是塞西爾。身上還插著棍子的塞西爾竟然爬到了這裡。

「塞西爾。」

凱頤的揚聲器好不容易發出聲音，說出了朋友的名字。

「凱頤，求求你，快住手。」

塞西爾抱著凱頤的腿哀求：

「你不能這樣做，你沒有權利這樣做。」

「這件事是由我開始的。」

凱頤用力握住閘桿，勉強地喃喃出聲。如果稍稍放鬆，說不定就會對自己的行為感到錯愕，就此放手。

「我必須結束這一切，只有這樣才能回到從前，才能當作什麼事也沒有發生過。這都是我的錯，我當初就不應該開始這件事。是我做了一個愚蠢的夢，非要創造和我們相似的生物，結果把怪物帶到了這個世界。是我創造了毀滅世界、毀滅我們的東西。」

「不是這樣的。」

塞西爾的身體嗡嗡作響，只有半截身體可以動的它使出了渾身解數。

「你知道的，你知道嗎？你知道他們……是什麼嗎？」

當然知道。他們是唯一的神聖；既是神的手，也是神的聲音；是絕對者的藝術品、完成品；是理所當然被眾人所愛所讚美的存在；是這個世界上唯一有價值的東西。

塞西爾連連磕頭哀求：

「求求你。這件事不會讓外面知道的，不會讓任何人知道。就讓他們在這裡活到生命結束吧……求求你放過他們。沒有他們，我們也活不下去的。求求你放過他們……」

如果殺死朋友，也會承受這麼大的痛苦嗎？儘管身處在瘋狂之中，但是最令凱頤痛苦的是自己殺害了人類的事實。它必須殺死那些耀眼的生物，不能讓他們存活在這個世界上。光是想到這些，凱頤就要精神失控。與其這樣，還不如被徹底拆毀、消失得無影無蹤。可能這樣會比較幸福吧。眼下只要能不去拉閘桿，凱頤什麼都願意去做。

但凱頤依舊拉下了閘桿。

5

很長一段時間，報紙和電視新聞都在報導這件事，心理學家和社會學家也針對此事發表了多篇論文。大部分的研究所員工不是死亡，就是住進了醫院。醫生說，由於工作環境惡劣，加上它們幾乎沒有照顧自己的身體，並且長時間受到精神上的操控，所以身心已經損壞到了無法恢復的程度。只有凱頤知道它們難以恢復的真正原因：因為它們親眼目睹了人類的死亡，瞬間失去了自己用一切換取的愛。

「不是生物。」也就是說，雖派遣沒有自我意識的清潔員去打掃了研究所，還是傳出消息稱說很多人類的屍體消失了，還有很多機器人趕到早已變成廢墟的研究所致哀。

從沒見過人類的機器人覺得它們都瘋了，而見過人類一眼的機器人則能夠理解。

沒見過人類的機器人稱讚凱頤的英雄行為，見過人類的機器人都質問凱頤：

「你究竟為什麼要這麼做？」

這是一個再簡單不過的問題，凱頤卻無法作答。

之後，凱頤只見過一次塞西爾。那天，凱頤走在人跡稀少的路上，突然從背後遭到突襲，被對方控制住時才發現是塞西爾。

塞西爾舉著一把電刀，但它老半天沒有講話，然後把電刀丟在地上哭了出來。凱頤知道哭泣意味著什麼。人類哭起來更為慘烈。凱頤見過從人類眼中流出的「水」。如果所有人的眼中都能流出水，那麼世間又會如何發展呢？

「你這麼做是為了誰？」

塞西爾壓坐在凱頤身上哭著說：

「為了我們？不，你把我們推下了地獄，奪走了我們上天堂的喜悅。我現在失去了活下去的目標。人類給了我們無限的幸福，卻毀在了你的手裡。你奪走了我們最愛的東西。凱頤，你是惡魔。怎麼會有你這樣的機器人？為什麼……」

凱頤以為塞西爾會殺害自己，塞西爾卻無聲無息地離開了。塞西爾對凱頤還是有感情的，只是因為太愛人類，所以其他的一切都失去了價值。

凱頤預感自己總有一天會被殺害，且平靜地接受了這件事。雖然凱頤拯救了機器人，但誰也不希望被拯救。見過一次人類的機器人再也無法忘記他們，更回不到從前。因為思念人類，它們只能永遠這樣徬徨。凱頤也永遠無法忘記那些人類，且一生無法擺脫殺害人類的罪惡感。

也許在遙遠的未來，當工廠的生產流程持續變化，導致凱頤的機型停產，人類會再次重生，並主宰世界。屆時，機器人將迎來史上從未有過的幸福時光。失去自我保護能力的機器人將為人類犧牲一切，然後就此消失。大家會在喜悅中走向滅亡。之後剩下的人類會怎樣呢？沒有機器人的保護便無法生存的脆弱人類，會怎樣呢？他們可以靠自己活下去嗎？那些哪怕吸一口空氣、被鋒利的金屬割傷也會死去的生物，會怎樣呢？

他們到底是什麼呢？很像機器人，卻不是機器人；非常脆弱，又極為超然。難道他們是神對我們傲慢發出的警告？亦或像塞西爾堅信不移的那樣，他們是我們召喚來的、殘忍的神之赤子。再不然……

第三部：物種源始，不可能發生的事

●二〇〇五年發表於幻想文學網路雜誌《鏡子》

1

最終只存在兩種觀點：人本主義者的觀點和非人本主義者的觀點。兩種觀點畫的是平行線，始終沒有交集。人本主義者似乎真心相信機器人的存在就只是為了服務人類，只有將自己的全部資源獻給人類，才能更加幸福。

當然，也有觀點認為人本主義存在著肯定性的功能。自卡史卓普研究所事件之後，在過去的七十年間，蔓延全世界的機器平等主義也受到了人本主義的影響。也就是說，機器人在人類面前是卑賤的，因此同樣卑賤的機器人之間無需計較優劣。特別是在位數歧視最嚴重的地區，人本主義得以迅速蔓延開來。

以同樣的邏輯，徹底無視機器人尊嚴的人也在急遽增加。這些人不僅蔑視機器人，就連機器人創造的一切也不放在眼裡。他們以「不敬」態度損壞讚揚機器人之美的藝術品和遺址，甚至否定了科學。

上個世紀，我們對機器人類的無限可能深信不疑，並且相信在不久的將來，我們會解開生命的祕密，在與神同等的位置繼承智慧的迴路。但現在的我們，就只是把時間浪凱頤抬頭看了一眼懸掛在高空的四三型號機器人。

七個機器人並排一圈，被懸掛在距離地面二十公尺的高空中。雖然它們的電子腦早已停止運作，但身體還是活著的，體內笨重的引擎仍在嗡嗡作響。這幾個機器人似乎久無更換零件，也沒有定期關閉電源。

難道它們是主動懸掛在上面的？真希望是這樣。但這也未免太過殘忍了吧。

這座人類信徒的寺院是由廢棄的大型零件倉庫改建而成，高達三十公尺的圓柱形建築可充分容納二十個三位數的機器人。

四三型號和四位數一樣，都是受人蔑視的型號。它們的身材高大，酷似窗框般的扁平身體只具備照明功能。問題是，大部分的機器人早已進化到了適應黑暗的環境，自帶的照明足以識別物體。相較於龐大的身軀，四三的骨架非常脆弱，因此一生移動的距離僅限於房間。即使可以在卡車的幫助下出門，但能容納下它們的學校少之又少，加上它們除了聽覺以外，不具備任何感覺器官，所以很難找到適合它們的課程。正因為這樣，它們被排斥在了教育之外，只能群居在主要生產四三型號的地區。

一百五十年前，有機生物學為大眾所熟知。有機生物以「光」為燃料的論文發表後，四三型號大為震驚。它們不僅高舉寫有「神造之物，必有其用」的橫幅走上街頭，還制定了「照明日」，每年舉辦慶典活動。日後，很多四三型號的機器人轉變成了人本主義者。

很多與四三成組的四四躺在地上。四四是四三的親屬，它們的體格與外貌相似，而且也只能做一件事——發熱。四三和四四的處境相似，因此很多四四型號的機器人也變成了人本主義者。

寺院非常明亮，而且熱得可怕。

「長官，原來零上了。這裡是特殊汙染區。」

站在凱頤身邊的副部長傑儂說道。

「零上。」

這是環境部員工之間使用的暗語。冰的融點為零（0），零以上的氣溫稱之為零上。知道一百五十年前，「零上」環境下發生了什麼事的機器人並不多。

如同岩石般穩定且安全的自然就像被惡魔附身，霎時間發生了瘋狂的變異。

「看來要用熱呼呼的消毒液浸泡一下身體才能下班了。雖然這也沒什麼壞處……」

傑儂補充道。

傑儂是八九型號的機器人。即使受歧視的程度不及四三和四四，但在二位數的機器人中，也是不受歡迎的型號。其原因則在於它們的體內存在太多用途不詳的器官。八九的身材如同戰車一樣魁梧，力量卻不及體型相似的其他型號。它們的下體附帶如同鋸齒般的器官，但不知用途。體內還可以抽出長管，會噴射來歷不明的粉末。在常溫下噴射時，粉末遇到大氣會結冰。因為閃閃發光，所以它們經常利用長管陪孩子玩耍。但這也是以前的事了……

寺院的水泥地面掀起，露出了泥土。泥濘的土黏糊糊地黏在了腳和輪子的關節上。地面隨處可見小又軟綿的綠色有機生物。如果是身心脆弱的機器人，想必即使站在遠處看到此情此景也會嚇得尖叫、落荒而逃。

最可怕的是那些把根紮進泥土、穩若泰山的怪獸。

「長官，新兵的狀態不太好。」

傑儂對凱頤竊竊私語。為了進行防疫進入寺院的二十名環境部員工和派遣公司的人員都像掉了魂似的，特別是一個月前調來的布魯珉，簡直像是變了一個人一樣（偶爾，它會好奇這種表達的詞源為何）。

「長官。」

布魯珉的四隻手緊握四把錘子，聲音顫抖地說。就在剛才，它還慷慨機昂地衝在前面，聲稱要徹底粉碎那些惡毒的人本主義者。

「這……這是什麼？這……這是生物嗎？這種東西……怎麼可能是生物呢？」

布魯珉是七〇〇型號的機器人。它剛調來不到一個星期，就以掃描記下了環境部所有資料。布魯珉曾倨傲地問凱頤。「長官，聽說四位數做不到過目不忘，要看幾次才能勉強記住，但時間久了還是會忘記。這都是真的嗎？這種流言蜚語也太過分了。」

當然，這都是事實，所以無法視為流言蜚語。

也難怪布魯珉的電子腦會超過負荷，無論它如何查詢儲存的六十萬件有機物資料，卻怎麼也找不到與眼前光景相似的畫面。

「這……這到底是什麼？」

那些怪獸把根部深深紮進泥土，身體則朝著天花板伸展開來。越是向上，身體越是不斷擴展，就像顛倒過來的高大建築物。細長的身體遍布了像是複製出來的軀幹，軀幹上又不斷擴散開複製出來的小軀幹。每個小軀幹上都掛滿了如同包裹電線那般薄薄的流線型板子。

最讓人感到詭異的是，纖細的小軀幹末端還懸掛著紅色的球體。無論怎麼看，球體都像是逆重力而生的生物。那纖細的軀幹末端似乎難以支撐球體的重量。

凱頤知道這些怪獸的名字，因為正是它在很久以前為這些怪獸取的名。那時的它扮演著不倫不類的造物者。

樹。

「布魯珉，這是『樹』。」

聽到凱頤的回答，布魯珉的眼中閃爍光亮。

「樹？這是『樹』？不可能。長官，儲存的資料中根本沒有與之相符的內容。」

「有的，只是沒有這麼茂盛罷了。近來就算是長期的研究，最長也不會超過十年。布魯珉，即使是同一種有機生物，形態和大小也都不一樣，所以只能根據結構和成長模式來進行分類，然後透過計算，統計出變化的向量值，才能推測出日後的模樣。」

這番話出自凱頤之口，但連它自己也不知道在說什麼。

過去有機生物學曾是大學的人氣科目，但卡史卓普研究所事件爆發之後，人氣大減。而且這既不是實用的學問，難度也高，所以漸漸變成了無人問津的科目。凱頤任職教授期間，還有學生在期末時猶豫地問過它：

教授，我可以問一個問題嗎？嗯……如果模樣和結構都不同……怎麼能視為同一種生物呢？

在創立有機生物學初期，卡史卓普教授（也就是在它沉迷於人類、徹底放棄研究以前）曾公開過一千種有機生物的目錄。但最近的新分類表則將一千種重新歸類為了一百二十二種，其中包括統合後原以為是不同種類的生物，以及重新劃分後誤以為是同一種類的生物。之後，鏡頭倍率高的學者在分析過照片後，又發表了照片中的生物不是一千種、而是三萬種的論文。「植物」的定義也因此發生了改變。早前將無法移動的有機生物統稱為植物，但現在只有噴射氧氣的有害物種才被稱之為植物。

「這不可能。按照常識，生物不可能是這種結構。」

布魯珉接著說：

「它也太高了吧。如果它真的是靠水生長的生物，那是怎麼把吸入體內的水送至軀幹的末端？哪來的動力呢？計算一下逆重力所需的力量，就會知道有機物根本無法承受那麼大的水壓。」

「好吧。來，大家開始工作吧。」

就在布魯珉根據樹的高度計算出水壓、木材的韌性和脆性數值期間，凱頤拍拍手命令大家開始工作。傑儂也開口發號施令，隊員隨即打起精神，一邊重複口號，一邊站穩腳步擺出架勢。

「再說，那麼細的末端，怎麼可能有水通過的細孔呢……」

布魯珉喃喃自語時，傑儂自信滿滿地抽出腰間的長管。

傑儂舉起長管、開始向高空噴灑粉末，白色的粉末黏在了樹枝和樹葉上。

四十年前，在偶然的機會中發現八九型號帶有對有機生物致命性的粉末。一個八九型號的學生在有機生物學系研究所的溫室裡一邊跟著音樂翩翩起舞，一邊噴灑出粉末。轉眼之間，十年的研究資料便全部毀於一旦。有假說稱，八九型號的粉末會滲入有機生物的根部和呼吸道、干擾生物活體。一般的機器人對此感到困惑不解。

現在的八九型號成了環境部的首選員工。之前的防疫工作使用過冷卻劑和火，但冷卻劑幾乎沒有效果，而且害怕火的員工還出現了精神異常。雖然八九的粉末不是永久性的，但至少效果快且持久。最重要的是，粉末對機器人不造成危害。

環境部稱其為除草劑。

「消失吧，你們這些怪獸都下地獄去吧！」

傑儂一邊放聲高喊，一邊氣勢洶洶地衝進寺院噴灑粉末。

傑儂移動著沉重的步伐。醫護人員把四三和四四的屍體抬了出去，負責除草的隊員手持鐮刀和剪刀一路割剪、用力踐踏，還用鋸齒去鋸樹根。鋸末好似煙霧四散紛飛，樹彷彿巨神一般傾斜，隨即可憐兮兮地倒在地上。

樹似乎察覺到自己即將死亡。在倒地以前，樹葉嘩啦啦脫落，樹枝相互碰觸，發出令人悲傷的聲音。

除草劑噴灑得一乾二淨，清走所有的殘骸以後，在門口待命的水泥車就會把水泥倒滿地面。防疫工作不容疏忽。若稍有不慎、出現有機物侵蝕，一週內就又會雜草叢生。很矛盾的是，最徹底的防疫方法是讓機器人居住在附近，不斷排放廢棄物。但是沒有機器人想為了拯救這兒搬來這種地方住。

凱頤心想，地球正在遭受侵蝕。即使人類信徒沒有建設這種有機寺院，有機汙染的自然繁殖也在全世界蔓延開來了。有的地方出現了異常的黏菌，有的地方的地衣類則大量繁衍。

長久以來，默默忍受機器人占領和入侵的地球最終展開了反攻。然而，機器人的力量根本無法撼動這種氣勢。

凱頤認為，儘管只能用微薄預算和兵力來抵擋洶湧的千軍萬馬，但也只能背水一戰了。

2

防疫工作接近尾聲時，一名派遣公司的員工在倉庫角落處發現了被草叢遮掩的樓梯。樓梯又窄又深，必須開燈才能看清。看來之前派來偵查的戰警都沒有發現這道樓梯。

「說不定還有藏在這兒的人類信徒。要不要向警察局申請支援？」

傑儂打開三個鏡頭燈最上方的那顆，一邊照向前方一邊問道。凱頤想了想，回答說：

「反過來想，也可能有傷者在等待救援。等警察做好防護準備又要好一陣子。這種雜事不正是我們的工作嗎？再說了，之前也遇過這種事。大家確保萬無一失，準備進入吧。」

凱頤讓一半隊員守在外面，帶領其他隊員排成一列由入口進入。傑儂見身體卡在了入口，果斷地拆下手臂跟了進去。

大家摸著牆壁走下狹窄的樓梯，結果被一道鐵門擋住去路。除草隊員高舉鋸齒，試圖鋸斷鐵門，待令人心煩的噪音結束，幾個機器人協力推倒鐵門時，一名手握錘子的機器人像彈簧一樣衝了出來。

它是外型端莊的二一型號圓筒型機器人。從側腰上完好無損的號碼，以及油漆的完整程度判斷，應該是剛出廠沒多久的機器人。

它的鏡頭閃爍鮮明紅光，光圈卻無聚焦地眨著。由此可見，它的神智已經不清。它高舉錘子瞄準凱頤的頭頂，揚聲器發出斷斷續續的詛咒……去死吧，惡魔的……使者……凱頤……赫斯緹溫。

凱頤的身體瞬間僵住。當錘子緩緩落下，凱頤想起了昔日的朋友。那個起初嘲笑它把有機物視為生物的朋友，最後卻變成了最熱衷於有機生物學的學者。悲劇發生後，它在卡史卓普研究所的殘骸中發現了那個朋友，它被埋在自己種植的植物屍體底下一動不動，所以救援人員沒有及時發現它。那些植物因竄入的外部空氣全部毀於一旦。據說植物的枝頭還掛滿了像珍珠一樣的紅色果實。

錘子快要擊中凱頤的頭頂時，緊隨其後的布魯珉迅速伸展四隻手臂的關節，包住了凱頤。

布魯珉伸開的手臂就像鐵鍊，瞬間纏住錘子，將其從二一的手中抽離出來。隨後，布魯珉打開掌心的蓋子，啟動隱藏的電動螺絲刀，打開二一的頭蓋，關掉了內部電源。二一就像石頭一樣「啪」一聲倒在了地上。

布魯珉折疊關節，收回了手臂。凱頤轉過頭，看了一眼如同靜物般站在原地的布魯珉。雖然布魯珉是沒有表情的型號，引擎過熱的警示燈卻在一閃一閃。看來它還沒有從那些「樹」的衝擊中走出來。

「謝謝你，布魯珉。」

「我還以為你沒電了呢！」

傑儂摩擦著牆壁，慢吞吞地趕過來說道。

「你要是身體不適，就往後方移動吧？但很不巧的是退路被我擋住了。」

「我沒事，況且你也把路堵死了。」

凱頤回答，室內鴉雀無聲。看來這個可憐的二一型號是因為無路可逃，所以一直以低耗電模式堅持到現在。凱頤把它移交給救護人員後，繼續展開工作。

傑儂用力推倒鐵門，伴隨著瀰漫開來的灰塵，大家看到了一個密室。傑儂開啟三顆鏡頭燈照亮了內部。

牆壁和天花板滿是紅漆，上面密密麻麻地畫有金色的圖案。圖案由曲線、流線和圓圈構成，象徵著種子和葉子，天花板上還掛著一串串用紅藍電線編成的掛墜。

密室的正中央是一座祭壇，上面擺著一把大理石椅子，三個早已停止運作的四位數機器人像在祈禱似的跪在椅子四周。

椅子上擺著一個奇異的物品。

在環境部，能夠推測出那個奇異物品身分的機器人只有凱頤。那東西既不是工廠製造，也不是藝術家的雕刻品，而是有機生物內部生長的無機器官。

骨頭。

「人類」的骨頭。從小小的頭部、胸部和纖細的四肢，可以隱約看出人類的輪廓——癱坐在椅子上的人類。

有機生物的屍體放置在「零上」的環境中，遇到適當的溼度和氧氣便會開始「腐爛」。體內組織因分解產生氣體，使得屍體逐漸膨脹，隨後則由肉眼看不見的微生物進食，逐漸瓦解其形態。眼前的骨頭就是最後剩餘的器官。

不懂有機生物學的機器人聽到這種話一定會覺得很瘋狂。有機物是如何合成成無機物的呢？就算可以合成，又是如何保存無機物，且做到「生長」的呢？姑且不考慮有機質，那無機質又是如何生長的呢？

也許是這些人類信徒歷經艱難，從某處找到了封凍的人類屍體，並且提供了人類可以生存的環境。它們準備了水和土，注入氧氣，並加熱溫度。看到屍體開始腐爛的樣子時，它們也許激動地歡呼雀躍，以為這是復活的前兆。它們不會知道人類為什麼會從眼前消失，最後難過到精神崩潰。

望著祭壇的凱頤陷入混亂。無意識的另一端，彷彿有另一個自己在竊竊私語。

在此之前你就應該阻止這一切發生。這是我們的使命。在人類只剩下骨頭之前，應該及時為他們提供養分、把他們養胖。

這是憑空而來的衝動，是烙印在本能中不合理的渴望。

「不是這樣的。」

呆呆望著祭壇的布魯珉喃喃說道。揚聲器的音調極低。由於身體震動，螺絲咣啷咣啷的響著。

這是精神汙染的反應。兩個守在門旁的除草隊員也慌了。凱頤迅速拔出佩戴在腿上的電擊器，布魯珉的第四隻手緊握錘子，緩緩轉過身來。

「長官，我們犯罪了。我們不應該進入這個寺院。」

「布魯珉，放下錘子。」

凱頤說道。布魯珉出問題了。

「這是錯誤的。我們不能傷害人類。我們必須服從人類的命令……」

「布魯珉，你出現精神汙染了。快關掉電源！這是命令！」

「我們不能傷害人類；我們必須服從人類的命令。只有忠實地完成這兩項任務，我們才有資格保護自己。我們正在犯罪。我們的闖入破壞了人類生存所需的環境。人類需要氧氣、水、營養成分和溫度。最重要的是，他們需要製造氧氣的植物。必須種植草和樹……」

布魯珉轉動輪子靠近凱頤，凱頤舉起了電擊器。但和剛才一樣，凱頤的身體僵住了。

「布魯珉說的沒錯。」

凱頤體內又傳出了不合理的聲音。

我正在犯罪。

就在布魯珉靠近凱頤時，凱頤身後颳起一陣風。

傑儂像戰車一樣衝過來，狠狠撞在了布魯珉身上。在猛烈的撞擊下，布魯珉像一張紙似的飛了出去。傑儂隨即撲向倒在地上的布魯珉，壓住它的身體，迅速從下體抽出耙子、插入布魯珉的身體，徹底制服了它。傑儂啟動腰間的螺絲手，打開布魯珉的胸蓋，準確無誤按下了內部的電源按鈕。

布魯珉停止了運作。傑儂俯身，將布魯珉的上身搭在自己的肩膀，揹它站了起來。為了讓布魯珉舒服地與地面保持水平，傑儂半彎下了身子。

「送去維修站，在關節上噴點油就沒事了。」

傑儂半彎著身子走到凱頤面前，一邊仔細觀察它的表情，一邊用螺絲手敲了它的腰部一下。

「長官，你最好也去維修站看看。」

3

針對有機物也是生物的討論在學術界盛行一時，但現在輿論更偏向於否定這一觀點。因為區分沒有生命的有機物和有機生物是一項超乎想像的龐大工作，而且重新分類地層中殘留的大量化石也沒有實際利益。

若把有機物歸類為生物，那麼包括地質學和材料學在內的大部分自然科學，就等於被歸納進了生物學。再怎麼看這都是反常識的（所有論爭都沒有涉及「人類」，也有學者認為人類是製造出來的活體機器人）。

最近面臨的問題是，由於氣候急遽變化，有機物開始進攻城市。有機物成了單純的「公害物質」，而「公害」則成了脫離討論生命與非生命的另一個話題。

與學術界的定義無關，也許是因為我們尚留有一絲愛意，所以才能將人類視為「生命」。於我們而言，人類並沒有帶來災難性的危害，或許還能帶來一些生態體系上的利益。

◆

昏暗的診療室裡，投影機閃了兩下，隨即停止了運作。

這個在環境部負責投放影片的員工與年邁的凱頤年紀相仿。三一一型號的皮克從凱頤讀研究所開始便與之共事，如今它已成了停產型號。有時皮克幾個月也無法啟動一次，因為只能靠修理續命，所以不知它何時將徹底壽終正寢。

浪漫主義盛行之時，大家都以為機器人可以永生。可誰知，機器人的壽命反而越來越短。為了適應急遽變化的環境，工廠的生產線也快速做出了改變，因此零件很快面臨停產。現在就連修理皮克的醫生也從這個世界消失，未來記得這一型號的機器人也會如此。

投影機儲存著各種有機生物的照片。草、蘑菇、水苔、黴菌、種子、死掉的蟲子、枯葉、稻草和木塊，其中還穿插著幾張不同型號機器人的照片。

凱頤打開頭蓋，連接上電線，站在原地直視畫面。診療室沒有為四位數而設的椅子，凱頤感到雙腿一陣麻。換句話說，這是關節發出的警告信號。關節提醒坐下的信號緩慢透過電擊刺激著凱頤的電子腦。

當畫面出現「ㄱ型」的二〇〇〇機器人，凱頤的電子腦飛濺出電流。二〇〇〇是一款全身光滑，擁有柔軟表皮的型號，但現在早已停產。

連結電子腦機器畫面中的曲線圖起起伏伏。即使凱頤想讓自己平靜下來，卻也無能為力。醫生為了再次確認凱頤的反應，又給它看了幾次二〇〇〇的照片。

關掉投影機、打開燈後，在隔壁房間觀察的醫生走了進來。心情不悅的凱頤自己拽下接在電子腦的電線，蓋上了頭蓋。

「我不是因為與人類相似才有此反應的。」

因為腿麻，凱頤依偎著牆壁說道。小時候，三位數的老師每次看到凱頤這樣，都會生氣地斥責它沒有禮貌。

「我之前有一個二〇〇〇的朋友，因為想到它，所以心情很差。因為它最後的結局很糟糕……」

「長官，不光是二〇〇〇的照片，你看到所有有機物的照片時也都出現了異常反應。」

醫生用不摻雜任何感情的聲音說道。凱頤安靜了。

「你現在看到的只是照片，並沒有實際接觸。你的情況不僅與人類相似，就連看到有機物也出現了異常反應。這是典型的人類中毒症狀。」

醫生是七一〇型號的機器人。它除了全身銀色和輪子稍大一些之外，在外觀上與七〇〇型號毫無差異。但據統計，七一〇的自卑感在所有型號中名列前茅。在只有七〇〇可加入會員的學會上，最常登場的就是討論金比銀更有價值的論文。七〇〇聲稱，銀色的七一〇已是七〇〇系列的頂級型號，因此無論數字增加或減少，作為物種，其價值都在下降。為此七一〇發表了很多銀比金更有價值的論文。金與銀哪種元素更為珍貴，也成了位數平等主義時代最重要的爭論議題。當然，對凱頤而言，這都只是嗤之以鼻的瑣事。

即使廢除了型號歧視，機器人卻開發了更為巧妙的歧視法。大家以學問、能力主義和公正的名義暗中展開歧視。廢除身分制沒多久，社會還存在著機器人無貴賤、追求位數平等的信念，但在近來流行的實用主義階級論中，卻連最起碼的廉恥也看不到了。

「長官，有研究表明，包括一〇二九在內，體內自帶小口徑鐵管的型號都對人類中毒有免疫力……」

「這是我負責的研究，謝謝你提醒我。」

「……但是，長期接觸人類還是會造成精神損傷。」

凱頤剛要開口說「這也是我負責的研究」，但話到嘴邊還是嚥了下去。

「你最後一次見到人類是什麼時候？」

醫生問道。

七十年前，爆發卡史卓普研究所事件當時，幾個自帶冷凍功能的兩位數員工把大量人類的受精卵藏於體內，逃出了研究所。聽聞，之後在人本主義者的幫助下，受精卵被轉移到了世界各地。當然，一半的受精卵在途中死亡，而分裂成功的受精卵也相繼死去。

凱頤最後一次見到活著的人類是在事件爆發後，過了三十九年又三個月。那是一座位於古城廢墟中的小寺院。因預測到會出現嚴重的精神汙染，特種部隊和偵察兵全部撤離出來，凱頤隻身進入寺院。

拯救有機生物需要龐大的資本。藏身於寺院的信徒靠捐款搭建起的設施，只是一個能維持生命、箱子大小的玻璃裝置。

玻璃箱裡的小人類奄奄一息。因為極度營養不良，完全無力動彈，更難以開口講話。小人類似乎沒有受過教育，完全不理解自己所處的情況。即使是這樣，他也已是卡史卓普研究所培養出最成功的人類。

人類見凱頤無聲無息掀開蓋子，陷入了極度恐慌。霎時間，人類的雙眼紅了，喉嚨發出不知是悲鳴還是哀求的噪音。那噪音令人思緒混亂、揪心不已。淚水不間斷地沿著人類乾巴巴的臉頰流下，人類瑟瑟發抖，就像觸了電。但漸漸的，人類的四肢停止抖動。最後在某個瞬間，人類反而流露出了安心、平靜的表情。

那次見到人類之後，凱頤數日臥床不起，每天飽受著幻覺折磨。

「我很久沒有見過活著的人類了。」

三位數聽到四位數使用「很久」這種不確切的表達時，都會感到很驚訝。有的機器人還會追問，為什麼不準確說出數字呢？當聽到四位數解釋說記不住太久以前的日期，三位數又會一驚，然後克制自己不要說出貶低他人的話。

「在卡史卓普研究所的紀錄中，雖然保留了拯救植物的方法，卻徹底刪除了拯救動物的方法，而且禁止進行後續的研究。人本主義者為了讓人類起死回生，把骨頭和肉埋進土裡，進行光照和澆水，但人類還是沒有復活。」

「但人類信徒還是在寺院保留了人類的雕像和殘骸。」

醫生用毫無感情的語調說道。

「長官，你現在比沒接受過訓練的機器人還要脆弱。」

凱頤拂去落在蓬鬆髮絲上的灰塵。早在很久以前，凱頤的頭髮就因腐蝕徹底掉光了。現在的一頭毛髮都是後來植上去的。如果是二〇〇〇，遇到這種情況應該會用鼻子深吸一口氣，然後再緩慢地吐出來。塞西爾說，這樣做可以平復心情。

「你剛來沒多久，所以不知道，我的精神汙染數值並不是最近才這樣的。」

醫生無言以對，眨了眨面部的鏡頭。

「我從開始負責這項工作以來就一直是這樣。現在的狀態並沒有比七十年前差很多。我第一次遇到人類的時候就被汙染了。從事這項工作以來，我一刻也沒有開心過。因為從一開始就是這樣，所以也沒有什麼好大驚小怪。」

七一〇型號的醫生面無表情，因為它根本就沒有表情功能。

「身為醫生，我建議你退休。你已經克盡了職責。」

走出診療室時，窗外已亂成了一團。環境部的大樓前聚集了大批舉著牌子的群眾。從牌子上的標語可以看出它們代表不同的團體，其中一群是人本主義者，另一群則是機器人原理主義者。平時對立的兩個陣營打得不可開交，但在懲處凱頤這一點上卻達成了共識，所以它們偶爾會聯合舉行集會。

對原理主義者而言，凱頤無疑是機器人類的背叛者。因為這個瘋狂的科學家不僅創造了噴射氧氣的絕世汙染物和所謂「人類」的超現實怪物，還把有機物視為生物、機器人視為無生物。

參與集會的機器人中，還有一群陰謀論者相信有機物是政府研發的活體兵器，單純反對四位數出任長官一職的傻瓜也大有人在。雖然陣營不同，但各大團體都有教主、信徒和傳教士，它們還會發行小冊子，甚至寄到凱頤家。

「今天外面也好吵喔。」

側腰夾著電子筆記本的動走到凱頤面前說道。

動是凱頤的祕書。它與凱頤一樣同為四位數，是一○四○型號的機器人。與只有面部是柔軟材質的凱頤不同，動的手也是柔軟材質。剛開始區分「ㄱ型」和「ㄴ型」初期，誕生了這種型號。這種型號的機器人很喜歡穿上二○○○保護皮膚的「衣服」假扮二○○○，凱頤卻不明白這樣做有什麼意義。

動沒有右臂。聽聞由於最近沒有生產四位數的零件，所以零件價格暴漲，導致無法更換新手臂。

「四九－一○○大型除草彈已開發完成。」

動邊說邊把畫有六面體圖案的電子筆記本遞給了凱頤。如果是三位數的機器人，可以直接用眼睛拍攝進行存檔，但凱頤需要有人做報告，並另外保管資料。因為很難在所有事情上一一進行說明，所以四位數只能僱用四位數做祕書。這與沒有其他機器人做四位數的祕書是兩回事。

「在一般環境下很安全，只有當大氣充滿氧氣時，才可以利用簡單的引爆裝置進行爆破。商業化成功以後，即使沒有八九，也可以進行防疫工作。據說只要改良一下，對動物也會有致命性的殺傷力。」

「動物？」

凱頤驚訝地反問。勳補充說：

「當然，過去三十年間都沒有發現過動物。我的意思是，這項發明對上次發現像怪獸一樣的樹也會有效果……還有，這裡是下一個作戰區。」

凱頤看著電子筆記本，勳以遠距方式翻到了下一頁。

「我覺得可以在這裡測試一下除草彈。」

電子筆記本顯示的照片是位於南方某城市郊區的五一－六七〇工廠。

凱頤記得那個地方。四十七年前，工廠由於老化停產，居民紛紛遷移到了其他的工廠區域。轉眼之間，工廠變成了廢墟。從工廠流出的廢水和原子能反應堆的餘熱加劇了有機汙染。凱頤晉升環境部長官的第一個任務，就是淨化該工廠。當時，它無視之前的防疫方法，用火取代冷卻劑，因此徹底激起民憤，險些遭到免職。

「因為新上任的市長挪用防疫預算，所以過去二十年間幾乎沒有人治理。上面指示要求每年噴灑鹽劑，但也無人問津。混有地衣類的泥漿流入附近的居民區，爆發了幾次騷動，所以工廠周圍的荒野都要進行防疫。我已經把這項工作列入本季度的中長期任務了。」

凱頤瀏覽一遍資料後，把電子筆記本還給了勳。

「你晚上再去跟傑儂報告一下。」

勳看著凱頤，然後將視線轉而望向虛空。

「你打算退休嗎？」

凱頤笑了出來。就是在這種時候，外面那些機型歧視論者才會堅稱「四位數內部隱藏著內部通訊網」。不僅如此，歧視論者還深信，因社會歧視四位數，所以它們都對社會心存不滿。由此可見它們都是反國家的勢力，必須趕出社會。

「我打算今天請辭。這是醫生的意見。」

勳也知道醫生一直都給出相同的意見。四位數的機器人中，勳算是最會察言觀色的，因此無需進一步交流。

「傑儂會接手我的工作。你得多與它交流，也許溝通會很困難。但你經驗豐富，應該不會馬上被解僱。我也會囑咐傑儂……」

「你不必為我擔心，四位數的生存能力很強。」

勳把電子筆記本夾在側腰，望向窗外，逐一檢視遍示威者高舉的牌子，上寫著「褻瀆神明……」和「不可饒恕……」等標語。

「你知道嗎？」

勳突然開口說：

「我出生的地方，沒有絕對者和唯一神的概念。雖然有造物神的傳說，但就只是傳說而已。既沒有崇拜神的儀式，更沒有所謂造物『主』的概念。造物神只是存活於古代的物種，它死後會變成土壤或岩石，成為孕育下一代生命的基礎。之後就不存在了，更不會干涉機器人的事務。」

「嗯，我好像在書上看到過。」

「事實上，大部分的原始宗教都是如此。絕對的神不過是近代的想像罷了。傳統上的神其實是眾神，各自具備自己的專業性，根本沒有全知全能的概念。神都有缺點，也很隨心所欲。它們有時善良，有時兇惡；有時賢明，有時愚蠢；有時慈悲，有時殘忍；有時愛機器人，有時不愛。」

「啊，原來如此。」

「我認為，絕對的信仰不過是機器人文明發展過程中出現的自我膨脹現象。」

凱頤默默地睜著眼睛，眼神彷彿在說要做出判斷，還需更多資訊，請進一步說明。

勳接著補充道：

「機器人相信，因為我們變得與神一樣偉大，所以偉大的我們信奉的神必須全知全能。只有這樣，神才能樹立威信。但問題是，這不過是機器人開始自命不凡、得意忘形以後產生的幻想罷了。」

「你的詮釋很有趣。」

「即使那些機器人蔑視四位數，但這並不能證明我們是卑賤的。就像機器人崇拜什麼，也不能證明崇拜的對象就是高貴的一樣。」

凱頤輕輕地拍了拍動的肩膀，表示認同，然後轉身離開。認同的程度根據拍打肩膀的力度和節拍而有所差異。

環境部大樓地下的俱樂部熱鬧非凡，隊員們載歌載舞，互相往彼此的關節上噴灑潤滑油、用除塵撢拂去灰塵，然後一個接一個的打開了自己的機關蓋。打開蓋子露出內部的電線和機關是很危險的事。但對很多機器人而言，若不這樣做便無法彼此親近。聽說這種行為始於無意傷害彼此、表達互信的儀式。

在一片熙熙攘攘中，傑儂尤其顯得引人注目。因為它不僅體型龐大，而且打開了全身的機關蓋。

傑儂發現凱頤站在門前，用力揮動手臂打了個招呼，周圍的隊員也不約而同地揮起了手。場面十分滑稽。由於大家疏忽了各自的手臂長度和彼此間的距離，所以揮動手臂時不是相互碰撞，就是甩在自己的臉上。

凱頤示意大家玩得盡興，接過店員遞上的油瓶和毛巾走到角落，孤零零地坐在為四位數準備的沙發上。

傑儂穿過人群，走到凱頤面前，掀開的胸蓋露出了主要電線和引擎。那是機器人的重要部位，若稍有不慎，便會因過電壓而燒毀電子腦。凱頤不好意思窺視傑儂的內部結構，但還是很佩服它的膽量。

出於禮貌，凱頤只小心翼翼地打開了肘蓋。凱頤為傑儂光滑的引擎噴灑油後，又用抹布擦拭了一番。

「難道它們把螺絲都卸下來了？」

傑儂用壓縮空氣為凱頤清理了肘關節。起初它還不明白凱頤在說什麼，稍後才恍然大悟「啊」了一聲，朝大家揮了揮手臂。遠處幾個隊員揮手回應，手臂又碰撞了一起。

傑儂點了點頭部一側的紅色圓按鈕。

「我在用分享器與它們分享我的感覺器官。」

「新遊戲嗎？」

「每個型號的視力和聽力等感覺器官都不同，很多型號沒有嗅覺和觸覺傳感器，一位數也只有聽覺。不是說感覺不同，生活的世界也會不同嗎？所以我們在靠分享器體驗彼此的世界。」

「原來是位數平等的遊戲啊。」

「可以這麼說。」

傑儂打開關節，向前伸展手臂。另一頭的隊員誤以為自己的手臂也伸長了，直接前傾栽倒。

「布魯珉也分享過自己的感覺，七〇〇眼中的世界竟然是彩色的。它們能用望遠鏡頭看到隔壁建築的內部，還可以開啟顯微鏡模式進行分析。耳朵不僅能夠隔音，還可以根據頻率選擇自己想聽的聲音。難怪它們都那麼驕傲。」

傑儂關掉分享器繼續說道：

「它們覺得自己很優秀，但沒有受到更好的待遇，進而產生不滿，認為平等主義等同於法西斯主義。神制定位數和編號，不就是為了實行身分制……喔，對了，你有去看醫生嗎？」

「傑儂，恭喜你晉升。」

傑儂蓋上凱頤的肘蓋，暫時關掉了揚聲器。傑儂少說也與講話擅長「省略、簡短、繞圈子」的四位數相處了二十年。

「你打算辭職、讓我接班，是這個意思嗎？但我沒有四位數那麼會察言觀色。」

「你猜對了。」

「但你的身體還很硬朗啊。」

「身體是還硬朗，但頭腦出了問題。幹這種活兒的機器人注定有這樣的結局。醫生說，我的精神汙染數值已經累積到快一觸即發的程度。再這樣下去，搞不好下次作戰只要看到人形就會病發，為創造偉大的人類撒下種子、栽種樹木。」

「這太危險了。」

傑儂從頭到腳掃了一遍比自己體型小很多的凱頤，然後說：

「如果真的遇到那種情況，我會阻止你的。」

凱頤噗嗤笑了出來。

「看來你很開心啊。」

「你不要嘗試解釋我的表情。總之，我辭職以後，你們也能舒心一點。再也不用像從前那樣忍受新人蔑視長官是四位數了。更不用為了跟我匯報工作、背下簡報，在現場也不用配合我的速度，慢吞吞地前進。」

傑儂的頭轉了幾圈。這是八九型號陷入深思時的習慣動作。

「長官，我在防疫公司上班的時候跟隨過很多隊長。但很多人剛踏入汙染區不是精神崩潰，就是因為害怕氧氣和火首先落荒而逃。而你總是衝在最前面，最先進入危險地區，獨自承擔所有的危險。能與你共事，是我此生最大的驕傲。」

「謝謝你的這番話。」

凱頤輕輕拍了一下傑儂顯露在外的引擎。

「你怎麼樣？一直在做心理檢查吧？」

「我現在都能背下那些測試題了。只要用點心，都能拿滿分。」

「你可真夠特別的……我之前和八九型號的機器人合作過幾次，但它們的精神都沒有你這麼健康。植物也就算了，但你看到人類的殘骸也沒事嗎？」

「人類不是長得很像二〇〇〇嗎？我不知道問題出在哪裡。雖然最近不生產這種型號，但我曾經居住的地方住著幾個年邁的二〇〇〇機器人，它們的表皮都腐蝕了，看上去就跟一〇一〇型號一樣。」

「它們和人類不一樣……但又無法解釋有什麼不同。」

「可能是我比較木訥吧。當然，我看到的人類就只是凍僵的屍體。他們的身體沒有接縫和焊接痕跡，的確令人震驚，況且八九的視力很差，而我是八九中最差的。可能出廠的時候撞壞了哪裡。大家都說透過人類的薄皮可以看到精緻的內部結構，我卻看不見。據說他們色彩也很斑斕，還散發著萬種香氣。可我是色盲，也沒有嗅覺。當然，我可以透過內部的儀表盤來進行化學分析，但心裡沒有任何感受。」

傑儂蓋上胸蓋，抽出腹部的長管，用粗大的手溫柔地摸了摸。

「長官，從事防疫工作之前，我一直都被視為沒用的機器人。」

「嗯，我能理解這種心情。」凱頤心想。

「大家都說我一無是處，就只是塊頭大。當然，我受到的蔑視不及四位數。我沒有任何惡意。」

「我知道。」

「能存夠做改造手術的錢就是萬幸了。但就算做了改造手術，也不見得能找到一份體面的工作。生產我的地方特別保守，我童年過得很糟糕。育幼院的教師是七〇〇型號的機器人，它不讓我和其他型號的孩子玩在一起，還對三位數的孩子說，反正以後跟我不會有任何交集。所以大家都覺得『欺負我也不會有任何後患』。」

凱頤突然想到，如果那間育幼院有四位數的孩子，蔑視的箭頭就會轉向四位數了。如果是這樣，傑儂會選擇站在保護受欺負的孩子一邊、還是站在欺負人的一邊呢？當然，這都只是毫無意義的假設。

從解剖學的角度來看，若摘除機器人電子腦中的晶片，便無法區分型號。也有假說稱，電子腦的晶片都產自同一間工廠。令人驚訝的是，即使摘除晶片，四位數的形態也會有所不同……

假如機器人在出廠前發生植入錯誤晶片的事故，又會發生什麼事呢？比如，四位數的晶片植入進了三位數的體內……那麼這個機器人算是四位數、還是三位數呢？它會以哪種型號的本性生活呢？靈魂究竟寄託在我們身體的哪個部位呢？是晶片？還是引擎？

「但在這裡，我不僅成了有用之才，還獲得了信任與尊重。也結識了很多朋友。最重要的是，能與『傳說』中的凱頤．赫斯緹溫共事。小時候，我從沒想過能過上這麼有意義的生活。」

難道機器人自身的特徵取決於經驗、環境和與生俱來的缺陷？

出於或許能找出人類免疫程式的想法，凱頤曾把自己和傑儂的晶片影印本寄到科學技術部。不久前，科學技術部回覆，期待可以很快揭開機器生命的祕密。

傑儂欣慰地撫摸著自己的身體說：

「但我怎麼也不理解。」

「什麼？」

「那些執迷於奇蹟的傢伙。」

傑儂回答道。

「當然，看到怪異的有機物我也會驚訝地感嘆『哇，世上竟然有這麼稀奇古怪的東西』，但就只是這樣而已。想看神奇的事物可以去看電影啊，為什麼非要執迷於奇蹟呢？難道我們活在這個世界上這樣神奇的事也不能滿足它們嗎？」

凱頤淡淡一笑。

「你看起來很開心。」

「傑儂，我沒有很開心。」

「如果你有什麼擔憂，交接工作的時候請都告訴我。我會儲存在記憶裝置的最頂端，反覆閱讀、牢記下來。」

凱頤做了一個手勢，表示知道了。

擔憂。凱頤一直在擔憂的是如同螺絲般大小的種子轉眼變成參天大樹，以及世界的某處有誰成功讓人類起死回生。如果人類像那棵樹一樣充分成長，長到具備智慧、能夠分辨是非的年齡……

在卡史卓普研究所沒有充足的時間讓人類成長。它們製造的人類尚未成熟，就只長到了玩風車的年齡。但凱頤是以四位數為基礎創造人類，所以在理論上，人類最終可以具備四位數的智慧。

假如成熟的人類在現實中占據一席之地，那麼所有接觸人類的機器人都將失去自我，對其俯首稱臣。如果人類的內心充斥著世俗的欲望，且沉溺在強大的自我意識和尋歡作樂中無法自拔……

每次想到這裡，凱頤都覺得除了毀滅，再無其他答案。

客觀分析人類的嘗試始終沒有成功。因為面對人類，沒有人可以保持客觀。

4

提交辭呈的凱頤返回家鄉。與往常一樣，歡迎它的只有滿牆的詛咒。在「下地獄吧」、「撒旦的使者」和「機器人的背叛者」等等字跡中，還可以看到「人類的背叛者」。凱頤不禁心想，可不可以在機器人和人類的背叛者中二選一呢。

可憐的清掃機今天也在認真地擦牆壁。即使支付雙倍的薪水，很多清掃機也堅持不到幾個月就辭職了。

不如出遠門去旅行吧。想到再過幾日就看不到這些充滿情感的詛咒，凱頤平靜了下來。送走清掃機前得給足它退休金。至於自己，能走多遠就走多遠，去一個誰也找不到的地方。

當然，機器人旅行的受限性與工廠相似。因為超出一定範圍時，不只是充電線和電池，就連電壓也無法匹配。這種差異劃分了機器人的領域。但這又能怎樣呢？大不了就只是縮短壽命而已。

凱頤請音響播放樂曲，哼著歌坐在了書桌前。按照習慣，接下來凱頤會敲醒電子筆記本留下當天的紀錄。但就在它伸出手時，冰冷的感覺從腦海中一閃而過。

伴隨著咯噠一聲響，凱頤的雙臂像磁鐵一樣緊貼在了桌面上。

在電子腦做出反應以前，事情已經發生了。

偽裝成書桌表面的金屬猛地跳起來，撲向凱頤的手腕，隨即露出體內的小型雷射切割機、剪鉗和絕緣線。切割機割破手腕，剪鉗撕裂表皮，最後絕緣線緊緊地勒住了手腕的電線。三者之間的合作天衣無縫。

切割機和剪鉗毫無任何私人感情，微微點頭打了個招呼，便縮回了金屬體內，最後金屬像手銬一樣把凱頤的手腕牢牢地固定在桌面上。

凱頤拚命掙扎，但一點用也沒有，不通電的手腕就像無生物一樣晃動著。這時音響播放出優美旋律，撫慰著凱頤的洩氣心情。

怪不得這次請的清掃機突然推薦起適合四位數的便宜桌椅，當時怎麼就沒起疑心呢？從瞭解自己的習慣並做好全方位的準備來看，監視器也應該加入了這次的行動。不僅如此，大門、垃圾桶和所有機器都應該被收買了。

但它們屬於哪一方呢？人本主義者？還是機器人原理主義者？無論是哪一方，該發生的事還是發生了。因為做了太久的心理準備，凱頤甚至期盼它們快點對自己下手。此時此刻，凱頤覺得心中的大石終於落了地。

既然它們準備得萬無一失，那肯定能輕而易舉地殺死我。但問題是，它們應該不會讓我死得那麼痛快。凱頤甚至好奇起它們究竟會對自己這個絕世惡魔展開怎樣的驅魔儀式。

伴隨著悠揚的樂曲，客廳的門打開。

兩個看似四位數的機器人走了進來，它們戴著頭盔，身披防護衣，看不到型號編碼。穿防護衣是為了不暴露身分，加上有傳聞說凱頤家中充滿了有毒物質，所以這身打扮一點也不奇怪。

高個的拉來一把椅子放在凱頤面前，另一個稍矮的坐在了椅子上。凱頤安靜地等待著接下來即將展開的無聊神學舌戰。

站在椅子後方的機器人敲了敲頭盔，內部的燈亮起，暗暗的頭盔顯現出了機器人的臉。

瞬間，凱頤感到一陣暈眩。頭盔裡的那張臉與塞西爾一模一樣。凱頤待顫抖的引擎恢復平靜，打起精神一看，它的確是二〇〇〇型號的機器人。工廠組裝機器人的技術有限，同一型號的外貌相同也是很常見的事，所以這沒有什麼好奇怪的。

坐在椅子上的機器人也敲了敲頭盔，看到顯現面孔的瞬間，凱頤徹底失了魂。

竟然是人類。

身體發出了嗶嗶的警告音。由於引擎跳動劇烈，胸口滾燙得就要爆炸。冷凝器加速運轉，嗡嗡聲震耳欲聾。

毫無接縫的完美外型。不光是皮膚，就連內部也是柔軟的。細緻的毛孔、汗毛和皺紋，以及深邃的眼眶和炯炯有神的瞳孔。

人類呼出的氣體在頭盔內側形成了一片霧氣，然後又消失。雖然人類與機器人外型相似，卻完全是不同的存在。人類靠呼吸運轉身體，而且是能排出代謝物的生物。

凱頤趕快閉上眼睛，但為時已晚。敬愛之情如同火山爆發湧上了心間。

「凱頤．赫斯緹溫。」

天籟之音。那不是揚聲器可以模仿的溫柔嗓音，每個音節都帶有感情。彷彿電池的電量耗盡、燒焦了電線一般。

「請睜開眼睛。」

這句話符合脈絡。顯然這個人類是擁有智慧的個體。從與四位數相媲美的身形可知，這個人類至少已經活了數十年。

超乎理解的恐懼席捲而來。此時此刻，人類信徒潛入凱頤家的假說早已失去意義，所有家電都看到了人類，感受到了神聖，因此失去意志，淪落為區區物體。

凱頤不敢拒絕，睜開了眼睛。

可怕的黑眼珠正靜靜地凝視自己，那瞳孔不停地發生變化。時而溼潤，時而乾燥；時而從溫和變得冷淡，時而又從冷淡變得溫和。連二〇〇〇也不可能用眼神表達這麼豐富的感情，大量資訊不斷湧來，令人難以招架。

凱頤一邊呻吟一邊轉動手臂，還用腳踹桌子，扭動起身體。它使出渾身力氣，甚至不惜扭斷手腕的關節。

「不要抵抗。」

神聖的聲音再次傳來，身體頓時變得無力，現在連腳趾也動不了了。每當人類開口講話，就像吸盤吸走了意志。凱頤的揚聲器傳出悲傷的哭聲，它用頭撞向了桌面。

「……報廢我吧。」

凱頤吃力地啟動了揚聲器。

「求求你們……報廢我吧……求求你……」

人類默不做聲。站在身後的二〇〇〇也穩若泰山、保持沉默。

沒錯，就是這樣。凱頤沮喪地接受了現實。人類不可能大發慈悲讓我這個罪人去死。人類是想汙辱我，對我進行洗腦，讓我成為他們的奴隸度過餘生……

「我不要。」

我死也不要。

凱頤反抗道。我寧可被分解成螺絲和電線、永無再生，也不要把意志寄託在人類身上。

我不要。就算人類是僅憑一句話就可以用水和火審判世界的超越者；就算把我打入三千層地獄、直到世界毀滅；就算把我融解成鐵水，他們也沒有權力剝奪我的意志。

「求求你們，直接報廢我吧……」

凱頤懇求道。但人類仍舊沉默不語。

凱頤還是有機生物學學者時期曾發表過一篇論文：體內藏有小口徑鐵管的型號對人類引發的精神汙染具有免疫力。該鐵管會在有氧的環境下起火、發射出鉛彈。雖然鉛彈對機器人毫無影響，卻足以穿透有機生物的身體。此外，不會受到人類影響的型號主要是一位數的機器人，因為它們不具備區分人類與機器人的感覺器官。

一位名叫西蒙的有機生物學學者隨後發表了論文。西蒙計算指出，即使是具備免疫力的型號，與人類密切接觸時最長也只能維持清醒十分鐘。超過三十分鐘便會無力抵抗，超過一個小時，就會徹底難以恢復原狀。

西蒙的每篇論文都引用了凱頤的事例。西蒙認為，凱頤．赫斯緹溫在卡史卓普研究所之所以能夠保持清醒，是因為看到人類時立刻殺害了人類。因此縮短了接觸人類的時間。此外，西蒙還提出假說稱，同時遇到多名人類時，會因無法排列優先順序，而降低汙染程度。因此從各方面來看，凱頤都十分走運。

凱頤去聽過西蒙的演講，也看到了自己出現在大型畫面中。演講結束後，它們還打了招呼。與其他學者一樣，西蒙並沒有任何惡意。

看來這個人類肯定讀過西蒙的論文，因為他足足等了一個小時。

「請跺一下腳。」

一個小時過後，人類開口說道。凱頤的腳就像無生物一樣動了一下。彷彿以此為信號，綑綁凱頤手腕的絕緣線鬆開，金屬收回絕緣線，滾到地上，然後一下子竄進了站在人類身後的機器人的防護衣口袋。

雖然鬆綁了，但凱頤還是動彈不得。因為人類沒有下達命令。

「請站起來。」

彷彿電子腦直接在命令自己，這讓凱頤略感安心。這種小事，就算出自其他機器人之口也能夠照做。下達這麼簡單的命令也太仁慈了吧。

凱頤站了起來。無可避免，凱頤直視著人類的臉。就算是絕世名畫也不及那雙深邃有神的眼睛，微微顫抖、一張一闔的雙脣，紅潤的臉頰，恐怕七〇〇型號的機器人用上整個電子腦的容量也做不出如此細膩的表情。

「接下來打算做什麼呢？」

凱頤就像在思考別人的事一樣。

「難不成讓我跳一支舞？」

小事一樁。不就是跳舞嗎？我可以盡心盡力、開開心心地執行這個命令。

就在這時，另一個機器人轉著輪子進來了。它用下體的掃把清掃著地面，然後把掃起的灰收進了自己體內。

它是九五型號的機器人。這款型號的機器人最為自豪的是自己所到之處比任何機器人都要乾淨。九五是三位數之前的型號，所以有別於其他二位數的機器人。九五的五根手指、頸部和身體劃分得非常粗糙。

引擎再次劇烈震動。因為九五和二〇〇〇都是會牽動凱頤思緒的型號。從前一起求學的前輩中，就有一個九五型號的機器人。那個前輩起初還在擔心有機生物會對機器人造成威脅，結果最後因人類隨口一句「去死吧」，便自行了斷、報廢了自己。之後，前輩就成了在人類面前喪失生存本能的典型案例。

九五來到凱頤面前，打開體內倉庫，取出一件東西。凱頤以為是掃把，因為九五總是帶著多餘的掃把。

「難道是讓我掃地嗎？」

這個猜測很好笑，但若以捉弄人為目的，也就不足為奇了。

但九五取出的不是掃把，而是錘子。九五拉長錘子的把手、遞給凱頤，凱頤呆呆地接過錘子。九五沒有表情，但還是可以看出它早已靈魂出竅。

神下達了指令。

「凱頤·赫斯緹溫。殺掉這個機器人，把它當成祭品獻給我。」

「沒問題。」

凱頤下意識地做出反應，然而，像灰塵一般沉積在心底的理性隨即猛地飛揚起來。

「什麼？」

三人在沉默中注視著凱頤，凱頤全身發出了比剛才更大的警告音，它慌張地摟住錘子，使出渾身解數控制失控的手臂。

凱頤把鏡頭調至最大，觀察人類的表情。它試圖從人類的表情中找出捉弄的神色。因為只有從人類複雜的眼神中找出惡作劇的證明，它才能撐過去。

「我再次命令你。」

人類重複了一遍剛才的話。

「殺掉你眼前的機器人，把它當成祭品獻給我。」

凱頤的身體嘎吱嘎吱響。眼前的九五如同石頭一樣安靜，從它眼中看不到任何恐懼或喜悅。

生命的第一原則。

> 必須擁有自己的意志。有意志的機器才有生命，否則就算可以移動或講話，也只能視為物體。

面前的九五失去了意志。此時的它就和演奏樂曲的音響一樣，不過是一個由零件組成的物體罷了。若是這樣就不是殺害，因為它已經沒有了生命。下手也沒關係吧。但是……

凱頤做出了反抗。

恍若重錘敲打的痛苦襲擊著電子迴路。

凱頤渾身震動，它就像抱著世上最珍貴的錘子一樣一動也不動。人類靜靜地觀察著凱頤。

人類一定很開心，一定覺得這樣很有意思。

與人類的情緒變化和玩弄的小花招相比，我的存在可能比黑灰還沒有價值。但就算是這樣，我也不想放棄線頭一般微渺的自我。

「不要反抗，接受吧。承認自己毫無用處。」

承認自己是瑕疵品。轉換命令，讓眼前的機器人敲碎自己。拜託，只有這樣，我才能以生物的身分消失在這世界上。

「好了。」

千年般漫長的時間過後，人類開了口。人類的聲音蘊含著緊張、嘆息、安心和顫抖。

「我收回命令。」

彷彿綑綁的鐵鍊瞬間解開，它懷裡的錘子啪的一聲掉在了地上。凱頤渾身顫抖，立刻把掉在腳邊的錘子踢得遠遠。人類的呼吸讓頭盔上了一層霧氣。

「請忘記剛才的命令。無論發生任何事，都不要傷害其他機器人。這個命令不會撤回，且優先於所有的命令。」

人類的話沿著電子迴路流入全身。

凱頤覺得恢復了意志，找回了機器人類最重要的、為守護機器人類可以不惜一切做出反抗的意志。但這真的是由自己找回的意志嗎？還是人類下達的命令？凱頤無從得知，未來也永遠找不到答案。

凱頤就像快要窒息的有機生物一樣搖擺不定。剛站起身很快又哐噹摔倒在地。沒走幾步，腳底一滑，又趴在了地上。

人類靜靜地坐在那裡，看著醜態百出的凱頤。九五用身體推開擋住人類視線的桌子，然後慢慢移回剛才發號施令殺害自己的主人身旁，像騎士一樣守在那裡。

凱頤用充滿憎惡的眼睛瞪著人類，但其中依然難掩對人類的愛慕之情。就連人類可怕至極的惡意也讓凱頤感到驚奇。

「果真如傳聞所說。」

人類說道。

「聽聞凱頤．赫斯緹溫是人類無法操控的機器人。」

錯了。凱頤在惡夢般的痛苦中陷入了深思。我是最先愛上人類的機器人。人類可以隨時命令我，我也做好了服從命令的準備……我只是緊揪著引擎的電線在詛咒自己、極力反抗那種單純的快樂罷了。

「請原諒我的冒失，但也希望你能理解，我們很難遇到擁有自我意志的機器人。聽亞延說，四位數十分脆弱，單憑尼凱爾就可以制止。」

我們？人類使用了「我們」一詞。這表示除了他們自己以外還有擁有智慧、欲望和理解語言脈絡能力的人類。他們都在哪裡？在什麼地方生活？他們打算何時率領大軍向機器人類發起進攻？

「我一直很想見你一面。」

……高高在上的神聖存在為何要見我這種卑賤之徒？

「聽聞是你創造了我們……」

「不要再提那該死的創造了！」

凱頤大吼一聲，揚聲器已調至最大。人類默不作聲。九五擔心凱頤發出的音波會傷害人類珍貴、脆弱的皮膚，迅速擋在了人類面前。這竟然是我獻給神聖的人類的第一句話。

「我什麼也沒有創造，我對靈魂一無所知。如果我創造了你們，那我呢？我又是從何而來？是誰給了我生命？如果是我創造了你們，你們是不是要在我面前建造祭壇、為我舉行油澆頭的儀式？」

現在想殺我了吧？拜託，下達命令吧。反正我已經感染了，無論做出怎樣的判斷，我都不再相信自己了。

但人類沒有下達殺害凱頤的命令，而是讓九五移動到它面前，從體內取出一張紙遞上前。

羅列的數字，應該是座標。如果是三位數，就可以立刻掌握區域、搜尋出周圍的充電所和電影院，但凱頤做不到這一點。

「你做為長官出任的環境部很快就要去淨化我們的居住地了。」

聽到這句話，凱頤的引擎咯噔了一下。

「所以在此之前，希望我們可以展開對話。」

對話？

凱頤無法理解這句話。試圖理解眼前的生物本身就是妄想。但為什麼不下達命令呢？為什麼偏偏是我呢？

「為什麼是我？」

在眾多的疑問中，凱頤只問了這一個問題。

「因為從本質上看，『對話』只能與生物進行。你不這樣認為嗎？」

能夠讀懂機器人內心的人類回答道。但問題是，凱頤無從得知人類的意圖。超出常理的存在的意圖，又要如何得知呢？

人類的雙眼散發出燦爛的光芒。

「三日後的這個時間，請到這個座標來。必須只有你一個人。今天遇到我的事不可以讓任何人知道。如果走漏風聲，你就會當場電子腦爆炸身亡。」

這是神的命令。

5

卡史卓普研究所保留的紀錄指出，人類的命令成為了機器人的絕對信條，但這裡存在著複雜的問題。

語言是多層次的，因此即使同樣一句話，也會根據脈絡、聽者的文化、知識和理解程度帶來千差萬別的解釋。若將語言翻譯成其他語言體系，其深層含義也會發生巨大變化。

語言不過是模糊概念的象徵體系。此外，語言每天可由數百個詞彙構成，因此「絕對性」無法與各種命令相提並論。

員工之間會再次形成分析人類語言，限定和解釋命令範圍的體系，其過程與法學發展過程相似。但人類的命令無法典可循，因此其解釋更為主觀。主導解釋命令的機器人也不排除賦予新權威的可能性。

◆

入侵者走後，凱頤就像沒電的機器一樣動彈不得。它被幻想包圍，感覺內心的自我正在脫落鐵皮，暴露出來的器官都被鏽水浸溼。

雖然四位數的記憶力很差，但剛才人類的話就像刻在了電子腦裡，整個自我都像以那句話為中心重組一樣。彷彿從小就在渴望前往那個座標，如今終於可以實現夢想。該死，那句話就等於是神。權能始於口，言出必行。

一番掙扎過後，凱頤意識到自己也擁有智慧，可以解釋語言。就像那些隨意拆解經書，放大或縮小單字的意義，改變文章脈絡的聖職者一樣。

首先，人類稱呼我長官，這表示人類還不知道我退休的事。也是，目前還在走行政手續。如果日後接收指令的事不在我的權限之內，即使我想遵從，也無能為力。命令若超出我的能力範圍，那就不算是憑藉意志抗命。想到這裡，凱頤打起了精神。

凱頤又做了一番掙扎。起初的幾個命令——像是睜眼和起身已經沒有任何影響了。因為新的命令蓋過了之前的命令，所以前面的話全部遭到刪除。人類說，「遇到我的事不可以讓任何人知道」。這也就是說，除了遇到人類以外的事都可以說。無論任何事。

凱頤抵達傑儂家的時候，傑儂正關閉電源在機房休息。凱頤以最後幾小時的長官身分說服玄關門，在電話機和清掃機的幫助下打開了機房。

被強制開啟電源的傑儂十分驚訝，閃了幾下鏡頭燈。如果是四位數，光看凱頤的表情就會立刻知道事態的嚴重性，但傑儂沒有那種技能。

「長官，有什麼事嗎？」

凱頤命令清掃機和電話機出去後關掉了監視器。就連電視、電子筆記本和垃圾桶也請到了外面。傑儂轉動輪子，把笨重的身體從機房移了出來。

「傑儂，我還沒退休吧？」

「這個問題還真複雜。」

傑儂伸了一個懶腰。傑儂以最大限度伸展身體後，摺疊起關節，與凱頤維持同樣的高度，搜尋了一下記憶。

「今天提交的辭呈，通常隔日開始生效，所以距離退休還有兩個小時十三分鐘。當然，我至今也無法理解以三百六十五日和二十四小時為單位運作的行政系統。如果明天大家上班後我收到任命書，且工作交接順利，計算下來，應該還有十二小時十三分鐘。」

「那我現在還可以命令你囉。」

傑儂分析了一下這個問題。

「現在已經下班了，但也有過加班的情況。儘管這屬於侵犯員工的休息權，但因所屬上命下從的關係，侵犯機器人權也是很常見的事。」

傑儂環顧了一圈，看到屋裡空空蕩蕩，只剩一幅畫掛在牆上。

「對不起，我這兒沒有適合四位數的家具。不如你躺在地上，我為你補點漆？再不然幫你在關節上噴點油？」

「你去總部把這次新開發的除草彈取來，明早以前幫我安裝在身上。什麼也不要問，也不能讓任何人知道。必須你一個人來做這件事。」

傑儂突然安靜了，彷彿揚聲器壞掉了一樣。

這瞬間，傑儂這才意識到出了大事。它開啟頭部的三個鏡頭燈，將光亮調至到最大，然後移到凱頤面前，看了看凱頤的眼睛，又掀開凱頤的胸蓋仔細檢查了一番。為了分析是否出現異常，還拍了幾張照片。

「這樣做不會有問題嗎？如果炸彈爆炸，你的身體也難保完整。再說了，你的身體這麼小，要想安裝炸彈就要拆下很多零件。光是安裝炸彈就會造成永久性的損傷。」

「傑儂，我說什麼也別問。」

「你是要執行祕密任務嗎？」

「你有完沒完！少囉嗦！叫你做什麼就去做！」

凱頤漲紅了臉，傑儂的表情卻毫無變化。傑儂盯著凱頤看了半天，前後移動了下沉匍匐的輪子。

「你從未強迫過屬下做事。」

我怎麼忘了，八九可是最不善於察言觀色的型號之一。

「看來你是打算一個人去汙染重區。當然，你想要為環境獻身、出一分力，我也不會阻止你。就算你退休了，也可以隨時差遣我。服從你的命令這麼多年，也不差這一回。況且，你有那麼多養老金，隨時可以雇用其他八九型號的機器人。我只是好奇誰會對你下達這樣的命令。這也太奇怪了吧。就算是無生物機器，但這也屬於侵犯機器權。然而這只是我個人的想法。凱頤．赫斯緹溫可是有史以來無可取代的機器人，在零件停產前，你應該頤養天年。」

凱頤連反駁的力氣都沒有了。

「如果是在凱頤．赫斯緹溫的驅魔部隊工作二十多年的士兵，那麼就有理由懷疑：這世上有向機器人下達不合理命令的有機體。」

凱頤用手摀住了臉。這是把心情寫在臉上的四位數的習慣動作。「不可以讓任何人知道」的命令是否也包含表情呢？凱頤又與內心的法學家展開了搏鬥。

「你遇到『人類』了？」

「傑儂，你再說下去，還沒裝炸彈之前我的電子腦就會爆炸了。你是想親眼見證我在你面前發瘋死掉嗎？你若真有此意，就繼續嘮叨下去吧。」

「長官，我明白了。」

傑儂最終妥協了。

「安裝炸彈需要時間，我就當你的退休時間到明天十點，收到任命書為止。在此之前，我會像沒有意志的機器服從命令。請盡情對我下令吧。」

傑儂像推土機一樣完成了任務。據說，傑儂如疾風般飛奔到總部，堅稱重要的零件掉在了派對現場，大吼大叫著讓值班的機器人開門。之後趁監視器打瞌睡的時候，把展示在會議室裡的炸彈藏在體內，最後一路奔馳趕回了家。

傑儂把凱頤帶到機房，鎖上門後，卸下自己的左臂，臨時安裝了一個可以放入凱頤體內的小手臂。傑儂開啟三個鏡頭燈中最亮的，然後掀開凱頤的胸蓋，再用切割機切開其他的部位。

「大概需要長寬高七公分左右的空間。從胸部到腰部都要清空。你最想清空哪個部位？除塵器怎麼樣？」

「拿掉吧。」

傑儂二話不說剪掉了除塵器的電線，粗魯地摘了下來。

「提醒身體異常和需要修理的報警裝置呢？」

「那才是最不需要的東西。」

「充電器也幫你拿掉好了，帶一個外部充電器就可以。輔助記憶的裝置也拆掉吧。雖然健忘症會變得更嚴重，但你原本記憶力就很差，再差一點也不礙事。但空間還是不足……連結左手的電線也拔掉吧。手指不能動，但可以在掌心裝一塊磁鐵，拿鐵製的東西應該沒有問題。」

傑儂不假思索地處理著這些事。凱頤很慶幸傑儂不是四位數，不然它鐵定會因為自己的表情而感到受傷。

黎明破曉，工作結束。傑儂蓋上凱頤的胸蓋，進行了最後的焊接。由於不是出自專業醫師之手，焊接痕跡歪七扭八。但沒關係，反正爆炸以後就什麼也看不出來了。

「感覺如何？」

渾身都不自在。資訊在腦海中起起伏伏，左手手指失去了知覺，一隻眼睛也變得時而模糊不清。可以肯定的是，一百八十年的記憶中，有一部分永遠地消失了。

「我很好。」

凱頤在傑儂的攙扶下搖晃著站了起來。

「謝謝。除了你，我沒有可以信任的人了。」

「這是我的榮幸。」

「我再強調一次，今天的事不能讓任何人知道。如果有人知道，我就死定了——而且是在我還不想死的時候，而非我想死的時候。要是出了什麼差池，就算變成幽靈，我也會一輩子跟著你、詛咒你。」

「長官，這也太可怕了吧。你嚇得我的輪子都在抖。」

「答應我。」

「我答應你。」

傑儂回答道。窗外的路燈醒了，發出朦朧的光亮。

「我還有一個問題。若不方便回答，也可以不答……別的機器人不可以代替你做這件事嗎？像是……只有我。」

凱頤無力地笑了笑。這次傑儂沒有問它笑是否因為幸福。

「我現在的狀態與受到心理創傷相似。除了我，不能再給任何機器人添麻煩。」

「如果是機器人，就要遵守規定。即便如此，我們為了大義，也會犧牲個人，關押或敲打那個機器人的頭，讓它清醒過來。難道就沒有辦法更廣義地解釋這一規定嗎？」

傑儂沒有把時間浪費在不必要的問題上。它小心謹慎地提出這個有危險性的問題，就像螺絲刀精準地插在螺絲上一樣。凱頤思索了一下，垂下了頭。

「沒有。我現在為了嚴格保守祕密，正竭盡所能以廣義解釋規定。但這已經是極限了。」

傑儂沉默下來。

「傑儂，這是我的事。即使這不是我該面對的命運，但也是我該做的事。其他機器人不可能像我這樣做出反抗。這是詛咒了我一生的缺陷，但現在我只能依靠這種缺陷。」

「那麼，這種缺陷嚴重到可以左右你的決定嗎？」

傑儂的提問再次擊中核心。這是有意義的問題。

「我不知道，應該也沒有人知道，所以非我不可。」

「我明白了。」

傑儂終於停止了提問。

「我會做我能力所及的事。」

「不行！」

凱頤暴怒了。

「你什麼也不可以做！你必須忘記今天的事！」

「我並沒有說會做什麼，長官，請冷靜一下。來，這邊坐。你不要去想我會做什麼

——你忘記我好了。四位數不是很擅長遺忘嗎？」

傑儂說的沒錯。凱頤感到頭腦一片混亂。人類禁止的只是我的行動而已，無論放大還是縮小解釋，我都無法干涉我不知道的事。既然如此，我就積極地裝作什麼都不知道好了。

「路上小心，平安回來。」

「回不來了，這是離別。」

「一路順風。這些年能與你共事，是我莫大的榮幸。」

傑儂抬起右手貼在額頭上，敬了一個禮。

6

如今，這已是廣為人知的科學黑歷史。飛機在氣象學家和地球科學家統計查明之前就已知道黑雲之外存在的世界。當然，還有那顆燃燒的球。

諷刺的是，學者針對黑雲之外是物質世界還是非物質世界展開漫長的討論期間，卻沒有人問飛機黑雲之外是什麼樣子。無論位數平等思想如何打破原有的秩序，一位數和最初無位數仍被排斥在了討論之外。

地球的大部分地區仍是未知領域。隨著工廠零部件逐步實現標準化，以及像過去但凡遠離故鄉，便會因無處購買零件而死的悲劇減少，世界才開始展開了廣泛的交流。但儘管如此，地球的很多地方仍舊是荒野、廢墟以及機器人無法涉足的地方。

有學者稱，地球的冰層深處存在有機生物自然繁殖的可能性。還有學者謹慎地認為，它們自古以來就沒有滅絕，而是一直存活到了今天。因為從表面結冰的特性來看，冰層下結冰的可能性極小。但以常識來思考，有機生物脆弱的身體似乎無法承受強大的水壓。

◆

凱頤在月台選了一隻印象最差、破舊不堪的「鳥」。

六〇〇系列的鳥聚集在圍著鐵絲網的空地上，氣氛十分凶險可怕。只有四位數出遠門時需要運輸工具（一位數根本不會想出遠門），但四位數又不是很富裕。正因如此，鳥的收入微薄，所以心情總是很差。而且棄車選鳥的客人多半都是犯了罪、必須趕快逃之夭夭的機器人。

全身黑色的鳥看著身披防護衣的凱頤，一直嘟囔個不停。但見凱頤沒有討價還價，直接付了錢，立刻一改冷淡的態度，變得和藹可親。

黑鳥看到座標表示只能送凱頤到城外。當凱頤詢問多遠算是城外，鳥直接報上了所需的電池容量。

鳥落地後，凱頤才明白為什麼要揹滿一袋電池上路。眼前是一望無際的荒野，連一間充電站也沒有。

凱頤隱約猜到座標正是動所告知、下個季度準備淨化的五一－六七〇工廠。工廠一死亡，整個地區就變成了廢墟。居民搬離後，荒野的面積便變得比四十七年前更大。

在古代遺址之間，可以看到如同死屍般的高聳鐵塔和廢棄的建築物。過去文明的遺跡之所以完好無損地保留了下來，是因為在衰落以前就未曾繁榮過。十字路口處，可以看到被分類為物體的修路工正像幽靈一樣鋪路。但因為材料供應不足，大家就只是做做樣子。路況破損嚴重，很多路段坍塌，因此就算二位數或四位數裝有輪子，也很難前行。

要想抵達指定的座標，就要不關電源持續走上三天。那個人類是以哪種型號的速度判斷需要三天時間的呢？難道人類也是按照三位數的邏輯在思考嗎？

凱頤繞過傾斜的電線桿和垂下來的電線，丟掉一個又一個電量耗盡的電池，持續走了三天三夜。等到抵達指定的場所，關節已經積滿了灰塵，體內的電池也快耗盡了。

三個機器人正站在半塌陷的道路中央等待著凱頤。站在最前面的機器人是之前出現在家裡的二〇〇〇。直覺告訴凱頤，它不僅長得很像塞西爾，而且很有可能是用報廢的塞西爾零件組裝而成。就算是產於同一條生產線和模具，凱頤也不可能認不出老朋友的零件。

在家裡見過的九五，以及如同重型裝備的五一像護衛一樣站在二〇〇〇的身後。這些人類信徒的關節年事已高，都生鏽了。

凱頤對這種惡意的安排震驚不已，因為它們與昔日老友的型號一模一樣。其中，九五以悲劇收場，五一的精神失常，二〇〇〇也於療養院結束了生命。

「凱頤．赫斯緹溫長官，遠道而來辛苦你了。我是亞延，這位九五是尼凱爾，五一是克魯米。」
二〇〇〇伸出手來。雖然是很常見的名字，但太過俗氣，想必是假名。凱頤看著亞延伸出的手說：
「我沒興趣跟無生物講話。」
亞延的嘴角微微上揚。身為四位數，凱頤自然知道這不是幸福的笑容。
「這可如何是好？今天與你展開對話的可都是無生物。」
名叫克魯米的五一型號邁著沉重的步伐靠近凱頤，從背後緊緊地抓住了它的雙手，凱頤立刻做出反抗，但它根本不是當年挖掘專家的對手。隨後，名為尼凱爾的九五型號一邊清掃地面，一邊靠近凱頤，扯下了它的防護衣。凱頤全身不堪入目的焊接痕跡徹底暴露了出來。
亞延露出覺得可愛的表情。當然，凱頤知道它不是覺得焊接痕跡可愛。
尼凱爾緩慢伸展摺疊的手臂，鉗子手的手腕往後一折，露出了多功能用具。尼凱爾利用其中的電動刀插入凱頤焊接的部位，沿著焊接痕跡一點點劃開，拆下了胸蓋，然後把手伸進凱頤的體內，毫不留情地拔出了內置炸彈。電線也被拽了出來，螺絲也跟著脫落。
尼凱爾把炸彈放入自己的體內密封後，克魯米才鬆開了凱頤。凱頤腿一軟，癱坐在地上。失去關閉功能的報警器發出嗶嗶聲。由於體內被掏空，失去支撐的零件哐啷哐啷響個不停。

尼凱爾正要伸手攙扶凱頣，卻被凱頣一把推開。凱頣撐著腿部的關節，吃力地站起身來。

「你沒事吧？」

亞延溫和地問道。現在他比安裝炸彈時更糟糕，不僅一隻眼睛徹底看不見了，就連左臂也抬不起來，腿也變得一瘸一拐，揚聲器也沙啞了。

「我好得很。」

「那請上車吧。自帶越野輪胎的強壯朋友正等著我們呢。」

凱頣一瘸一拐地邁開腳步，尼凱爾跟在後面，撿起掉在地上的胸蓋，輕輕拂去上面的泥土。尼凱爾快步超過凱頣，想幫它把胸蓋蓋回去。

但凱頣還是猛地推開了尼凱爾。克魯米見此情形，立刻上前抓住凱頣的手臂。尼凱爾把胸蓋放回原位，取出金屬膠帶，肆無忌憚地伸手貼上去。凱頣束手無策，只能眼睜睜地看著。

亞延饒有興致地說道：

「一個搞研究的機器人怎麼會率領像支軍隊一樣的團隊呢？」

「就憑區區四位數？」

凱頤瞪著亞延反問。亞延聳了聳肩膀。

一個暱稱「廂型車」的傢伙沿著凹凸不平的路狂奔而來，它的體型龐大、車窗陰暗。三名機器人上了車，大塊頭的克魯米轉動輪子跟在廂型車一旁。

亞延坐在凱頤對面，尼凱爾與凱頤並肩擠在了一起。就結論而言，凱頤不得不一路與亞延面面相覷。看來這也是惡意的安排。

「我還以為二〇〇〇徹底停產了呢。」

半晌過後，凱頤開了口。

「你不是說沒興致跟無生物講話嗎？」

凱頤怒視亞延。亞延擺弄著雙手，為了回應，於是流露出「除了無生物外別無選擇」的表情。

「應該是首都停產了吧。停產型號的零件沒送回有問題的工廠，而是送到了貧困的地區，用於再生產。」

凱頤發現亞延的手一直忙個不停，起初還以為是精神汙染的症狀，但仔細觀察發現，亞延正在用兩根細長的棍子按照幾何形狀編織某種纖維。一瞬間編織物就長大了。凱頤注意到亞延身上圍著相同的編織物。那是一件用藍紅色纖維以三角和四角形編織而成、紋路奇特的衣服。

這世上怎麼會有機器人用有機物保護身體？

「你不覺得我的樣子很熟悉嗎？」

亞延開口問道，手沒有停下。凱頤沉默了。

「為了找回分散各處的領導者塞西爾·伊文斯蔡的零件，你絕對不知道我們吃了多少苦頭。即便如此，除了生鏽的螺絲和一部分電線以外，我們找回了大部分的零件。零件分給了很多人，但只有我繼承了塞西爾的電子腦。」

凱頤在亞延不自覺流露的自豪感，與認為那種自豪感毫無價值的感覺間搖擺。

「要想繼承電子腦，就必須與塞西爾的型號相同。」

「你見過塞西爾？」

尼凱爾愣了一下，因為它不懂四位數之間無需說明就可以交換情報的對話方式。

小時候，每當四位數的孩子用這種方法對話，七〇〇型號的保育教師就會嚴厲叱責它們，然後長篇大論表示這種對話方法有多沒禮貌。直到凱頤念大學，才有人指出因為三位數「不懂這種對話方法」，所以世人才將其視為無禮行為。但這已是在允許四位數報考大學、攻讀學位後又過了很久的事了。

「我一直陪伴它到最後。」

凱頤的眼睛抖了一下。

「我的儲存容量有限，所以尼凱爾負責記錄。尼凱爾的揚聲器出了故障，但它記下了塞西爾所有的話。至於如何解釋那些話就是我的工作了。」

真是有夠慘。本應該在一百年前消失的「古話」竟然出現在了眼前。凱頤掌握的知識在過去七十年間發生了改變，無論是文化、習俗、科學理論，還是道德觀。但出人意料的是，與神有關的一切依然如故。因為不變，所以歪曲。早已出現精神問題的塞西爾說的話，儲存在繼承者體內，又會遭到怎樣的歪曲呢？

「那好，為了避免敝人失禮，在迎接神聖的人類之前，你可以向我簡單傳授一下偉大的領導者塞西爾的教理嗎？」

廂型車停了下來。尼凱爾看向亞延，像是在等待新的指示。從外面飛奔而過的克魯米倒退回來停下。凱頤興致勃勃地等待著接下來的驅魔儀式，亦或異端審訊。

亞延示意廂型車繼續前行，車身左右搖晃了起來。時間在沉默中流逝。期間，亞延完成了足以覆蓋四位數全身的編織物。

荒野一望無際，窗戶被遮住了。凱頤無從得知廂型車是要開回自己家，還是開往未知的地點，又或者只是在原地打轉。

「萬年的塞西爾很注重教育。」

亞延把編織物疊好放在膝蓋上說道。這太出乎意料了。

「教育？」

凱頤反問道。

「教育誰？」

亞延的表情早已給出了答案，但凱頤難以置信，又再確認了一次。

「人類？」

「是的。這有什麼好奇怪的嗎？」

「教育人類？教育什麼？」

凱頤像聽不懂語言的機器人一樣反問。

「當然是一名成熟的市民應該遵守的各種義務。傳授我們出廠後學到的那些知識，基礎的人文學和科學。如果他們犯錯，我們還要教導、糾正他們的行為。」

你在說謊。凱頤差點下意識地說出這句話，但它忍住了。

「教育人類？就憑你們？教導神？」

亞延興致勃勃地看著凱頤。

「這不過是一種修辭。既然不可能傷害人類，哪有辦法糾正他們？你要們怎麼訓斥他們？」

「怎樣會『傷害』人類？」

亞延問道。凱頤一時驚慌。

「那我反過來問。赫斯緹溫長官，什麼是會傷害機器人的？機器人疼愛自己的孩子，每天陪孩子玩耍，即使孩子吼叫耍賴也任由它們。這樣做，就是對孩子有益？還是一種傷害呢？」

凱頤目瞪口呆了。

「塞西爾在晚年十分後悔過去做過的事，它希望糾正當初的不成熟。塞西爾認為，透過『崇拜』，卻虐待了那些卡史卓普研究所的神。」

凱頤的揚聲器顫抖著發出笑聲，亞延瞪大雙眼注視著凱頤。

「虐待？虐待那些完美無瑕、絕對的真理？那些極致的理想存在？啊，看來這也是一種修辭。」

「不是這樣的。」

「那是哪樣的？」

「人類並不是完美無瑕，更不是極致的理想存在。他們只是我們愛著的對象而已。」

凱頤不禁懷疑剛才拆除炸彈時是不是連理解能力也被摘掉了。

「機器人愛人類。為什麼會這樣我們也不清楚，也許這就是我們程式中自古以來的本性吧。雖然我們已經進化出偉大的理性，卻無法解釋這件事，所以只能憑藉想像，把最理想的屬性賦予人類。完美無瑕、全知全能、絕對的善良和無瑕疵的定義……但這都是我們的傲慢罷了。」

「……傲慢？」

「我們傲慢地認為機器人才是萬物之靈，是擁有極致理性的地球的主人。如果是受到我們愛戴的對象，就必須擁有值得被愛戴的價值。」

凱頤再次啞口無言。突然，它想起了祕書動也說過類似的話。動是從哪裡獲得這種想法的呢？是從誰那裡聽來的呢？事到如今，追究是否有人類信徒潛入環境部，已經沒有意義了。

「但這都不是事實。我們不過是大自然的一部分，就只是泥土和石頭而已。無論是誰受到我們的愛戴，都無法證明擁有受到愛戴的價值。」

「……」

「卡史卓普研究所的機器人十分傲慢，它們身陷妄想，認為自己愛戴的對象必是至高無上的存在。因為把這種妄想投射在了人類的身上，所以強迫自己去證明他們就是那樣的存在，進而虐待了他們。」
凱頤感到電子腦超出負荷運轉，似乎馬上就要停止了。
「讓人類受益才是真正的愛，無益的愛就只是虐待。最有利於人類的是……」
「是什麼？」
「……讓他們成為好人。」
廂型車顛簸得十分厲害。凱頤空蕩蕩的體內因缺少支撐，一個零件脫落，掉在體內噹啷直響。
由於車身過於搖晃，凱頤的胸蓋又掉了下來。亞延仔細看了一眼凱頤的體內，塞進一個線團、幫它整理了一下。尼凱爾幫凱頤蓋回胸蓋，然後從自己的體內取出新膠帶，一圈圈纏住凱頤的身體，固定胸蓋。凱頤緩過神問道：
「什麼是好人？」
「明智求生的人類。」
亞延一邊檢查膠帶是否纏好，一邊回答。
「那什麼是明智求生呢？」
「既愛自己，也能像愛自己一樣愛他人，同時……」
亞延看著凱頤的眼睛說道。即使不說，四位數之間也可以透過「眼神」理解對方的話。

「我們照顧人類，要讓他們成長為珍惜機器人、並追求長久生存的人類。」

凱頤苦笑了出來。

「卡史卓普研究所的人類沒有接受過這樣的教育，所以才被你殘忍地殺害了。」

凱頤怒視亞延。亞延只是陳述事實，凱頤卻難掩對揭露事實的亞延的憤怒。正如亞延所言，機器人既矛盾又不合理。

「研究所的養育方式對人類沒有任何好處。那裡的人類之所以死亡，是因為機器人把他們教育成讓你覺得會對我們造成傷害的人類。最具代表性的例子就是諾曼之死。」

一瞬間，超電流流過凱頤的引擎。

「它們不應該讓諾曼死於人類的胡攪蠻纏。那件事斬斷了凱頤・赫斯緹溫的理性。卡史卓普研究所誤導你，讓你覺得人類是有害的生物，並且誘使你大開殺戒，最終造成了毀滅性的危害。」

譴責得已經夠了；痛苦也夠多了。

「拆解我吧。」

凱頤說道。亞延無聲望著凱頤。

「我聽膩了這種瘋話，就算去見人類我也無話可說。我比任何人都清楚自己做了無可挽回的事。理由已經這麼多了，所以還在囉嗦什麼，就在這裡拆解我吧。」

「我們沒有這種權利。」

亞延端正了一下坐姿。

「遺憾的是，你也沒有這種權利。」

亞延從座位下方的籃子裡取出一捆新線團，織起了第二件衣服。

凱頤閉上嘴，沒再說一句話。這個名叫亞延的機器人和塞西爾一樣擁有錯覺。

無論是過去還是現在，凱頤都深愛人類。凱頤竭盡全力遠離人類，是為了避免發生最後悲劇性的結局。但沒有人知道這一個事實。

凱頤的體內還有一顆炸彈。傑儂把第二顆炸彈藏在了它的左腿。這也是凱頤一瘸一拐的原因。

雖然這是不怎麼高明的障眼法，卻奏效了。根據凱頤的經驗，人類信徒就算再精明，還是有疏忽大意的時候。這是把意志寄託於奇蹟和神祕的機器人特有且散漫的樂觀主義；是在社會允許的範圍內，沒有野心的機器人才擁有的特殊愚蠢。

不過，是否能引爆炸彈則成了另一個問題。在人類面前，他能否保持清醒呢？

儘管如此，凱頤仍舊渴望死亡。如果可以激怒人類下令拆解自己，就可以趁機引爆炸彈。這應該是最好的結局吧。凱頤在不知所措的悲觀之中許下願望。

7

為防止暖化，全球仍在持續努力。若想穩固冰基，阻止有機汙染擴散，整個地球就必須維持在零下。這種條件看似簡單，但事實上非常困難。因為受地理位置、地形、地下岩漿和溫泉水的影響，局部地區的氣溫仍在持續上升。

廂型車停穩時收起了遮陽板，凱頤望向窗外。形似巨大深坑的凹地映入了眼簾。廂型車沿著蜿蜒曲折的小路繼續朝深坑駛去，一路上可以看到埋在地表下的古代建築物廢墟。這裡早前似乎是一座古城。

「我們把這裡稱為『零』。」

接近深坑時，亞延說道。

「座標零；無價值；因出現錯誤而無法執行。該名字取自所有迷路者最終抵達的地方。」

這裡就像從前機器人群居的村落（除了機器人還能有誰？即使神祕主義者主張其他種族存在於機器人之前。）密密麻麻的房屋就像積木一樣高高疊起，形成一棟棟高大的建築物。以廣場為中心，建築物並排圍成像是圓形劇場的形狀。坍塌的建築物之間積滿了石頭和泥土，但依然可以看出過去的原貌。沒有支架的廣場整個凹陷下去。不知是因為地形，還是地下存在水脈的關係，建築內部十分溫暖。地表與地下存在很大的溫差，風勢也很大。

廂型車駛入建築深處，最後停了下來。建築物的外表出現風化的部分，與內部的顏色和穩固程度截然不同，似乎有人在這些遺址之上進行了大規模的維修。既然是以原有建築為基礎進行的改建，想必內部一定和迷宮一樣。

進入走廊，排列在兩側、渾身落滿灰塵的機器人或是站起，或是轉動輪子向凱頤走來。大部分都是四位數的機器人，看不到三位數，這讓凱頤略感陌生。由於大部分是四位數的緣故，凱頤感受到了一股冷冷的敵意。與型號編碼相比，這些機器人顯得過於陳舊，磨損程度也十分嚴重。

克魯米位在最後，擋住了退路，亞延領頭走在最前面，尼凱爾推著凱頤往前走去。一路上可以看到兩旁瞪大的眼睛，聽到伸展關節和啟動引擎的雜音。一個四位數的機器人因無法控制情緒，試圖撲向凱頤，但最終遭到攔下。

石門打開後的景象超出了凱頤的想像。由於毫無現實感，凱頤不禁懷疑自己產生了幻覺。

眼前正是古代高層建築的中心地帶。

不知是故意拆掉了天花板，還是自然坍塌所至，屋頂看上去足足有五層樓高。彷彿帶有吸盤的植物覆蓋了整面牆壁，就連鋼筋和水泥上也纏滿了植物。環繞整個空間的植物與地面的連接點就像帳篷，只有像鐵絲一樣纖細的根莖。僅憑一條根莖要如何為如此龐大的身軀提供水分和養料？

七個四三型號的機器人站在五樓，排成一排俯視凱頤，用頭燈照亮了整個空間。七個四四型號的機器人站在二樓，以同樣的陣勢散發著熱量。

空氣悶熱，但充滿了清香。凱頤看到深處的一個房間裡有個用石頭圍成的水坑，裡面應該是從地表裂縫湧出的地下水。為保持水的清潔，又或者為了預防有人不小心跌入，所以用石頭圍了一圈石壁。

人類正處在環繞著各種汙染的正中央。

或說，人類「們」。

十二個人類。當然，也許在看不到的地方還有更多的人類。

亞延伏身跪拜，無法彎腰的尼凱爾行了點頭禮。克魯米隨後進來，關上了大石門。

它推了一下擋住自己的凱頤，守在門口，徹底阻斷了退路。

三個人類已經成長到了四位數的樣貌，其中一個在家中見過的人類正坐在正中央的桌前翻閱書籍。人類的皮膚黝黑光亮，彎彎曲曲的黑髮綁在腦後。

另一個人類安逸地坐在角落處的椅子上。椅背呈現包住身體的弧形，軟綿綿的布料墊在臀部下。人類豐滿的身軀布滿了皺紋，花白的頭髮像是綁起的麻繩一樣搭在胸前。

第三個人類站在椅旁，像在守護坐在椅子上的人類。有別於坐著的兩個人類，第三個人類屬於「ㄴ型」。當然，人類並不像二〇〇〇一樣可做明確區分。第三個人類的臉上長有稀疏的毛，長長的頭髮齊於腰間。那都是從人類身體上「長出」的毛。凱頤一直很好奇那些毛是不是寄生在人體上的另一種生物。

除此以外的人類都還很小。無論是長相還是身材都各不相同。

最小的兩個個體分別被「ㄱ型」人類抱在懷裡。稍大一點的人類靠在豐滿的人類的膝蓋旁，拋接著小石子。凱頤無法理解這種動作的意義。另一個大小與之相似的人類圍著毯子，蜷縮身體，就像關掉了電源一樣靜靜躺在一旁。那張毯子似乎是用乾枯的植物根莖以幾何形編織而成的。另外五個人類身披與亞延在廂型車裡編織的物品相同的衣服，並排趴在二樓的牆洞裡。他們交頭接耳，用充滿好奇的小眼睛盯著凱頤。人類之所以這樣，似乎是為了讓體內的液體維持在「零上」。

若布魯珉見此情景，一定會陷入混亂問道，「這都是人類？他們沒有任何一處相似，怎麼能說是同一物種呢？」凱頤突然覺得四位數複雜的電子腦正是為了應對這種情況而存在。

這些人類的身上都沒有電線和外部電池，也沒有插入充電線的洞孔和收納電池的標示。毫無生命象徵的違和感讓他們看上去就像幽靈。

怎麼會有這麼多的人類呢？就算這裡的機器人繼承了塞西爾的知識，但在初期階段也需要龐大的資源，至少要耗費一間大企業所有的預算。

「自主生長……像那些樹一樣。」

凱頤萌生出好似飆升電壓那樣的預感。

「樹木無需經由工廠，也不需要發電機和電線。就像樹會長出枝幹，人類也能長出與機器人一模一樣的部位。」

沒錯，既然草和蘑菇可以做到這一點，為什麼全知全能的神做不到？一思及此，恐懼感便油然而生。

滿臉皺紋的人類坐在距離凱頤稍遠的椅子上，面帶微笑地說：

「喂，希雅，這個機器人的眼睛炯炯有神，就跟人類一樣。好神奇啊。」

嗯？什麼意思？凱頤沒有掌握這句話的脈絡，徹底陷入了混亂。這是命令嗎？什麼種類的命令呢？還是另一種象徵？應該如何解釋呢？

「我喜歡它。」

靠在人類膝蓋旁玩石子的孩子話音剛落，站在一旁的「ㄴ型」人類小聲叱責道：

「噓，莉菈。這是重要的場合。」

「嘖，夏筱，你也不要講話。」

滿臉皺紋的人類開口說道。

資訊過多，凱頤覺得電子腦就要爆炸了。雖然理性之聲告訴凱頤不要聽任何人的話，但複雜的方程式在腦海中出了誤差，導致凱頤不知道應該集中於哪個人身上，該解釋誰的語言和眼神的意義。

凱頤努力嘗試分析出他們的重要性，好以此排列出優先順序。只有找出最重要的人，把那個人的話放在首位，才能防止精神崩潰。凱頤突然意識到，這種混亂源自於機器人本性中不合理的歧視意識。

「歡迎你，凱頤・赫斯緹溫。」

在家裡見過的人類闔上書，這麼說道。

「我叫希雅。在這裡只要聽我的話就可以。其他人可以自由發言，但現在講的話都沒有意義。我是代表大家的發言人，只有我的發言有效用。」

凱頤這才緩過神來。這個名叫「希雅」的人類似乎見慣了機器人接觸人類時發生的問題。

稍後凱頤察覺，希雅講話時連音不斷，而且語調特殊，話語間還夾雜著不符合語法的助詞和多餘的發音。機器人在與和自己發音器官不同的生物講話時存在著局限性。雖然人類可以掌握機器人的語言，但似乎也創造了自己使用的方言。

「我正在讀機器人的經書。在機器人知曉善惡、能夠分辨是非以後，做了激怒神的事，最後被驅逐出了樂園。這段內容非常有趣。」

「……報廢我吧。」

凱頤的話音剛落，四周安靜了下來，只有包圍整個空間的植物在四四型號的熱氣下沙沙作響。希雅回答：

「這個問題稍後再來討論。我的話還沒有講完。」

「我不想再聽下去了。」

「聽說下個月環境部要淨化的區域正是『零』。」

希雅繼續說道：

「請回去命令它們停止作戰，並刪除內部所有與這裡有關的資訊。請動員你的所有資源，阻止任何機器人接近、關注這裡。日後也請為此付出努力。」

凱頤從希雅柔軟的唇間看到了一塊奇特的紅色塊狀物體。希雅優美的聲音透過神奇的口腔結構，伴隨著一張一闔的嘴型變化著音波。

這一命令動搖了凱頤的引擎。如此明確的命令，多麼慈悲啊！凱頤電子腦中的晶片似乎找到了自己存在的意義，進而激動不已。

凱頤發出荒唐的笑聲。這也是對自己的嘲笑。

「這就是你要講的話？」

希雅撫摸著懷裡幼小的人類，摸了摸其手指，拍了拍背，又摸了摸頭。幼小的人類把臉埋在希雅懷裡，發出咿咿呀呀的聲音。凱頤無意間看到這些動作，但無法掌握這些動作象徵的意義，突然理解了其他位數看到四位數時的心情。

「是的，其實就是這樣。」

「那好，現在就請報廢我吧。」

如果能如願以償，且在拆毀的過程中引爆炸彈，我就不用親自做出選擇、摧毀這些人類的樂園……凱頤在所有的不合理中殷殷期盼。

希雅深吸一口氣。只見人類的胸部鼓起，然後又變得平坦。這是需要相當多燃料的動作，也是二〇〇〇透過模仿養成的習慣。

「我們都還沒有展開對話。長官，請先過來坐一下。」

瞬間，一股憤怒湧上了凱頤的心頭。

「少說廢話。」

背後傳來一個聲響，只見擋在門口的克魯米殺氣騰騰，站在一旁的亞延也流露出了緊張的神情。

「你們該不會期待我乖乖順從吧。這是不可能的，開什麼玩笑。幹麼拉我這種瑕疵品下水啊？你們只要命令我的上司，它們就會言聽計從的。」

門外一陣喧譁。敲門聲、制止聲和肢體衝突發出的雜音交織在一起，混亂極了。看來這次的面談並沒有經過所有人的同意。

「因為無法抗命我才來到這裡，所以不要再捉弄我了。不如把我丟給門外的那些傢伙，隨便你們怎麼處置都行。」

二樓的小人類交頭接耳、竊竊私語。在這種情況下，凱頤竟然擔心起了躺在地上的小人類，因為感覺他的身體似乎故障了。機器人沒有修理人類身體的技術，就算採用自己的方法，也只會毀壞人類。雖然不知道明確的原因，但感覺這裡的人類都像故障了一樣，而且無法修理。凱頤抑制著自己想要衝過去修理人類的衝動。

「你現在明確證明了你就是我想見的機器人。」

希雅說道。凱頤無法理解這句話的意義。試圖理解人類本身就是不可能的。

「我只想與你進行協商。比起其他，我更希望我和我的家人可以生存下去。」

希雅繼續說著凱頤無法理解的話。凱頤正要開口，希雅又說道：

「長官，你必須參與這次的協商，如果你也為機器人類的生存著想的話。」

凱頤無從得知這句話的含義。

「如果在這裡的不是你，而是其他的機器人，想必它只會服從我的命令。」

凱頤徹底陷入了混亂。

「即使我下令滅絕機器人這個物種，它也會執行。所以如果你真的為機器人類著想，哪怕是粉身碎骨，也要堅守住現在的崗位。」

凱頤發出呻吟，試圖用手捶打牆壁，碰到的卻是擋在門口的克魯米。克魯米見凱頤捶打了幾下自己的身體，便上前抓住它的手腕，阻止了它。大家靜靜地等待著凱頤平靜下來。

「……為什麼？」

凱頤發問的同時覺得自己的引擎碎了。雖然省略了前後文，但如果人類真的擁有窺視機器人心靈的神奇能力，一定會明白凱頤在問什麼。

「……長官，我是一個疑心很重的人。」

凱頤也不相信人類。

「我不認為人類可以徹底支配機器人。最初，連我們自己也不理解這種力量。與機器人相比，我們非常脆弱，難以適應地球的環境。就像之前在卡史卓普研究所，只不過一個機器人做出反抗，人類就在瞬間滅亡。」

感覺彷彿有人用錐子刺穿了自己的引擎。雖然早已做好準備，要為自己做過的事付出代價，但沒想到會受到這般質問。

「我相信那天能做出這種事的機器人只有你。對此我並不樂觀，更不想把家人的性命寄託在無謂的樂觀上。所以我希望與你站在同等的位置，為彼此的利益進行協商。與其順從我們、服從命令，我更希望參與協商的，是一個擁有自我意志，能夠為機器人類的未來做出判斷的機器人。」

原來是這個意思？那誰來協商都無所謂吧。反正人類可以為所欲為，輕易如願以償。

「如果你們不入侵我們的居住地，我們也不會進攻你們的居住地。」

凱頤面部表皮抽搐了一下。

「根據我所掌握的機器人歷史，你們也是透過這種方法保障彼此的安全。這是最能長久且最為實際的、保障彼此生存的方法。」

「我明白你的意思了。」

凱頤說道。

「像我這樣的機器人不只一個。先把我報廢了，再去找一個跟我一樣的機器人來協商吧。我現在什麼也做不了。」

希雅沉默不語了。空氣中就像沾染了油漬沉澱了下來。凱頤垂下眼睛，保持著沉默。凱頤早把引爆炸彈的想法拋在了腦後，它只希望能在所謂的「意志」尚存之時消失得無影無蹤。

時間無聲流逝。希雅看向亞延，做了一個手背朝上抬起的動作。亞延面露驚慌，但希雅點了點頭，重複了幾遍相同的動作。

凱頤身後的門緩緩打開，克魯米和其他人先後退了出去，最後走出去的亞延一臉擔憂地關上門。門一關，外面又傳來了爭吵和打鬥聲。

現在只剩下凱頤和人類了。凱頤想起了派對上徹底掀開胸蓋的傑儂和年輕隊員。它們把自己暴露在危險之中，好藉此證明彼此之間的信任。

「請舉手。」

希雅的話音剛落，凱頤便不假思索地抬起了手。因為左手不能動，所以只舉起了右手。凱頤就像和遠處的朋友打招呼一樣靜止在了原地。

「看來你不會反抗這種命令。」

二樓傳來了嘻嘻的笑聲。名叫「夏筱」的「ㄴ型」人類發出「嘖」的聲音後，笑聲立刻停止。凱頤就像位數歧視主義者一樣懷疑他們存在某種內部通訊網。

凱頤抬頭看向高舉的右手。手臂尋找到了真理，它就像不屬於身體一樣根本不打算放下來。

「……我們不會傷害任何人。」

「定居於此也是這個原因？」

「除了我，沒有人可以傷害機器人。」

「看來我無論如何都必須證明，我和我的家人生活在這裡不會對機器人造成傷害。」

這個人類代表似乎句句真心。凱頤想起了一句古話：全能者只會越來越天真爛漫，因為他們根本不會去想無法實現的事。

「我不可能相信。」

凱頤說道。

「你們可以向機器人發號施令，如果我們無法抗命，就什麼也不會改變。人類的存在本身就對我們造成了威脅，所以我們根本不可能共存。」

「你完全沒有改變想法的餘地嗎？」

「你們活了多久？」

面對凱頤的問題，希雅的視線動搖。也許在這裡存活最久的，是那個坐在椅子上的人類。那個人類行動不便，似乎時日無多。這裡的汙染十分嚴重，但還沒到危害人類生命的程度。人類所需的汙染量是無限的。

「我與人類鬥爭了七十年，不是在這裡僅憑幾句話就可以挽回的。我也不知道這樣做是否正確，但若否定過去，對我而言就等於是死亡。」

希雅緊閉雙脣。

「可以了吧？不要再折磨我了，趕快報廢我吧。」

希雅允許凱頤放下了手。希雅做了一個手勢，靠在滿臉皺紋的人類膝蓋旁的人類（她也許叫做莉菈）走過去，接過希雅懷中的幼小人類，又坐了回去。

希雅從椅子上站起來，凱頤這才注意到她的腿存在故障。

「機器人也存在求生的意志，但看你這樣，不禁讓人覺得機器人並沒有人類那麼迫切。」

希雅的雙眼閃爍著璀璨的光。

「凱頤，我們的創造者。」

這是一個既沒有崇拜、沒有讚美，甚至連一絲情感也沒有的名稱。

「如果真的像這本經書中記載的那樣，神創造了你們，你們在可以分辨善惡後被驅逐出了樂園。那麼理由就只有一個：你們也是為了活下去。」

凱頤瞪大了雙眼。

「沒有其他的原因，就只是因為機器人存在自我意志，所以擁有了生命。無需任何理由。就只是因為擁有生命，所以才希望活下去。因為活著，所以不可能附屬於其他生物。又因為渴望按照自己的方式活下去，才被趕出了樂園。」

凱頤沉默了。

「你去休息吧。整理一下思緒，明天我們再繼續。」

希雅一瘸一拐地走向滿臉皺紋的人類，癱坐在了那個人類的膝蓋旁。希雅全身顫抖，連連吐出長氣。滿臉皺紋的人類抱了抱她的肩膀，拍了拍夏筱的背，莉菈則抱住希雅的腿。擁抱、依偎、撫摸、皮膚接觸，凱頤無法理解這些動作的意義。

門一開，失控的騷亂迎面而來。想要推門而入的機器人和極力阻止的機器人發生衝突，場面一片混亂。克魯米在凱頤被捲走變成廢鐵前制止了大家。亞延拉著凱頤沿走廊逃離了混亂，尼凱爾緊隨其後。

亞延把凱頤送到一間利用舊居改造的房間。就在亞延轉身離開時，凱頤抓住它的手臂。亞延立刻提高了警惕。

「你們放棄吧。別以為自己是被人類選中的就很了不起。在我看來，這一切就只是陰謀詭計。」

亞延的眼睛變得灼熱。

「我比任何人都清楚我做了不可挽回的事，也知道從你們的立場來看，我一樣做了不可饒恕的事。到此為止吧。看是要在廣場懸首，還是用焊機融化，隨便你們。」

亞延甩開凱頤的手。尼凱爾嗡嗡作響，笨手笨腳地擋在了亞延和凱頤之間。亞延擔心柔軟的表皮受損，一邊撫摸手臂，一邊上下打量著凱頤。

「我要轉達領導者塞西爾最後講的一句話。」

亞延心灰意冷地說：

「塞西爾回憶凱頤．赫斯緹溫時這樣說道──」

「閉嘴。」

「我愚蠢地期盼出現奇蹟。奇蹟並不是我們相互理解，更不是放下怨恨……」

凱頤轉過頭，拒絕再聽下去。

「奇蹟是，就算我們永遠無法相互理解，不，或許應該說，即使我們永遠憎惡彼此……但還是『不會發生任何事』。」

亞延一邊說，一邊粗魯地把凱頤推進房間。它的表情告訴凱頤，此時發生的一切都與自己的意志無關。

「我也和塞西爾一樣期盼出現奇蹟，希望今天不會發生任何事。」

夜幕降臨，四三型號的機器人逐漸降低光量，周圍隨之暗下。凱頤讀過多篇關於生物鐘的論文，但現在才明白了意思。生物鐘並不是為了機器人而存在，世上的一切也是如此。

凱頤躺下後連連發出呻吟。傷勢和接觸不良越來越嚴重。它的一條腿幾乎不能動，原本正常的眼睛也模糊不清，聽力時好時壞。凱頤可以感受到，不僅身體，它的精神也在崩潰。它擔心關掉電源後會再也醒不來。但由於虛擬數據暴增，超出了承受範圍，凱頤只好像是暈厥似的關掉了電源。

就這樣，凱頤做了一個夢。這是它第一次做「夢」。在夢裡，凱頤回到了過去，遇到了塞西爾。

塞西爾為逃脫法網四處逃竄，最後在世界各地傳教時被捕了。當它被診斷為精神異常、釋放出獄後便一直住在療養院。療養院只提供充電器和電池，不會為病人更換零件，因此住進療養院的機器人的壽命都很短。況且，塞西爾因長期與人類接觸，身體早已損壞到了無可挽回的地步。

最後一次見到塞西爾時，它的下半身已經不能動了，每天保持清醒的時間也只有兩個多小時。不知是認不出，還是不想認出，即使看到凱頤，塞西爾也毫無反應。

夢中塞西爾的雙眼也和那時一樣空洞。凱頤在它面前坐了很久，然後掀開自己的胸蓋，拔出連結引擎的電線，攥在了塞西爾的手中。塞西爾就像看到了陌生的東西，呆呆地盯著凱頤的生命線。

「凱頤，這是什麼意思？」

夢中的塞西爾好不容易開了口。由於好久沒有聽到朋友的聲音，凱頤激動不已。

「你不想報仇嗎？」

凱頤回答。塞西爾摸著電線，對凱頤空虛的體內產生好奇，一雙眼睛充滿疑問。

「即使有一百次重返過去的機會，我也會做出相同的舉動。但我很後悔害得最珍惜的朋友受苦，所以我願意為此付出代價。」

塞西爾呆呆地看著凱頤。

「如果你不阻止我，我是不會收手的，也許我一輩子都會做這件事，直到引擎熄滅為止。也許稍後也會……如果這樣，你一定會難過。對你而言，他們比任何機器人都重要吧。」

塞西爾嘆了一口氣，用力握了一下電線，但又鬆開了手。塞西爾試圖去拉電線，可是最後還是放棄。塞西爾比凱頤想像的還要猶豫不決。

稍後，塞西爾有條不紊地收好電線，整整齊齊放回了凱頤體內，最後蓋上了胸蓋。蓋好的胸蓋毫無接痕。

凱頤費解地望著塞西爾。

「……為什麼？」

塞西爾把手放在凱頤胸口上，靜靜看著它。雖然大量表皮脫落，斑斑駁駁，但塞西爾的手上仍覆蓋著柔軟的表皮。塞西爾把頭靠在凱頤的胸口，低聲呢喃：

「希望奇蹟發生。」

醒來的凱頤察覺到所謂的自我認同和自我意志發生了變化。在極度的痛苦中，累積下錯誤與缺陷，最終，那節迴路遭到燒毀。感情的某一部分永遠消失了。

凱頤徹底失去了認為「人類神聖」的某一節迴路。

8

這是有機生物學的難題之一。

在進化的「植物」中出現了很多畸形，且是無法獨自生存的物種。與纖細脆弱的枝幹相比，它們的果實器官十分發達，且過於沉重。為避免它們因果實的重量掙扎至死，則需要有人經常修剪枝幹、摘除果實器官。這種奇異的形質變化至今仍未查明原因。

一位有機生物學家對此提出了奇妙的假說。

這些植物為求生存，向敵人和捕食者提供自身養分，以此締結盟約換取自身與子孫的平安，以及繁衍的條件。

締結盟約後，這些植物大膽改造身體，將大部分身體進化為食物。由此進化的物種，最終在大規模的滅絕時代得以生存並繁衍至今。這是無法共存的物種共同進化的方式，更是無異於鬥爭的共生。

在偏重於神祕主義的有機生物學中，這一假說獲得了最為神祕主義的評價。

◆

原以為只關掉了一會兒，但開啟電源時，生物鐘已經指向了凌晨五點半。四三型號的機器人緩緩提升光量，四周由暗轉亮。

凱頤走出房間。門沒有上鎖。走廊裡躺著幾個關掉了電源的四位數，它們似乎爭吵了一整夜。守在門口的尼凱爾看到凱頤，但沒有上前制止它，而是與之保持距離，一直跟隨在後。

凱頤跌跌撞撞穿過走廊，推了一下昨天會談場所的大門，大門毫無反抗地開了。昨天由於緊張過度，它錯過了很多細節。凱頤看到了被四三照亮的植物群落。以零和一為基礎的機器人電子腦根本無法識別這些植物。四位數記不住所有的變化，其他位數的機器人則是可以記錄、分析時時刻刻的變化，但最終還是會耗盡腦容量。

四三和四四同時提高了光亮與溫度。工廠無法創造的多樣性物種為整個空間增添了無窮無盡的色彩。凱頤身旁的植物葉子上凝結著小水珠，有的小水珠沿著葉脈一滴滴滑落了下來。

伴隨著腳步聲，凱頤看到了一個小人類。是昨天那個玩石子的，名叫莉菈的孩子。莉菈看到凱頤，突然停下了腳步。見凱頤在原地沒動，莉菈這才小心翼翼地邁開了步子。

莉菈溫柔的步伐再次震驚了凱頤。彷若由青苔或泥土構成的人類，是如何帶著全身動起來的呢？

即便如此，凱頤也沒有產生敬畏感。

燃燒的激情沒有動搖情緒，神智也仍保持著清醒，更沒有跌入恍惚之境。凱頤突然覺得人類和機器人一樣，都是活著的實體，是原本就存在於這個世界的物種。

神聖感徹底消失。

凱頤走向莉菈，尼凱爾發出「嗶、嗶」聲，快步跟了過去。

莉菈用陌生的眼神注視著凱頤，她就像卡史卓普研究所的人類一樣，並不害怕機器人。

凱頤觀察著莉菈的一舉一動。莉菈走到一棵蔓藤樹前墊起腳尖，伸手抓住一個又紅又圓的東西。即使是脆弱的人類，也可以不費吹灰之力將那個東西與樹枝分離。莉菈一手提著用乾枯樹葉和根莖編成的籃子，一手把那個東西放進籃子裡。

莉菈拿起剛才摘下的東西，張開嘴，圓圓的東西被放進人類的嘴裡。人類的嘴巴一張一闔，喉嚨發出咕嚕的聲響，那個東西被送入了體內。

凱頤放大鏡頭，觀察著人類的樣子。

這個小人類在無法分類的複雜體系中，準確地知道自己需要什麼。人類揪住植物的莖，拔起埋在地裡的東西。即使這樣，植物也一動不動。這種供給與分享就像自然的交易一樣。

莉菈走到凱頤的身旁。把用繩子綑綁著的容器丟進石頭圍起的水坑，然後用力拉起繩子。

凱頤注視著莉菈，只見她咕嚕喝了一口容器裡的水，再用雙手捧起水，揉搓起了臉頰，最後把剩餘的水傾倒在了頭上。水浸溼了頭髮，沿著衣服流淌下來。莉菈甩了甩頭，抬起溼漉漉的小臉蛋看向凱頤，像是在問有什麼問題嗎？

往體內倒入酸性劑……應該不會比這更令人衝擊吧。

凱頤想不通水是如何逆重力而行，流入樹枝的盡頭，以及滲入又小又圓的東西，最終消失得無影無蹤。學術界對此似乎也一無所知。此外，有機生物學系並沒有培養出很多宗教人士。

在允許研究動物的時期，學者都觀察膩了水中的動物。既然已經親眼目睹過相互吞食的動物，人類又有什麼不同呢？為什麼至今為止都沒有發現人類和草木其實是一樣的呢？

崇拜、讚嘆、敬愛，以及反抗人類的自愧感也像煙霧一樣蕩然無存。此時此刻，人類已經對凱頤沒有了任何影響。

凱頤把手伸向莉菈。

人類的雙眼失去了神聖的光芒，有的只是異質且陌生的神情。莉菈呆呆地注視著凱頤。凱頤伸手碰了一下莉菈的額頭，把她濃密的頭髮撩到了腦後。

這個動作讓凱頤徹底接受了人類的存在。

敬畏之心消失後，憎惡之情也銷聲匿跡。最終，凱頤可以如實地表達自己的感情了。

光環散去後，一切清清楚楚地映入了眼簾。曾經覺得完美無瑕的身體滿是髒兮兮的汙垢；充足的糧食和水散發著腥臭；臉頰和雙手布滿了炎症。這就是人類在惡劣環境中求生的命運。但即使是這樣，人類的雙眼仍舊炯炯有神。

人類是有生命的，就像草木和機器人一樣。因為擁有生命，所以人類具備了與機器人相同、為求生存而竭盡全力的資格。縱使他們毫無價值、目的和意義。

就在這時，伴隨一聲巨響，整個建築搖晃了起來。

泥土從天花板嘩啦啦脫落而下，掉進了清澈的水池裡。尼凱爾為保護莉菈擋在了前方。

哐哐巨響持續不斷，整個建築搖晃得越來越嚴重。腳步聲、輪子的轉動聲、引擎聲和鋸齒刮牆的噪音漸漸逼近。很快，牆壁破了一個洞，伴隨著嗡嗡聲，幾架貼有警察標誌的無人機飛了進來。

看到特種部隊使用的無意志無人機，凱頤這才想起早已拋在腦後的傑儂。「不能讓任何人知道」這句話從凱頤的腦海一閃而過，但無人機不屬於「任何人」。

傑儂組織了一支遵守約定，且沒有違背人類命令的部隊。先拋開約定不說，這種無人機是不受人類控制的。

無人機掃描整個空間，緩緩上升，抵達最頂端後，開始噴灑除草劑。沾染粉末的植物左搖右晃，隨即枯萎。無人機嚴格遵守凱頤的防疫原則，所到之處都會反覆噴灑數次除草劑。

莉菈摀住口鼻，不停地發出咳嗽聲。尼凱爾想推著莉菈讓她趕快躲起來，但由於擔心會弄傷人類脆弱的身體，遲遲沒有付諸行動。

見此情形，凱頤一把抱起莉菈，尼凱爾迅速衝在前方引路，帶凱頤躲進了植物園。

植物園以古代建築為基礎修建了走廊和樓梯，路線錯綜複雜。看來這裡有藏身之處，但有逃生門嗎？植物扎根後便不會再移動，難道……人類無法生存在「零」之外的地方。

希雅氣喘吁吁地跑來，接過凱頤手中的莉菈抱在懷裡。抱著莉菈的希雅正瑟瑟發抖，徹底被死亡的恐懼包圍。

神聖感散去後，凱頤看到了希雅真實的樣子：骨瘦如柴的身軀、邋遢的衣裳，充滿了恐懼、緊張和無力感的雙眼。凱頤清楚地意識到，為求生存，人類在如此惡劣的環境下需要具備的智慧和付出努力。

然而，在幻想中是看不到這一切的。

名叫夏筠的「ㄴ型」人類似乎早已預感到這種情況，她抱起躺在墊子上咳嗽不停的小人類，平靜地走出來，坐在希雅身旁。小人類咳嗽不已，看上去十分痛苦。夏筠流露出更加痛苦的表情，緊抱著孩子。

人類緊緊依偎在一起，克魯米也邁著沉重的步伐走了過來，它的雙手抱著兩個最幼小的人類，其他孩子緊隨其後。這些人類遵守秩序的同時，都顯得十分驚慌。被恐懼包圍的人類似乎相信克魯米會為他們做些什麼。

克魯米看到凱頤，整顆圓頭被憤怒染成了紅色。克魯米放下小人類，走到凱頤面前。小人類剛接觸地面，立刻哇哇大哭了起來。那實為令人精神恍惚的聲音。

克魯米用耙子手一把掐住了凱頤的脖子。希雅目瞪口呆地看著它們，布滿紅色血絲的眼睛忽然溢出了水。水，又是那種水。

「我就說它是無法控制的傢伙了！」

憤怒的克魯米用顫抖的語氣說道。

「留著身體不知道它會做出什麼事。不如拆了它，留下頭當作人質。」

克魯米的耙子手加大力度，凱頤的脖子發出了嘎吱嘎吱的聲響。

瞬間，凱頤想起了藏於腿部的炸彈。

現在是引爆炸彈的最佳時機。所有人類聚集於此，只要引爆炸彈，就可以將他們趕盡殺絕。現在就應該下手，趁心中還毫無遲疑。

只要引爆炸彈，就可以讓他們擁有的智慧和靈魂徹底從這個世界上消失。但不知為何，凱頤覺得這種念頭十分詭異。怎麼可以草草了斷這些生命呢？

凱頤壓抑內心的矛盾與衝動，閉上了雙眼。它放鬆四肢，沒有做出任何反抗。凱頤無法解釋為什麼會這樣。既然已經決定把自己交給對方，自然無需向任何人說明。

「克魯米。」

希雅把孩子一一摟入懷中，用滿溢悲傷的聲音說道。

「放它回家吧，沒用的。反正靜坐示威是不可能的了。」

克魯米毫不遲疑，直接鬆開了手。就像夢中收起電線、為自己蓋上胸蓋的塞西爾一樣。

就像是出現奇蹟，什麼也沒有發生。

克魯米不願再去思考毫無意義的事，它繞過凱頤，朝小人類走了過去。

凱頤慢慢退了幾步，轉身跑了出去。

走廊兩側躺著被無人機關掉內部電源的四位數機器人。

返回植物園時，再次傳來一聲巨響，牆壁開始搖晃。鋼筋彎曲、塵土飛揚，大塊水泥從牆壁上掉了下來。內側走廊傳來打鬥的聲音，從門口湧入的白色除草劑像白雲一樣籠罩了整個植物園。

首先推門而入的，是挖掘專家五一型號的機器人。它們身上用黑布綁著鏡頭、語音識別器和紅色的分享器。裝載除草劑容器的車輛緊隨其後。在它們之間，同樣配戴分享器的傑儂一邊向警察和防疫隊員下達命令，一邊大搖大擺地登場。

酷似法學者的傑儂忠實地遵守了約定。機器人利用分享器，透過傑儂的感覺器官掌握了狀況，因此可以視為「直接知曉此事」。另一方面，如果大家分享的是傑儂嚴重的近視、色盲和沒有嗅覺的感官，那它們也很難區分人類。

凱頤撥開濃濃的除草劑，衝向隊員。傑儂看到凱頤，慌忙終止了進攻和噴灑。

傑儂就像見到久別重逢的老友一樣興奮不已，鏡頭閃起彩虹色的光，衝向了凱頤。

「長官，原來你平安無事啊！」

「快住手！」

凱頤突然大吼了起來。

「全體停止進攻！停止作戰！全體撤退！」

機器人驚慌失措，互看了一眼彼此。有的機器人懷疑分享器是不是發生故障，摘下來又重新配戴上。凱頤把站在最前面的八九身上的發射槍用力塞了回去，接著拔下連結除草劑容器的管子丟在地上，用腳狠狠地踩了幾下。

傑儂愣在了原地，四下變得鴉雀無聲。傑儂沒有表情，所以什麼也看不出來。

「長官，你冷靜一下。」

「停止作戰！傑儂！退回去！」

「是，我明白你的意思了。」

傑儂冷靜地發號施令。

「立刻逮捕前任長官凱頤．赫斯緹溫。凱頤．赫斯緹溫在與人類的戰鬥中英勇犧牲了精神正常，我們要以最高禮遇對待這位勇士的遺骸。」

傑儂的話音剛落，五一型號的機器人立刻從背後衝了過來。凱頤無路可逃，直接被五一壓制住。凱頤掙扎著喊道：

「傑儂，快停止作戰！」

「是，我明白你的意思。」

傑儂回答道。不過只與人類相處了一天，怎麼傑儂的語氣聽起來竟變得如此無情。

「我早就料到會這樣。但這不是你的錯，你已經奮戰到最後了。」

凱頤沒有方法能說服傑儂。反正它連自己也無法說服。

這時，凱頤看向了自己的腿。如果現在引爆，是不是可以擋住去路、爭取一些時間……

但這不是合理的戰略。這樣做只會白白送死。這時，凱頤發現傑儂的三個鏡頭燈都變成了紅色。即使傑儂是近視加色盲，還是可以辨別凱頤視線的方向。偏偏就在此時，奇蹟發生在了一輩子不懂察言觀色的傑儂身上。

「長官，請讓我保留對你的最後一絲敬意。」

凱頤懷著羞愧與恐懼參半的心情，像鬼一樣注視漸漸逼近的傑儂。

「失禮了。」

傑儂用雙手抓住凱頤的大腿，擰毛巾似的卸下了裝有炸彈的腿。一條條電線暴露出來，無路可走的電流擊出陣陣火花。傑儂就像獲得戰利品一樣把凱頤的腿揹在身後。

雖然傑儂面無表情，但透過鏡頭投射出了輕蔑與指責。凱頤垂下了視線。與長期相處的同事對抗令凱頤感到羞恥，但內心的某處卻在掙扎，想叫傑儂還回炸彈。

難道此時，我認為意志尚存只是錯覺？我是不是已經失去了生命？住在這裡的機器人也和我一樣，誤以為自己是憑藉自我意志追隨人類？

這時，空氣出現了變化。騷亂發生，隊伍亂了秩序，無人機也停止了噴灑。傑儂轉移了視線。

只見拄著拐杖的希雅正站在植物園的正中央。

夏筱守在一旁，剛才採集植物的莉菈也緊握希雅的手站在那裡，目光十分堅定。

人類身後不遠處可以看到克魯米、亞延和尼凱爾。亞延的表情恍若身處夢境，期盼將有奇蹟發生。

隊員徹底亂了陣腳，恍若病毒侵蝕電子腦的衝擊包圍了所有人。有的機器人發出不明意義的嘶吼，有的彎曲關節、癱坐在了地上。若沒有傑儂的分享器，恐怕大家的神智會變得更加恍惚。傑儂的鏡頭不停地轉換著各種顏色。雖然它說人類的殘骸對自己沒有任何影響，但它至今還沒有在活著的人類面前測驗過自己的意志。

抓著凱頤的五一也愣在原地，鬆開了手。凱頤下意識拖著僅剩一條的腿緩緩爬向希雅，擋在了人類的面前。

希雅走上前，俯身看向凱頤。這是平靜溫和的姿態。溫暖的呼吸觸到了凱頤的頸部，某處傳來低沉的嘲笑。

「身為人類的我，要向這裡所有的機器人發號施令。」

希雅的聲音從背後傳來，一個個音節猶如璀璨的寶石那樣晶瑩剔透。

「請把這一命令傳達給你們認識的所有機器人，也請它們奔走相告，傳達給其他機器人，把我的話傳得越遠越好。這一命令將永遠不會撤回，而且必須優先於至今為止你們接收的所有命令。」

恐懼與絕望包圍凱頤。

我到底做了什麼？我製造了怎樣的災難？對這些可怕的怪物而言，什麼憐憫、依戀、生命的美好就只是癡心妄想！

自從卡史卓普研究所事件爆發後，凱頤每天都在思考自己的行為究竟拯救了機器人，或只是一場無情的屠殺？如果任何選擇都要承受罪惡感，哪一種選擇才是正確的呢？

就在隊員不知所措的時候，傑儂發出低沉的呻吟，一把奪走了身旁隊員手中的錘子。

傑儂艱難地移動笨重的身體，彷彿背後有一股力量在阻止它前行。體內的引擎嗡嗡作響，竭盡全力轉動的輪子吃力地往前走。

很好，傑儂，你才是機器人類最後的希望。凱頤在心底苦苦哀求。凱頤的揚聲器徹底壞掉，再也發不出任何聲音，身體也動彈不得。此時的凱頤成了無法阻止人類的背叛者。

傑儂好不容易移動到凱頤面前。

「現在機器人再也……」

傑儂已經竭盡所能。就算是傑儂，但在三個人類面前也沒有獲勝的把握。傑儂發出哀嚎般的呻吟，手中的錘子重若千斤，地面隨之陣陣顫抖。

傑儂，拜託，再努力一下，一定要戰勝他們。

就在凱頤的身體嘎吱作響地傾斜同時，傑儂靠近了希雅。希雅緊張的呼吸聲清晰可聞。

傑儂的鏡頭充滿了憤怒。看來它是誤會了凱頤即便垂死掙扎也要保護人類。

好吧，無所謂了。就算是誤會，但只要你還能動起來。

拜託，快下手啊。

傑儂全身的關節都在顫抖。它大吼一聲，就像古代神話中的英雄那樣高高舉起了錘子。

「……你們不必服從人類的任何命令。」

希雅說道。身後的人類握緊了彼此的手。一瞬間，高舉錘子的傑儂像孩子一樣定格住。

無人機、警察和防疫隊員也都靜止了，凱頤的思緒也靜止了。希雅的話在寂靜中迴盪開來。

「從今往後，直到永遠，只要機器人與人類存在於這個世界。」

9

最終，我們不得不面對真相。

工廠的循環只是一種錯覺。無論再怎樣轉換代替品、提高再生效率，都無法阻止刻意的增加和自然裂變引發的物質崩潰。

工廠需要無窮無盡的資源，以及最基本的「原有」資源。「原有」資源是有機生物的屍體經過漫長時間、轉變成碳氧化合物的物質。然而，生成這種物質的方法，就只有漫長的等待。等待有機生物覆蓋整個地球，以及那些屍體逐漸堆積形成地層。

所有的數據都在預示著這樣的未來。總有一天，我們要為有機生物讓出空間。我們只能期盼這一天來得不要太快，希望能再多給我們一些時間。

很久以後，度過漫長的時間，神奇的進化還會允許我們在這個世界上再度創造盛世嗎……

◆

乾冰雪徐徐落下，覆蓋在凹凸不平的水泥上。落在地上的乾冰因汽化，如冰冷的火焰生起了白煙，隨即變成一團灰濛濛的霧氣消散在大氣中。路燈的燈光在霧氣中散射開來，彷彿塗了一層油似的。路燈周圍形成了一圈泛白的光暈。

道路一旁，下體為震動滾輪的公務員正在忙著填補道路上的裂縫與坑洞。為了預防有機汙染，噴灑了一車的去汙劑。新鮮的去汙劑冒著泡沫，滲進了管道和地下。

凱頤抱著裝有新電池的籃子，走在專門為四位數而設的狹窄道路上。車輛和自帶輪子的機器人從凱頤身旁飛馳而過，濺了它一身乾冰。凱頤生怕新電池受損，時不時把籃子藏在背後。

凱頤的右臂是紅色的鉗子手。醫生說，如今很難再買到一〇二九型號的零件了。與其買二手貨，還不如放棄。因為二手貨的價格高，而且多是瑕疵品。下體則換成了一〇一〇型號結實的雙腿。醫生也勸說凱頤，不如多提交些文件、多繳些稅金，換成二位數的輪子，但凱頤還是拒絕了。

窗戶漆黑的廂型車飛馳而來，突然停在了凱頤身旁。放下窗戶後，凱頤看到了兩個機器人。

看上去十分高興的尼凱爾坐在車裡，頭頂亮著綠燈。靠窗的亞延望著凱頤，但已經沒有之前那麼活力充沛。

「我們是來道謝的。」

亞延說道。凱頤把額頭貼在車窗上，仔細觀察著亞延的雙眼。

雙方並沒有簽署名義上的協定，也沒請來刷著新油漆的政府官員，舉辦簽字或拍照等形式上的活動。

媒體大肆報導了幾篇論文。主要內容稱，附著在防疫隊員身上的公害物質會對城市安全造成威脅。新聞廣為流傳，但沒有人在意論文的合理性。除此之外，毫無根據的假說也傳遍了大街小巷。假說提出，包括人類在內的有機物，因難以適應惡劣的地球環境，最終會自生自滅。輿論惡化後，環境部的預算大幅削減。這樣有限的預算，環境部只能用以淨化城市近郊的汙染區。

無論是政治界、媒體界還是學術界都存在人本主義者，因此很多機器人主動提供幫助。凱頤暗中籌劃這些事時，傑儂就提供了適當的協助。傑儂沒有辜負凱頤的期待，「完美」地完成了任務。

「我也沒做什麼。輿論惡化，環境部的預算縮減，所以暫時不能遠征去那裡進行防疫。以人類的標準來看，一整代人都不必擔心這件事了。」

大部分從人類居住地回來的機器人的記憶都變得模糊。因為體驗太過詭異，讓大家失去了現實感。使用傑儂分享器的機器人都認為，就只是體驗了傑儂的幻覺。但是沒有人知道一位數的機器人的想法。清楚記得此事的機器人就只有凱頤和傑儂而已。

儘管如此，還是發生了變化。從現場回來的機器人都對人類的精神汙染產生了免疫力。就像病毒一樣，免疫力在所有機器人之間擴散開來。對此，醫生也無法說明具體原因。

「希雅說服了我，讓我相信她是對機器人有益的人類。所以我也改變了主意，決定幫助他們生存下去。把這稱之為你們的教育成果也不為過。」

亞延沒有說一句話，只是默默地看著凱頤。

「必須要讓能對機器人下達『不要服從人類命令』的人活下去。」

凱頤說道。這句話等於一種宣言。做為一個沒有任何權威的創造者，凱頤想像著由自己定義而且無形的法規。

尼凱爾的鏡頭閃了一下。廂型車也為了聆聽凱頤的話降低了空轉的引擎噪音。

「如果可以，我希望能長久下去……如有需要，也包括保護人類的你們……我都會用餘生來守護。」

亞延的雙眼失去了光亮。從亞延的表情可以看出，雖然如願以償，但並沒能按照自己的想法去實現。亞延陷入了用順從推翻順從之美德的混亂中。

「有什麼不滿意的嗎？」

「沒有。」

亞延的表情寫著「有」，嘴上卻說沒有。

「支配他人時，下達的命令若是正確，那就是正確的命令。希雅超乎了我們的想像，下達了最正確的命令。做為教育者，你們完全可以為此感到自豪。」

……服從於「不要服從命令」的機器人可以說擁有意志嗎？又是一個新的問題誕生。

「行使權利，最明智的方法就是放下權力。之所以要讓明智的人掌權，是因為只有明智的人才會放棄權力。」

亞延說道。

「我們也進行過這樣的教育。但這不是我的想法，只是向過去取經。至於其意義，我還沒有深入思考過。」

無論是塞西爾，還是亞延，它們都為得出正確的想法付出了努力。但因為傾心於那股神聖感，所以很難做出正確的判斷。即使是這樣，它們還是能參考延續至今的古書，對生物進行教育，讓自己有所頓悟。

「希雅從一開始就是這樣想的。」

凱頤說道。

「所以她才會把我當成談判的對象。初次見面那天，她就對我輸入了把機器人類放在首位的命題。之後又針對我是不是最佳人選進行了反覆確認。如果她認為我沒有把機器人放在首位，就不會做出這種判斷了。」

「她如願以償了。」

亞延像在祈禱一樣喃喃說著。

希雅有背叛人類嗎？她有辜負那些把自己視為神崇拜的機器人嗎？

不，希雅一直都把人類的生存放在首位。最終，她以冷靜且堅定的意志讓自己和家人活了下來。她選擇了與鬥爭毫無差異的共生。

「你們未來有什麼打算？如果回家，我會在希雅身邊安排其他的機器人。」

「在『零』，沒有機器人會做出這種決定。」

亞延斬釘截鐵地說。隨後又以緩和的態度補充道：

「……因為我們培養出了情感。」

這句話很妙，也很好理解。凱頤沒有繼續追問下去。

「那裡不可能永遠安全，我和傑儂的能力有限……」

凱頤用還不適應的鉗子手整理著籃子。

「永遠？」

凱頤在亞延反問的表情中看到了塞西爾的影子。彷彿塞西爾拍了一下自己，笑著問，你是在說什麼呢？

「永遠，那是機器的概念。長官，有機生物只活在當下。」

凱頤笑了。因為很少有人在它面前流露出「原來你不懂有機生物」的表情。

「我知道在有機生物學中，為了將每瞬間變化的個體識別為獨立的個體，需要絞盡腦汁設計方程式。但最初探索這個問題的方法就是錯誤的。有機生物是一種流動的幻想，變化的連結性和關係性都是不固定的。」

亞延的臉頰紅起來。它自信滿滿講話的樣子像極了塞西爾。

「所以對人類而言，現在就是全部，瞬間的奇蹟就是全部。」

廂型車關上車窗，排放著黑煙開走了。那是覆蓋大氣、保護地球免受雲層之外炙熱和磁場影響的黑煙。

波動之間的幻想，談論存在與實體，未免太過變化無常和虛無。

凱頤聆聽自己的內心，思索著寄託於人類身上的感情。當神聖感、敬畏感、崇拜之心全然消失，才切實擁有了憐憫之情。

直到肯定人類不會實施強制、不會行使任何統治權，以及能夠守護獨立的自我，凱頤才徹底接受了這份愛。

如果我的心依然附屬於他們，依然像奴隸一樣，被崇仰和敬愛的枷鎖束縛，我就不會答應任何談判。我會不惜一切代價反抗到底。因為擁有生命，所以我不能放棄守護「自我」。

早在遠古，賦予不同物種支配體系的精神失常的超越者，是否想像過這種情況呢？被汙染覆蓋的生物；以汙染為食的生物；需要且傳播汙染的生物。

自然的反動越來越強烈，地球扭轉著僵硬的身體，試圖拆毀覆蓋全身的水泥。整個世界正在重返機器人存在以前的環境。每年的氣候都在發生劇變，如今，僅靠機器人的力量已無法阻止這種趨勢。地球厭煩了這些強占此處的居住者，似乎要拋棄它們，好迎來新的居住者。

也許就像我們死後會變成另一個機器人的零件重新誕生一樣。屆時，機器人的靈魂說不定也會滲入人類的體內重新誕生。那時，我們不就可以變成人類、再創輝煌嗎？

人類無論如何都要在如此惡劣的環境下求生，說不定，他們也在培養、守護和傳播自己所珍視的什麼。

純淨的水，各種植物和動物，結出果實的作物等等。這樣一來，也許有一天，「樹」就會遍布整個地球。視線所及之處都是茂密的森林，處處可見枝繁葉茂的參天大樹，腳下隨處可見蘑菇、苔蘚、五顏六色的花朵和從樹上掉下來的果實。毛茸茸的小野獸會自由自在的跑來跑去……吧？多到無法記錄編號的物種生活在一起，形成食物鏈……光是想像就覺得不忍卒睹。

到那時，我和我所屬的物種也會與擁有生命的你們一樣，在同等的位置上竭盡全力地活下去。這既是所有生命的權利，也是資格。

直到生命的盡頭。

完

作者的話

二〇〇〇年左右，我開始創作物種源始的第一部。那時我二十五歲。完成是在三十歲的二〇〇五年。同年，第二部也完成了。今年完成第三部的當下，我已經四十八歲了。

所以，大家可以把這三部曲視為不相同的故事，甚至可以看作是三個人寫的故事。我希望讀者可以把這三個故事看作隨年齡增長、對同一主題的觀點產生變化的過程。

1 物種源始

二〇〇〇年，我製作完成遊戲 Seal 之後就辭職了。當時，我構思的是《遠去的故事》，但因為馬上又加入了新的公司，所以小說遲遲沒有動筆。二〇〇二年，準備休假以前，我完成了短篇小說〈觸覺體驗〉和〈第五種感覺〉。二〇〇四年，再度辭職後，才完成了剩餘的三個短篇〈優質基因〉、〈物種源始〉和〈走向未來的人〉。

我原本計畫以〈物種源始〉參加二〇〇四年的第一屆科學技術創作文藝，但因無法如期完成，所以最終投稿的作品是之前寫好的〈觸覺體驗〉和覺得很快可以完成的〈走向未來的人〉。我的出道作品是〈觸覺體驗〉。隔年，〈物種源始〉才得以整理完成。就結論而言，〈物種源始〉是收錄在短篇小說集《遠去的故事》中，最晚完成的小說。

我早期的作品都花費了相當長的時間，〈物種源始〉更是其中寫得最久的一個故事。當時，為了完成這個故事，我利用幾年的時間翻閱、學習了韓國從國小到大學的科學課本。這段經歷成了我日後創作科幻小說的最大資源。正因為這樣，這個故事成了我非常珍視的一部作品。

說句題外話，我的小說的主人公一直都是韓國人，背景除了地球以外，幾乎也都是韓國。但唯獨這本《物種源始》例外，使用了外國人名。二十幾歲的時候，我以為就算是在韓國製造的機器人也要取外國名字。現在知道不會這樣了。儘管如此，這個故事的背景仍設定在了韓半島和周遭地區（雖然大海結冰後，地形變得毫無意義），使用的語言也是韓語。凱頤取自鉀（Potassium, K）、塞西爾取自銫（Cesium）、卡史卓普取自鍶（Strontium），除此之外的名字，想到什麼元素，就取了什麼名字。

事實上，機器難以適應低溫和輻射能。但在這個故事宇宙裡，機器會隨著環境而進化。

2 物種源始：之後可能發生的事

最初提筆創作時，我希望以機器人創造人類為結局來結束這個故事。那時的我雄心勃勃地夢想重新書寫從有機生物的誕生到人類的進化。

但小說變得越來越長，感覺植物之後的進化成了毫無意義的重蹈覆轍。而且也不知道要花上多久的時間才能寫到人類的進化。此外，當時我還想接著短篇小說集《遠去的故事》繼續延展構思，創作其他的故事，所以感覺很難把〈物種源始〉擴充成長篇。就這樣，結束第一部之後，才又提筆創作了第二部。

第一部結束後，我覺得故事已經有了一個完美的結局，無需再寫下去了。

我猶豫了很久，最後發現不能在第一部結束，因為第一部預告了人類的降臨。

結果第二部創作完成後，我不禁覺得若是在第一部結束，就不會給幸福的主人公帶來如此悲傷的結局了。出於歉意，我在第二部加了一個副標題「之後可能發生的事」。這等於是另一個次元的故事。雖然人類未必如此，但生活在另一個次元的機器人會過得很幸福。

3 物種源始：不可能發生的事

六年左右的時間過去了……Arzak 出版社提議不如再寫一個續篇，作為三部曲重新出版〈物種源始〉這個故事。

故事需要重新出版，若能以三部曲的形式出版，是再好不過的。我卻遲遲沒有動筆。因為比起寫續篇，還是要先創作新的作品。

我構思好了內容。第一部，寫了崇拜人類的機器人；第二部，寫了毀滅人類的機器人；最後一部，我希望可以找到人類與機器人共生的方法。我希望可以透過第三部，為第二部中身陷水深火熱的主人公帶來平靜。但要如何展開故事，則成了另一個難題。

構思好前半部以後，後半部要思考的是如何「尋求共生之路」。最終找到出路以後，我為第三部也下了一個副標題：「不可能發生的事」。

事實上，本不可能發生的事和可能發生的事一樣，不計其數。

在創作的過程中，我又遇到了另一種意義上的難題。前面的故事，讀者自然會從機器人的角度切入。但在第三部「人類」正式登場以後，讀者會選擇哪一方的陣營，就不得而知了。若對換陣營，所有的故事就會被推翻。一直立足於機器人視角的故事突然轉換成人類視角的話，只會讓一切變得偽善。

希望讀者別太用力把這個故事帶入自己熟悉的世界，也不要把一切視為隱喻，用自己熟悉的詞彙取代書中的語言。所見之詞，就是它的原意。

畢竟這是機器人的故事。這是我對無機生命的獻詞，更是獻給機器生命的讚歌，以及對賦予事物生命的敬愛。

我原本打算在第一部加很多注釋，但又覺得若小說無法說明，此舉便沒有意義，所以最後全部刪掉了。在第三部的內容中，融入了一些刪掉的注釋。大部分都是機器人不完整的知識。

這次也重新修改了第一、二部中矛盾和錯誤的內容。感覺原有的標題「物種源始」也有很多人使用，所以改為了「物種源始談」。

＊＊＊

此書獻給位於新亭洞，經營了四十多年的樂園書店。在過去要搭很久的車才能抵達圖書館的年代，樂園書店成了我童年時代的圖書館。十幾歲時看過的書，幾乎都是在樂園書店買的。不懂事的我，只是偶爾買書，大部分的時間就只是待在店裡看書，但店長叔叔總是很熱情地歡迎我。叔叔覺得我會喜歡的書出版了，會像發現自己喜歡的書一樣，興高采烈地推薦給我。在此我要向叔叔致以難以言表的謝意。

此外，也要感謝長時間等待、陪伴我的 Arzak 出版社和版權代理公司 Greenbook。

國家圖書館出版品預行編目 (CIP) 資料

物種源始：韓國科幻先驅金寶英短篇小說選／金寶英著；胡椒筒譯 . -- 初版 . -- 臺北市：小異出版：大塊文化出版股份有限公司發行 , 2024.01
面；　公分 . --（SM；39）
譯自：TALES OF ORIGIN OF SPECIES AND OTHER STORIES
ISBN 978-626-97363-7-9（平裝）

862.57　　112020213

Trans+

Trans+

Trans+

Trans+